KB260623

마당 넓은 기와집

양영수 소설집

마당 넓은 기와집 | 양영수 소설집

초판 1쇄 발행일 2008년 6월 25일

지 은 이 양영수
만 든 이 이정옥
만 든 곳 평민사
         서울시 서대문구 남가좌2동 370-40
         전화: (02)375-8571(代)
         팩스: (02)375-8573

         평민사 모든 자료를 한눈에 —
         http://blog.naver.com/pyung1976
         이메일: pyung1976@naver.com

등록번호 제10-328호

ISBN 978-89-7115-517-2 03810

정   가   9,000원

마당 넓은 기와집

양영수 소설집

평민사

차 례

책 머리에

　내가 20대 시절 신춘문예에 몇 번 낙방하고 나서 소설가의 꿈을 한동안 접어두었던 것은 나의 문학적 자질에 대한 자신감이 꺾였기 때문이었다. 소설 쓰는 기법도 유치해 보였고 그 속에 담긴 나의 삶의 편린이나 세상을 보는 안목과 감수성도 유치해 보이기만 했다. 뒤늦게나마 대학교수라는 직업에 들어선 것도 소설가 되는 수련을 쌓는다는 내 나름의 명분에서였다. 교수 노릇하는 동안 나의 소설쓰기 역량이 얼마나 늘었는지를 되돌아보지만 아직도 두려운 마음이 앞서기는 마찬가지이다. 50대 끝자락에 와서 소설쓰기를 다시 시도하게 되었던 것은 그럴 만한 자신감이 섰기 때문이 아니라 내가 앞으로 살아 있을 날들이 얼마 남지 않았다는 절박감에서였다 할 것이다. 교수 재직중에 소설의 역사와 문학의 이론을 얼마간 공부한 것이 나의 소설쓰기 작업에서 어느 정도 실팍한 바탕이 되어준 것도 같지만 다른 한편에서는 자유로운 세상읽기와 글쓰기에 대해 고정관념적 장벽이 되고 있지는 않은가 하는 의구심이 드는 것도 사실이다.

　이 책에 실린 일곱 개의 중단편 작품들을 돌아볼 때 그 최대공약수적인 화두는 '욕망' 이라는 생각이 든다. 어느 시대 어느 사회인들 인간욕망의 문제가 그리 쉽게 풀리지는 않았겠지만, 욕망의 무한정한 확대 재생산이 점점 극성스러운 양상을 띠어가는 작금의 시대상이

이 작품들 가운데 많이 나타난 것 같다. 종교의 힘이 강대했거나 인간에 대한 신비주의적인 이해가 자연스러웠던 지나간 시대에 비해 볼 때에 우리 시대에는 방황하는 인간욕망의 미로 그림이 점점 더 복잡하게 뒤얽혀지는 것처럼 보인다. 인간성의 본질과 그 가능성에 대한 해석이 한없이 자유로워지는데다 합리성이라는 미명하의 과학적 분석이 신비의 금기 영역을 끊임없이 타파하는 현상 때문일 터이다. 인간욕망의 충족 방법이 원시성과 단순성에서 멀어지는 양상은 물론 그 어둡고 밝은 양면성이 있겠지만, 소설의 역할이란 어디까지나 합리적이거나 과학적인 인간해석이 닿을 수 없는 인간성의 원초적 심연에 (그 희미한 그림자로서나마) 눈을 돌리는 데에 있을 것으로 생각된다. 끝으로, 판매전망이 불확실한 나의 첫 작품집 출판을 선뜻 결행해 주신 〈평민사〉 이정옥 사장님에게 깊은 감사의 뜻을 전하는 바이다.

2008년 5월
양 영 수 씀

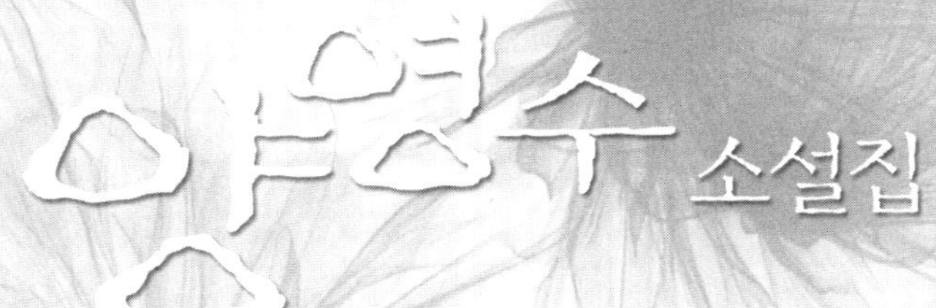
양영수 소설집

오늘따라 시내버스가 제때에 와주지 않아서 할머니는 더욱 초조해진다. 쉴 새 없이 손목시계를 보다가 버스 오는 방향을 내다보다가 하면서 안절부절 못하는 모습이다. 좀 더 일찍 집을 나설 것을 잘못했다 싶다. 요즘 와서 점점 느려만 가는 자신의 몸놀림이 칠순 나이를 알려온다. 며느리 퇴근시간을 여유있게 앞질러 가서 손자 녀석 잠자리를 들쳐봐야 하겠는데 이대로 가면 아슬아슬하겠거니 가슴이 다 총총거리는 중에 텅 빈 시내버스가 들이닥쳤다. 하차하는 문 바로 옆자리에 앉아서 차창 밖을 내다보는 할머니의 머릿속은 손자 녀석의 얼굴모습으로 들어찬다. 녀석의 생글거리는 밝은 웃음이 떠오르다가 이내 파르르 울부짖는 얼굴로 바뀐다.

어제 일어난 일을 생각하면 할머니의 가슴은 다시 철렁 내려앉는 것만 같다. 그동안 그 녀석의 손을 잡고 시민공원 다녀온 것이 무수히 많았거늘 그런 끔찍한 사고가 하필이면 그 익숙한 공원로 건널목에서 일어날 게 뭐람, 어제는 생각할수록 맹랑한 일진의 날이었다. 말로만 듣던 폭주족 오토바이한테 정면으로 부딪친 것이 하필이면 손자 녀석의 바로 앞을 걷던 어린아이였는데 머리에 충격이 얼마나 심했는지 얼굴 위로 출혈이 낭자하고 몸을 제대로 가누지 못할 정도였다. 천만다행으로 손자 녀석은 어디 다치지 않았지만 옆에서 걷던 아이와 부딪쳐 아스팔트 길바닥에 된통으로 넘어져서 혼쭐이 났다. 겉보기에 외상은 없었지만, 덜커덩 놀란 마음으로 눈앞에서 벌어진 섬뜩한 장면을 본 것이 어떤 후탈을 일으킬 것인지 알 수 없는 일이었다. 땅바닥에서 몸을 일으킬 때까지도 심상한 것 같던 아이는 멀쩡하던 자기 친구가 금세 피투성이 얼굴이 되어버린 것을 보고는 으앙하고 울음을 터뜨렸던 것이다. 할머니는 어제 사고 직후 겁에 질린 아이를 집에 데려가서 자리에 눕히고 잠을 재운 상태로 시골집에 돌아갔지만 아직까지도 손자 녀석의 울먹이는 얼굴 모습이 눈에 선히 보이는 듯하다.

금년 들어 유치원에 입학하고부터는 제법 할머니한테 존댓말을 깍듯이 쓸 줄 알며, 둘이서 한길 건너 시민공원에 다녀오는 길에 횡단보도 건널 때에도 한 손은 번쩍 들고 다른 한 손으로는 할머니 손목을 꼭 붙잡고 걸어가는 야무진 아이였다. 여섯 살배기 어린 것치고는 가는귀 먹은 자기 할머니의 말귀를 제법 잘 알아듣는 편이고 인사성 또한 바른 것이 대견하다 싶은 녀석이었다. 다섯 오누이에 딸린 손자들을 다 합치면 열 손가락이 모자랄 정도이지만 정작 할미로서의 도타운 정이 느껴지는 것은 막내아들에게서 달랑 하나 태어난 이 녀석뿐이다. 빠듯한 시골농부 집안에서 그 5남매를 키우느라고 뼈골이 다 휠 정도였지만 그 중 위로 네 오누이와 그 밑에 손자들은 물 밖 멀리

타관으로 나가 있어서 1년에 한두 번 설 명절 같은 때나 볼똥말똥이
었다.

남편이 죽고 홀몸이 되어 평생 해오던 농사일을 그만두게 된 할머
니는 시골집에서 버스 타고 1시간 가까이 걸리는 막내아들네 집에 왔
다 가는 일을 거의 하루의 일과처럼 삼고 있다. 꽤나 널찍한 안마당
이 있고 늘씬한 기와지붕이 있는 막내아들네 집에 드나들 때마다 할
머니는 당당하고 뿌듯함을 느끼면서도 마음 한구석 켕기는 데가 있
다. 애초에는 맏형이 살다가 직장 따라 육지로 건너가면서 막내에게
로 넘겨준 집인데, 막내며느리는 신혼초에는 아무 소리 없다가 대학
교수 직장을 얻어서 맞벌이 생활을 시작하게 되자 드러내놓고 아파
트로 이사 가고 싶어하기 때문이다. 그러나 이 마당 넓은 기와집을
내놓는 것은 할머니에게는 그냥 놔둘 작은 일이 아니었다. 남편이 열
심히 재산을 일구고 큰아들을 도시로 내보내어 자리 잡게 할 때 큰마
음 먹고 지어준 것이 이 집이었다. 지금에야 많이 달라졌지만, 할머
니 소싯적에만 해도 한 마을 전체에 이처럼 늘씬한 기와집이라고는
하나둘 밖에 없었다는 기억도 할머니의 마음을 흐뭇하게 한다. 게다
가, 아파트 생활의 옹색함과 답답함을 보고 들어서 알고 있기 때문에
이 집에 올 때마다 느끼는 내 집 같은 편안함과 아늑함을 놓칠 수는
없다고 단단히 마음먹고 있는 터이다.

그러나 정작 할머니가 이 마당 넓은 기와집에 더 집착하는 이유는
다른 데에 있었다. 행여나 아들네 가족이 아파트로 이사 간다 하면
지금처럼 손자 아이가 기르는 강아지와 토끼를 돌봐주러 이 집에 찾
아오는 일이 없어지게 되는 것이었다. 요즘 사람들은 식성과 취미와
생활방식이 다른 데다 웬만한 먹을거리는 슈퍼마켓이 모조리 해결해

주기 때문에 아들네 살림살이에 칠순 노파가 도와줄 일은 거의 없었고, 마루에 빗자루질 하는 일조차 집안물건들을 이리저리 어질러놓는다면서 맡겨주지를 않았다. 저네들이 쓰는 말은 태반이 무슨 뜻인지 알 수 없는 데다 이러니저러니 서로 참견할 일이 없는 아들이나 며느리한테는 떳떳이 에미 노릇 한다는 느낌이 사리진 지 오래이고 이제 남은 것은 손자 아이하고 놀아주는 일밖에 없다는 것이 할머니 생각이었다. 손자 녀석도 앞으로 장성하고 나면 할머니 마음 같은 것은 알은 체를 않겠지만 이 녀석이 강아지와 토끼 기르는 일을 좋아하는 동안은 이 집에 찾아오는 일이 당당할 터이었다.

짐승 기르는 일 말고도 할머니가 손자한테 소용 닿는 데가 없는 것은 아니다. 작년부터 할머니는 손자한테 장기 두는 법을 가르쳤다. 남편이 살아있을 때 이들 부부는 심심파적으로 화투 대신에 장기를 두었었다. 처음에는 여자에게 어울리지 않게 무슨 장기판이냐고 마다하였으나 영감이 장기 두러 밖에 나가서 허구한 날 독수공방 신세됨을 면하려던 것이 몇 해가 지나자 제법 장군멍군의 재미를 알게 되었던 것이다. 그때 배운 실력으로 할머니는 손자 녀석에게 장기두기를 가르쳤는데 이제는 제법 맞대국하는 터수가 되었다. 할머니는 손자하고 내기장기 두기를 좋아한다. 처음에는 할머니가 이길 수 있는 것도 일부러 하수(下手)를 씀으로써 손자 아이에게 돈 줄 빌미를 잡았지만 요즘 와서는 그런 위계를 쓰지 않아도 손자가 자기 실력으로 이길 때가 많다. 할머니는 이 집에 올 때마다 손자한테 줄 내기장기 판돈은 꼭 챙겨갖고 나온다. 손자 녀석은 그 돈을 가지고 있는 동안에 할머니 생각을 할 것이고 그것을 어디다 쓸 때에도 할머니를 생각할 것이며 이런 일들은 세월이 오래 지난 다음에도 손자의 기억 속에서 사라지지 않을 것이라고 생각하는 것이다.

그러나 요즘 와서 손자 아이는 할머니와 장기 두는 시간이 거의 없어지다시피 되었다. 유치원에 나가게 되면서 아이는 미술학원에도 나가기 시작했으며 유치원 친구들의 영향을 받아서인지 컴퓨터 게임에 맛을 들이더니 그 앞에 앉았다 하면 시간가는 줄 모르게 되고 할머니가 옆자리에 있는지 없는지를 아예 잊어버리게끔 되었던 것이다. 요즘 아이들에게 컴퓨터 게임이 최고인기라는 말을 듣고서 할머니는 이것마저 배워서 손자 아이와 맞상대해 보려고 하였지만 허사였다. 가족들 몰래 컴퓨터학원에까지 다니면서 해보려고 했으나, 아이하고 컴퓨터 게임에 맞상대하는 것은 어림도 없는 일이었다. 아이가 작동하는 컴퓨터 화면은 마치 고속버스 타고 갈 때 창밖으로 휙휙 지나치는 전봇대들 같았다. 더구나 이 컴퓨터 게임이란 것은 상대방의 얼굴을 보면서 하는 게 아니라 줄창 허깨비 같은 기계를 들여다보면서 하는 것이라서 할머니에게는 흥미 붙이기가 어려웠다.

컴퓨터 게임이나 장기두기가 아니라도 할머니한테는 마음 든든하게 믿는 데가 있다. 지금 같아서는 아이가 유치원 아니라 학교를 다니게 되어도 강아지와 토끼 기르는 것을 싫증내지는 않으려니 생각되는 것이다. 동물들에 대한 손자 아이의 관심과 애정이 그렇게 곡진할 때 그것들을 건사해주는 사람에 대해서 무심할 수는 없을 게 아닌가. 아이가 미술학원에서 그려 온 그림들 중에는 강아지와 토끼에 대한 것이 제일 많은데다 거기에는 할머니 모습이 함께 끼일 때도 많다. 할머니가 시골집에서 배추나물이나 상추 등을 가져오면 그것들을 토끼에게 주는 일만은 자기가 맡아서 하려고 하는 손자 녀석의 고집을 아무도 막지 못한다. 토끼들이 함지박만한 두 귀를 쫑긋쫑긋 놀

리면서 자기가 주는 먹이를 오물오물 씹어 먹는 장면이나 강아지가
껑충 뛰어오르면서 자기 손에서부터 과자 부스러기를 아슬아슬하게
받아먹게 하기를 손자 아이는 엄청 좋아하며, 불그레한 토끼의 눈동
자가 꼭 봉숭아 꽃잎 색깔과 같아서 그것을 그리려면 자기가 쓰는 크
레용 가지고는 어림없다는 둥 별것을 다 걱정한다. 암수 짝짓기하고
난 어미개의 배가 서서히 불러오는 것을 보고 아이가 짓던 신기하다
는 표정, 어미개가 새끼를 낳을 때 함께 배설해놓은 모래집과 양수를
깨끗이 먹어치우는 장면과 갓 태어난 강아지 새끼들이 눈도 제대로
뜨지 못한 채로 서로 엉키듯이 엎드려서 어미젖을 열심히 빠는 장면
을 시간가는 줄 모르고 지켜보는 아이의 진지한 얼굴, 수줍음 잘 타
는 토끼가 새끼를 낳을 때 토끼집 문에다 커튼을 쳐놓은 손자 아이가
숨을 죽이고 엉거주춤 그 앞에 앉아서 뾰끔 열린 틈서리로 비스듬히
안을 엿보다가 자기 옆으로 가까이 다가가는 할머니 팔을 한쪽 손으
로 꼭 붙들고 다른 한쪽 손의 손가락을 나팔 모양으로 모으고선 귓속
말로 지금 새끼 낳으려고 해요, 소리 내면 큰일 나요, 하면서 자못 심
각한 어조로 속삭이던 일 등, 할머니가 기억하는 손자 아이의 모습들
은 이렇게 짐승 기르는 일에 관련된 것들이 많다.

　아이는 강아지와 토끼 기르는 일에 관한 문제라면 자기 부모는 제
쳐두고 꼭 할머니에게 물어본다. 처음부터 강아지 토끼를 길러보자
는 말을 꺼낸 것은 바로 자신이었다는 생각을 할 때마다 할머니의 마
음은 남몰래 자랑스럽기까지 하다. 손자 아이가 강아지 기르기를 좋
아하는 것을 보고서는 얼마 후에 토끼까지 두 마리 사다주었다. 사람
은 자기 띠의 동물을 잘 대접해주어야 복을 받는다는 옛날에 들었던
말도 한몫을 하였다. 토끼집 앞에 쫑그리고 앉아서 무슨 진기한 보물

을 바라보듯 들여다보는 아이를 옆에서 지켜보는 할머니 눈에는 앞으로 훤칠하고 늠름한 장정으로 장성한 후의 손자 모습이 보이는 듯하다. 간혹 토끼집 앞에 손자 아이와 나란히 앉아있는 자기의 뒷모습을 지긋이 바라보는 며느리의 시선이 곱지 않은 것은 눈치 채고 있지만 금옥 같은 외아들이 좋아하는 것을 막을 엄두를 내지 못하는 것이 에미의 심정임을 알고 있는 할머니는 조금도 꿀릴 데가 없다. 자신이 지금 아들과 며느리 눈치 보듯이 즈그들은 앞으로 자기 아들 눈치를 살피지 않을 도리가 있을까.

버스가 어느덧 시민공원 모퉁이에 있는 건널목 앞에 이르렀다. 할머니는 잠시 차창 밖에 어제 오토바이 사고가 났던 곳을 찾아보다가 고개를 돌려버렸다. 그때 보았던 피투성이 어린아이 머리통과 겁에 질린 손자 아이 얼굴이 두 눈에 선히 보이는 것 같았다. 할머니는 저도 모르게 두 눈을 내리감으면서 무릎 위에 놓여있는 보퉁이 두 개를 양손으로 꼬옥 안아보았다. 하나는 토끼가 먹을 배추나물을 비닐봉지에 싼 것이고 다른 하나는 누런 삼베 보자기에 싼 얄팍한 보퉁이였다. 삼베 보자기 속에는 손자 녀석의 놀란 가슴을 쓸어줄 영묘한 물건, 세상에 갓 태어난 손자 녀석의 탯줄 끊은 냄새가 배어있는 배냇저고리가 들어있었다. 엄마 뱃속에 있을 때나 갓난아기 시절에는 인간생명의 신비한 저항력이 도저한 상태에 있으며 그때의 신비한 힘이 담겨있는 것이 바로 갓난아기에게 처음 입혔던 배냇저고리라고 하는 옛사람들의 말이 할머니에게는 허황된 빈말이 아니었고, 손자 아이가 태어날 때를 기다려서 만들어두었다가 삼칠일 동안 아이 몸에 입히고 난 다음에 에미도 모르게 슬쩍 가져다가 간수해둔 물건이 바로 이것이었다. 포근한 엄마 뱃속을 갓 나온 아기가 으스스한 세상

바람을 쏘이면서 잠결에도 화들짝 놀라는 것을 막아주는 것이 이 배 냇저고리라는 옛날 속설을 할머니는 지금도 기억하고 있다. 이른바 삼승할망의 영험을 얻어두는 것이라고 하여 융(絨)이라는 부드러운 목면(木棉) 천으로 정성껏 만들었던 것인데 이 영험스러운 물건을 갖고 가서 손자 아이가 누워있는 자리 아래에 깔아주려는 깃이다. 아직 진정되지 못했을 손자아이의 놀란 가슴에 삼승할망의 영묘한 힘을 넣어주기 위한 정성이지만 아이 에미는 정녕 미신이라고 비웃을 게 틀림없으므로 에미가 직장에서 돌아오기 전에 빨리 도착할 필요가 있는 것이다.

버스가 시민공원 앞을 순식간에 지나쳐 달리고 있는데도 할머니에게는 오싹 몸서리나던 어제 사건의 모습들이 눈언저리에서 사라지지 않는다. 그 끔찍스러운 모습들은 앞으로도 좀처럼 지워지지 않을 것만 같다는 게 할머니의 심정이다. 그런 사고가 난 것이 꼭 자기 자신의 탓인 것만 같기 때문이다. 어제 오후 유치원 갔다 오는 길로 자기 방안에 앉아서 컴퓨터 게임 하느라고 여념이 없는 손자 아이한테, 시력이 나빠진다, 놀이터에 가서 운동도 해야 건강해진다, 네가 줄 토끼풀을 네가 해와야 되지 않느냐 하면서 갖은 꼬임수로 공원에 데리고 나갔던 것이다. 게다가 어제는 원래가 시민공원 풀밭에서 토끼먹이를 따오는 날이 아니라서 손자 녀석의 마음 돌리기가 쉽지 않았다. 토끼한테 먹이는 풀은 하루 걸러로 종류를 바꾸어서 배추나물이나 상추는 시골집 채소밭에서 가져오고 민들레나 방가지똥 같은 풀들은 시민공원의 넓은 풀밭에서 뜯어오기로 손자 녀석하고 약속이 되어 있었고 어제는 시골집에서 토끼먹이를 가져오기로 되어있는 날이었는데도 할머니의 욕심 때문에 그 순서를 지키지 못한 것이었다.

유치원 교과과정상 아직 한글 익히기에 들어간 지가 얼마 되지 않은 손자 아이한테 동물사육전서를 사다주려는 생각을 한 것부터가 잘못된 일이었다. 언젠가 아이 에미가 넘어가는 말로 요즘에는 동물사육에 관한 참고서가 여러 가지 잘도 나와 있더라는 말을 했었는데 그때는 귀 너머로 들었던 말이었지만, 나중에는 그 말이 꼭 에미가 그런 책을 사다주겠다는 뜻으로 귓가에 맴도는 것이었고 그러자 에미 먼저 내가 사다주어야지 하는 작심이 굴뚝같이 치밀어 올라와서 어제는 기어코 시내서점에 들렀다 오느라고 시골집에서 챙겨오지 못한 토끼풀을 뜯어오기 위하여 시민공원으로 가지 않을 수 없었던 것이다.

버스에서 내린 할머니는 아들네 집으로 향하는 걸음을 재촉하였다. 가까운 거리였지만 초여름의 햇빛을 받고 걷는 종종걸음은 금방 이마에 땀방울을 내배이게 하였다. 대문을 조심스럽게 열고 안마당에 들어서자 현관 옆 땅바닥에 누워서 잠자던 개가 벌떡 몸을 일으키며 꼬리를 흔든다. 개하고 같이 놀아줄 마음이 되지 못하는 할머니는 곧장 현관 쪽으로 걸어갔지만 현관문은 단단히 잠겨있다. 집안에 사람이 없을 때에는 대문은 그대로 두고 현관문만 잠그는 것이 이 집의 습관이기 때문에 이상할 것이 없는 일이지만 오늘은 잠겨있는 현관문이 할머니의 마음을 불안케 한다. 아침에 전화로 물어보았을 때에도 손자 아이는 상태가 별로 좋지 않았다고 했으므로 벌써 외출할 수는 없을 것이기 때문이다.

엉거주춤 서있는 할머니의 눈에 저만치 울타리 담장 옆 처마 밑으로 토끼집이 보였다. 그제야 토끼한테 먹이 주는 일이 생각나서 그리로 걸어갔다. 그러나 토끼집 앞에 이른 할머니는 추물락 놀라고 말았다. 토끼집은 텅 비어있고, 철사로 된 토끼집 출입구도 문고리가 풀어져 있었다. 어제 집어넣었던 민들레잎들이 많이 남아있는 것으로 보아서 토끼가 사라진 시간이 꽤 오래된 것 같았다. 벌써 시들시들해진 풀잎들이 어지럽게 흩어져있는 토끼집 안쪽을 물끄러미 바라보는 할머니는 가슴 한 구석이 스르르 내려앉는 것 같았다. 아이 에미는 필시 아이들 교통사고가 토끼풀 때문이라고 여기고 있을 터이었다. 마당 붙은 집에 살기 때문에 토끼를 기르게 되었고, 토끼를 기르다보니까 공원에 가서 토끼풀을 뜯어 와야 하였고, 그러다보니까 교통사고가 났고….

텅 빈 토끼집 앞에 멍하니 서있던 할머니는 점차 따갑게 느껴지는 햇볕을 피하여 대문 앞 은행나무 그늘진 곳으로 걸어갔다. 땅바닥에 털썩 주저앉은 할머니는 눈을 들어 마당 안을 휘둘러보았다. 심은 지 30년이 지났으면서도 대문 앞 전봇대 높이까지 겨우 자란 키로 마당 안에 맞춤하니 들어앉아서는 사계절 변화의 오붓한 정취를 집 안팎에 채워주는 은행나무 두 그루와 그 옆으로는 할머니의 서투른 가지치기 솜씨로나마 제법 상큼한 정원수 모양을 내고 있는 향나무 다섯 그루, 마당 한가운데에는 이제 제철을 만나 한껏 짙푸른 윤기를 발하고 있는 잔디밭과 화단의 갖가지 식물들, 이 넓은 안마당에서 할머니가 할 일이 없어 무료할 적은 없었다. 왕성한 식욕의 짐승들을 돌보든가 여름 한철 화단과 잔디밭에 무성한 잡초를 뽑든가 가을철 수북이 쌓인 낙엽을 쓸든가 시간가는 줄 몰랐으며, 이 모든 일이 끝나면 땅바닥 아무 데나 자리 잡고 앉은 채 이것저것 공상을 하며 시간을 보내면서도 못 올 데를 왔다는 생각은 들지 않았었다.

이 집에 찾아왔을 때 현관문이 잠겨있어도 눈 하나 깜짝하지 않았던 할머니였다. 집안에서보다도 이 안마당에 있을 때가 자기 집처럼 느껴지기 때문이었다. 집안에는 뭐하는 것인지 모를 이상한 물건들로 가득 차 있고 이제는 그것들이 무슨 쓰임새로 그곳에 있는지 알아보려고도 하지 않게 되었다. 아무래도 괴이해 보여서 뭐하는 물건인지 간혹 물어볼 때가 있지만, 그때마다 아들 며느리는 전에도 몇 번 말했는데 또 잊어버렸느냐고 무안을 주기가 일쑤이다. 물건을 잘못 건드리거나 어질러놓는다는 말을 들을 때에는 꼭 어린애 취급을 당하는 것 같다. 그에 반해서 이 안마당에만 들어오면 할머니는 아들이나 며느리보다 몇 배나 더 유식하다. 안마당에 잡초 하나만 해도 그 이름이나 종류에서부터 새싹 나고 열매 맺는 계절과 그것들의 쓰임새에 대해 아들 며느리에게 몇 번을 가르쳐주어도 번번이 잊어버리거나 아예 알려고도 하지 않는다. 그리하여 손자 녀석은 이 안마당에 관한 문제라면 자기 에미 애비를 제쳐두고 할머니에게만 묻고 청하지 않을 수 없다.

꽉 잠긴 현관문이 할머니의 가슴속에 스산한 바람구멍을 뚫어놓은 것은 텅 빈 토끼집 때문이었다. 이 마당 넓은 기와집에 다시는 못 올지도 모른다는 직감이 덜컥 지펴오면서 눈앞이 다 아롱거리는 듯하였다. 할머니는 한쪽 손으로 눈을 비비면서 고개를 들어 기와지붕을 올려다보았다. 짙푸른 하늘을 배경으로 하여 초여름 밝은 햇빛을 받은 잿빛 기와지붕은 뽀얀 아지랑이를 가물가물 일으키고 있었다. 죽을 날이 가깝다는 걸 예감하는 요즘에 와서 왠지 모르게 따스한 느낌을 자아내는 것은 고색 짙어가는 이 집의 기와지붕이다. 애초에 이 집을 지을 때부터 할머니는 기와지붕에 대한 묘한 집착을 가졌었다. 어린 시절에 살던 시골마을에서 최 부잣집 기와지붕이 100년 역사를 가졌다는 걸 얼마나 부러워했던지 장남 장손이 들어가 살 집은 기와집이어야 한다고 우격다짐을 하였고 이 터에 집을 짓고 기와지붕을 올릴 때에도 아무리 땅값이 아깝더라도 마당 한가운데에서 기와지붕이 보일 정도의 공간 여유는 있어야 된다고 생고집을 피운 게 바로 할머니였다. 애써 지은 이 기와집에서 건강한 장남네 가족이 오순도순 모여 사는 것을 보면서 할머니는 한동안 얼마나 가슴 뿌듯한 기쁨을 누렸던가. 어느 날 갑자기 그 장남네가 떠나버린 후 이제는 막내아들네 집이 되었지만, 할머니는 그 당시에 고집을 피운 것을 후회해 본 적이 없다. 그때는 단지 동네 부잣집 기와지붕에 대한 선망에서 나온 고집이었지만 오래 살다보니 처음에는 몰랐던 야릇한 충정이 쌓여갔다.

기와지붕은 그 속에 간직한 오랜 역사를 보여준다는 점에서 해마다 새로운 이엉으로 갈아 덮어야 되는 초가지붕과 달랐다. 계절이 바뀌고 무수한 세월이 흘러가도 이렇다 할 변화가 없는 기와지붕의 한결같은 모습은 계절 따라 변하는 마당 안 풍경과도 달랐다. 지붕 위에 가로세로로 가지런히 줄지어있는 기왓장들과 그 틈서리에서 선명한 초록빛을 키우는 이끼 무더기들, 날씨와 계절변화에도 아랑곳하지 않고 어떤 마음상태에서 보아도 한결같은 기와지붕 위의 풍경은 땅바닥에서 다투는 목숨 있는 것들보다도 할머니의 쇠잔한 가슴을 포근히 감싸주는 것 같았다. 아직 손자 아이는 빛바랜 기와지붕 같은 것에 흥미를 가져주지 않지만, 이 녀석도 나처럼 늙고 나면 삼 세대 동안 자라서 초록색 더욱 짙어진 지붕 위 이끼 무더기를 올려다보고 나와 같은 생각을 할 게 아닌가.

이 집 기와지붕이 일 년 중에서도 각별하게 웅숭깊은 자태를 드러내는 것은 그곳에 하얀 눈이 덮여있을 때이다. 가이없는 높은 하늘에서부터 소복소복 내려오는 눈송이들이 제일 먼저 이 집 기와지붕에서부터 쌓이기 시작하여 그 아래 오만 가지 색깔의 형체들을 하나의 백색으로 덮어줄 때의 기억을 할머니는 잊지 못한다. 어쩌면 색깔 세계의 변화라는 것이 그렇게 오묘할 수 있을까. 뿌연 하늘에 떠다닐 때에는 분명 거무칙칙한 색깔을 하던 눈송이들이 허위허위 지상에 내려오는 즉시로 꿈속세상처럼 새하얀 색으로 돌변하는 동시에 이제까지 거무칙칙하던 지상세계까지 한 가지 순백색 옷으로 포옥하니 감싸주는 것이다. 사별한 영감과 가끔 만나는 꿈속 세계가 바로 그 빛깔이었던 것만 같다. 할머니는 눈 오는 날씨가 되면 어느 틈에 설레어오는 가슴을 부여안고 아들네 집으로 달려오고 싶어진다.

하얀 눈에 덮이기까지의 지상세계 생명들이 얼마나 고단한 세월을 보내는지를 할머니는 알고 있다. 모진 목숨 부대끼기는, 일에 쫓기고 욕심 부리는 사람들이나 굳은 흙 속에 뿌리내리고 무수한 잎사귀와 씨앗을 불리는 식물들이나 매한가지였다. 남편과 함께 다섯 남매를 키우느라고 힘든 농사지을 때에는 소출을 늘리는 일에 여념이 없고 식물이 무럭무럭 자라는 모습만 눈에 들어오다 보니 그 속에서 자신의 죽음의 그림자를 보지 못했던 것이 이제야 할머니의 마음을 소스라쳐 놀라게 한다. 자식들이 모아주는 넉넉한 돈으로 생계 걱정이 필요 없게 되어 허구한 날 세월 보내는 게 일이 되고 이제 정말 남은 일이라고는 죽는 일밖에 없다는 생각에 몸을 떨 때에는 문득 땅위에 사시사철의 변화가 모두 부질없다고 느껴지는 것이다. 한여름 땡볕에 하늘로 치솟으면서 살아있음을 자랑하던 마당 안의 그 모든 식물들 가운데 한겨울 찬바람에 숨죽이지 않는 게 있던가. 이제 와서 돌이켜

보면 그렇게 부대끼던 인생사란 것이 결국, 한 알 씨앗에서 새싹이 나오고 한동안 줄기차게 뻗대다가 씨 몇 방울 달랑 남기고 죽는 안마당의 저 잡초들이나 다름이 없는 것이 아닌가.

초여름 긴 해가 서쪽 하늘로 기울고 있었지만 할머니에게는 마땅히 갈 곳이 없었다. 정처 없는 발길을 옮겨서 다시 현관 쪽으로 걸어가던 할머니는 아까는 보지 못했던 하얀 것이 현관문 틈서리에 꽂혀 있는 게 눈에 띄었다. 가까이 다가가서 보니 종이쪽지가 편지 모양으로 접혀있는 것이었다. 떨리는 손으로 종이쪽지를 빼내어 펴보니 또박또박 정성으로 쓴 며느리의 글씨였다.

어머님께.

오늘은 아이가 걱정되어서 제가 조퇴를 하고 일찍 들어왔습니다.

인석이는 아무래도 병원신세를 져야 될 것 같아서 제가 데리고 병원 갑니다.

어제 오토바이에 치인 아이는 몇 시간 못 가서 죽었답니다.

인석이는 그 소식을 듣고 크게 놀랐는지 간밤에는 잠도 제대로 못 자고 헛소리까지 하였습니다.

오늘 전문가에게 전화로 알아봤더니 어린 나이에 그런 무서운 일을 당하면 심리장애가 클 수 있으니 전기충격치료를 해서 그 순간의 기억을 지워버리는 것이 상책이라고 합니다.

아마도 오늘 밤까지는 병원에 있어야 될 것 같습니다.

어머님도 신경이 약해질 연세이시니까 충격 받지 않으시도록 주의하시는 게 좋겠습니다. 특히 어제 교통사고 났던 곳 가까이는 다시 가지 마시고요.

그 사고가 어머님 때문에 일어난 것은 아니지만, 그곳을 보시면 그 일이
자꾸 생각나실 테니까요.
10일 오후 2시에 인석이 에미 올림

할머니는 며느리의 편지를 찬찬히 들여다보면서 곰곰이 생각에 잠
긴다. 교통사고가 어머님 때문에 일어난 것은 아니지만이라는 건 무
슨 말일까. 손자 아이가 변을 당한 것이 자기 탓이라는 것은 할머니
자신이 했던 생각이다. 자기 잘못으로 손자 아이가 죽을 변을 당할
운수인 것을 그 앞을 걸어가던 다른 집 아이가 대신 당한 것만 같다.
그런데 손자 아이가 받는다는 전기충격치료라는 게 어떤 것인감. 그
런 무서운 장면의 기억을 없애버린다면 녀석이 그동안 나와 함께 놀
았던 일들은 어떻게 되누. 놀란 기억이 사라질 적에 이 할매하고 강
아지 토끼 기르던 일까지도 잊어버릴 게 아닌감.

할머니는 들고 왔던 배냇저고리 보퉁이를 힘없이 아래로 내려놓으
면서 잠겨있는 현관문 앞에 주저앉았다. 게다가 어느 병원에 입원했
다는 말이 없는 것은 결국 그곳으로는 찾아오지 말라는 말일 터이다.

현관 문턱에 오도카니 쪼그리고 앉아서 하염없는 눈길로 안마당을
둘러보는 할머니의 머릿속에는 그동안의 일들이 마치 희뿌연 꿈속에
서 일어났던 것처럼 어렴풋이 떠오른다. 몇 발자국 앞에 누워있는 강
아지가 모처럼 자기를 돌아봐주는 할머니에게 꼬리를 흔들면서 반가
운 체를 하지만 그렇게 익숙하던 짐승의 모습조차 어쩐지 낯설다는
느낌이다. 강아지만이 아니라 이 안마당에 있는 모든 것이 언제 어떻
게 될지 모른다는 불안감이 갑자기 엄습해 온다. 할머니는 자기가 너
무 욕심을 부린 게 후회스러웠다. 강아지만 있어도 좋을 걸 토끼까지

기르자고 할 게 뭐람, 할머니는 자기도 모르게 한쪽 손을 들어 가슴
을 치는 것이었다.

엔 유엔 마이 마이

양귀수 소설집

※ "엔 유엔 마이마이"는 "나는 당신을 언제까지나 사랑합니다" 라는 뜻의 베트남말임.

핸드폰에 찍힌 시간을 본 정수는 가던 걸음을 멈추었다. 집을 나온 지 벌써 한 시간이 넘어가고 있었다. 뒷동산 너머로 조금만 더 걸어가면 작년에 매입한 인근 과수원의 작황도 돌아볼 수 있겠지만 아내와 모친을 보지 못하고 나온 사실이 영 마음에 걸리는 것이었다. 아내는 오늘 서귀포 5일시장에 가는 날이니까 좀 늦어질 수 있겠지만 모친이 보이지 않았던 것이 걱정스러웠다. 요즘에는 별다른 사건이 없었으나 모친이 가끔 보이는 이상한 행동들은 노인성 치매에서 오는 것이기 때문에 언제든지 악화될 수 있는 일이었다. 서울에서 있었던 맏형의 딸 결혼식에 다녀오느라고 어제부터 집을 나가있는 동안에도 정말 무소식이 희소식이라는 말만 믿고 다녔고, 오늘 오후 원래 예정보다 하루 앞당겨 제주도로 돌아온 것도 모친의 동태가 걱정스러웠기 때문이었다. 집에 돌아와서 모친 얼굴이 보이지 않길래 동네 어디에 나가 계실까 하고 밖으로 나왔다가 때마침 화창한 가을 날씨가 발길을 돌려놓았고 마을 주변의 변하는 경치 구경하는 일에 정신을 뺏겨버린 관계로 어느덧 많은 시간이 흘러버린 것이었다.

정수는 발길을 집으로 돌리면서 다시 아내한테 핸드폰을 걸어보았다. 아내는 이번에도 전화를 받지 않는다. 서울에서 비행기 탑승할 때와 제주공항에서 비행기를 내렸을 때도 전화 응답이 없었으니 세 번째 전화를 받지 않는 셈이다. 아마도 핸드폰을 집안 어디에 두고 나간 모양이다. 하여간에 걱정스러운 것은 모친의 행방이지 아내가 무슨 일을 내지는 않았을 터이었다. 타우라는 이름의 베트남 여자인 아내는 서른아홉 살 노총각인 정수와 1년 전에 국제결혼 가정을 꾸린 이후 남편 잘 위하고 홀시어머니 봉양 잘 하기로 온 마을에 칭찬이 자자하였다. 남편인 정수가 보기로는 타우가 소문처럼 그렇게 흡족스러운 아내도 아니었고 그렇게 실팍한 며느리도 아니라고 생각되었으나, 그때 외국인 여자를 덥석 아내로 데려온 것이 처음 고민했던 것처럼 그렇게 궁상맞은 짝짓기도 아니고 실패한 인생도 아니라는 자위는 할 수 있었다.

정수는 집으로 향하는 발걸음을 재촉하였다. 모친을 좀 더 찬찬히 수소문해 보고 나오지 않았던 것이 후회스러웠다. 그의 뇌리에는 몇 주 전에 모친이 행방불명되어 온 마을을 찾으러 다니던 일이 떠올랐다. 하루 종일 애쓴 끝에 마을 뒤 시냇가에서 발견된 모친에게서 나온 말은 치매 상태가 가볍지 않음을 역력히 보여주는 것이었다. 아득한 옛날 시냇물 봉천수 받아먹던 때 있었던 어떤 일이 생각났던 것인지, 그 봉천수 연못가 바위 턱에 넋 놓고 앉아있던 모친은 천연덕스럽게, 어떤 나쁜 사람이 남의 물허벅을 훔쳐가 버렸다고 한숨 몰아쉬며 푸념하고 있었던 것이다. 그전에도 노모는 그곳 시냇가에 가서 시간 보내기를 잘하였다. 마을 안이고 밖이고 할 것 없이 한 해가 다르게 변하는 세상인데 그런 가운데에도 옛날 모습이 많이 남아있는 곳이 그 시냇가여서 그랬으려니 하기는 했지만 물허벅 지고 물 길러 다니던 세상이 언제였는데 아직껏 그때 생각이 남아 있었다니, 제 정신 가진 사람으로서는 있을 수 없는 일이었다. 얼른 보기에 전혀 이상한 데가 보이지 않고 귀가 먹거나 입놀림이 불편한 것도 없어서 정상적인 대화 나누기에 지장이 없어 보이는데 간혹 벌어지는 일은 아들 마음을 깜짝깜짝 놀라게 하는 것이다. 죽은 지 10년도 넘은 자기 언니를 만날 일이 있다면서 이웃마을에 찾아갔다가 그곳 사람들을 당황케 한 적도 있고, 상대방에선 언제 일인지 까마득하게 잊어버린 빚을 갚지 못했다면서 만원 지폐를 한 장 내밀어서는 이웃집 할머니를 어리둥절케 한 적도 있었다. 아직도 새 며느리 얼굴이 낯익지 못하는지 며칠 전에는 새로 한복 맞춰 입고 들어온 며느리한테 어디서 온 새각시냐고 청승맞게 물어서 팟삭 무안케 하기도 하였다.

정수가 1년 전에 베트남 여자 타우와 결혼해야겠다는 결심을 다질 때 가장 마음에 걸렸던 것이 치매 증세가 더해가는 모친의 처지였다. 말도 잘 통하지 않는 며느리와 정신이 오락가락하는 시모 사이에 벌어질 고부관계가 사람들 속을 얼마나 태울 것인지 염려하지 않을 수 없었던 것이다. 모친의 정신력이 1년 전에 비하여 많이 쇠약해진 것은 틀림없는데 그 원인이 단순한 노령화 탓인지 낯선 나라 사람 베트남 며느리를 들인 탓인지 그로서는 알 수가 없다. 그 당시 모친은, 베트남 여자와 결혼하겠다는 아들의 말에 전혀 타박을 놓지 않았지만, 그것은 필시 자기가 저지른 잘못 때문에 아들이 노총각 신세가 되었다는 죄책감 때문일 것이라는 게 정수의 추측이었다. 모친의 이 같은 죄책감은 오래된 강박관념과도 같은 것이었다. 아들의 나이가 서른이 넘고 마흔을 바라볼 그때만 해도, 늘그막의 부모가 노총각 아들에게 흔히 한다는 성화같은 잔소리는 별로 없으셨고 "아이고, 못난 에미 따문에 장게 ?번 못 가보곡, 넌 아멩해도(아무래도) 몽달구신 되젠헴구나"를 되뇌었던 것이다.

"느만 조민 좋다게."

모친은 뜻밖에도 선선히 베트남 며느리를 허락하셨지만, 내심으로 얼마나 이를 좋아하셨는지는 아들로서도 알 수가 없다. 노인성 치매는 스트레스 많이 받아도 생길 수 있다고 하는데 아무래도 외국인 며느리 둔 것이 탈이 된 것만 같았다. 며느리가 당신의 마음에 정말로 들었다면, 말이 좀 서툴더라도 그 며느리하고 밥 먹는 것도 좋아해야할 게 아닌가. 모친은 며느리의 요청을 물리치고 부엌살림을 따로 하겠다고 고집을 피우고 있는 것이다. 자기도 옛날에 늙은 시부모님 모시고 밥을 같이 먹지 못한 몸인데 무슨 낯으로 외국인 며느리 해주는 밥을 먹느냐는 말씀이었다. 이렇게 말할 때의 모친은 얼마나 논리정연한 주장을 펼치는지 가끔씩 보여주는 이상한 치매증상이 믿겨지지 않을 정도였다.

노인들이 노망기 있는 행동을 자주 보이면 그들의 과거에 어떤 마음의 상처가 있었는지를 두고 자손들은 부심하게 된다. 모친의 치매를 가져왔다고 생각되는 또 하나의 스트레스가 베트남 며느리를 두기 전부터 있었음을 정수는 알고 있었는데 그것의 역사는 매우 오래된 것이었다. 그가 어렸을 때부터 모친은 그의 결혼에 대해 걱정하는 말을 유달리 많이 하였었다. 툭하면 "느 경 허민(그렇게 하면) 장게 못 간다이" 하고 걱정인지 놀림인지 꼬집는 말을 잘 하였다. 그가 어쩌다 밥 한 그릇을 다 먹지 못할 때는, "느 밥 잘 먹엉 힘이 쎄사 장게 갈 건디" 하였고, 목욕시켜 주려는 엄마 손길을 빠져나가려 할 때는 "목욕 안 허영 꼬추가 지지허민 장게 못 갈 건디" 하고 핀잔을 주었고, 꼴찌에 가까운 학교 성적표를 가져왔을 때는 "그치룩(그렇게) 공부 못허영 높은 학교 못 올라가민 장게는 어떵 갈 거니" 하였다. 나중에 들어보니 모친은 막내아들의 결혼에 대해 각별히 걱정할 만한 이유가 있었다.

모친은 막내아들이 젖먹이 시절에 왼쪽 귀 아랫부분을 잃어버린 것이 장가가는 데에 큰 지장이 될 거라고 노상 걱정하였고 아들의 그러한 불행은 자기 잘못 때문이라고 믿고 있었다. 어릴 때에는 정수 자신도 모르는 일이었다. 그는 자신의 왼쪽 귓불 없어진 것을 별로 의식하지 못하면서 나이를 먹다가 초등학교에 들어가서 학교 아이들의 놀림을 받게 돼서야 거울 속을 들여다보면서 자기 얼굴에 이상한 점이 있음을 발견했던 것으로만 기억하고 있었던 것이다. 그러나 거울 속에서밖에는 볼 수 없는 이상한 귀 모양으로부터 정수의 마음이 어떤 영향을 받았다면 그것은 사실 모친 탓이 컸다고 할 수 있었다. 아들이 공부를 잘 못한다는 말을 듣거나 손댄 일이 잘 풀리지 않는 것을 보고서는 툭하면 "사내들은 귓불에서 궁퉁이가 나온다고 했는디 니는 어떻게 해서…" 하였고, 정수가 스무 살을 넘기면서부터는 또 "이런 귓불 털어진 총각안티 어떤 처녀가 올겅고…" 하면서 한숨을 쉬었던 것이다. 아들 생각에는 딱히 모친의 탓으로 돌릴 일이 아니었는데도 그랬다. 정수가 물애기였을 때 일이라고 한다. 방 안에 들어온 쥐 한 마리를 막대기로 때려잡으려 이리저리 쫓던 중에 도망갈 데를 찾지 못하던 쥐가 하필이면 방바닥에 누워있던 애기의 왼쪽

귀 아래 부분을 싹둑 물어끊고 달아났다는 것이다. 애기를 재울 때에
는 애기구덕에 눕혀야 하는데도 방바닥에다 눕혔던 게 잘못이라는
것인데 조상들 내려준 육아방식이 무슨 대단한 법식이나 된 듯이 굉
장한 죄책감을 느끼는 것 같았다. 위로 두 형제가 커올 때 개구쟁이
짓을 너무 심하게 했던 탓에 셋째 자식은 딸이기를 바랐다가 아들이
나왔기 때문에 날 때부터 자식사랑이 모자란 것이 탈이라는 말까지
나왔었다.

　모친의 때이른 예견을 들으면서 마음의 대비가 되었던 탓인지 정
수는 서른 넘은 총각신세가 되면서도 정해진 운명을 받아들이듯이
별로 큰 상심을 하지 않았다. 하기는 모친의 예견이 아니더라도 실업
고 학력 정도의 평범한 농촌 총각은 결혼하기가 어려운 이상한 세상
이 되어버렸다. 아들의 나이가 마흔 문턱에 가까워지자 모친은 아예
결혼 애기를 입에 담지 않으셨다. 혼기를 놓쳐가는 막내아들에 대해
결혼 독촉이 없었던 것 자체가 모친의 억하심정을 말해주는 듯하였
다. 정수가 뒤늦게 결혼 애기를 꺼내게 되었을 때 모친은 마치 자신
의 잘못을 들킨 사람처럼 고분고분 아들의 말을 따라주었다. 베트남
이라는 먼 나라에서 며느리를 데려와도 좋으냐는 물음에도 아무 반
대를 않으셨고 시집 온 다음에도 이 베트남 며느리에 대해서 별다른
불만을 보이지 않고 있다. 다른 며느리들에 대해서는 곧잘 험담을 하
는 모친이면서도 그랬다.

　사실 타우는 시어머니한테서 흉허물 잡힐 만큼 드러나는 잘못을
저지르지는 않았다. 모친에 대한 봉양으로 말하면 며느리 쪽이 아들
보다도 더 자상한 정성을 보여주었다. 칠순을 훨씬 넘긴 노모는 날씨
에 따라서 정신이 왔다갔다 하는 것 같은데도 이 베트남 며느리의 효

성은 실로 뜻밖의 것이었다. 자기가 살던 베트남 마을에서는 3,4대 가족이 한 지붕 아래 모여사는 것이 보통이었고 늙은 부모가 같은 울타리 안에 살면서 부엌살림을 따로 차리는 집은 아무데도 없었다면서 남편한테 대놓고 통사정하기가 한두 번이 아니었다. 부엌살림은 따로 하고 있지만 타우는 틈있는 대로 모친이 기거하는 바깥채에 가서 음식재료 마련도 봐드리고 빨랫감을 거두어 오기도 한다. 우툴두툴 옹이진 노모의 손을 어루만지고 주무르거나 어깨와 등을 마사지해 드릴 때도 많다. 시어머니가 중얼거리듯 하는 듣기 힘든 말을 알아들으려고 귀를 기울이는 며느리의 모습을 하루에도 몇 번씩 볼 수 있다. 한국어를 익히는 중이라는 게 며느리의 말이지만 사투리가 심하고 발음이 분명치 않은 노모의 말에 화답하기는 쉬운 일이 아닐 터이었다.

이들 고부간에 벌어진 감동 드라마 한 토막이 마을 사람들에게 널리 알려져 있다. 정수 모친이 한나절 실종되는 소동을 피운 지 얼마쯤 지난 어느 날, 마을 밖으로 나간 노모의 모습이 한 시간이 넘도록 다시 나타나지 않아서 밖을 살피던 며느리가 마을 어귀에서 만난 같은 동네 어떤 할머니에게 시어머니가 없어졌다는 얘기를 했더니 "그 할망이사 구신이영 말 곧는 할망이난 구신안티 가실테주(갔을테지)" 하고 농담 삼아 한마디 한 것이 사건의 발단이었다. 며느리는 '구신'이 있는 곳이 마을 신당인 줄을 알고 있었고 그 신당이 마을 뒷동산 오르막의 한 언덕자락에 있는 줄을 알고 있었다. 자신의 고향인 베트남 산악지대에도 그와 같은 신당숭배 풍속이 있었음을 기억하는 이 며느리는 시어머니를 따라서 마을 신당에 여러 차례 다녀온 적이 있었던 것이다. 그러나 마을 주변의 지리에 어두웠던 타우는 신당을 찾지 못하여 두 시간 이상을 헤매고 다녔고 그동안에 며느리가 자기를 찾아 밖으로 나갔다는 말을 들은 노모는 또 며느리를 찾아 사방을 돌아다니는 숨박꼭질이 벌어졌다. 서로 길이 엇갈려 마을 주변을 헤매다가 신당이 보이는 뒷동산 마루에서 만난 시어머니와 며느리는 두 손을 마주 잡고 웃음반 울음반의 감격을 나누었다는 이야기였다.

그러나 국제결혼 가정의 애로는 만만치 않았다. 정수가 예상했던 대로였다. 외국인 여자라는 것을 고려하고 들어가니까 그녀의 마음 씀씀이가 기특해 보이지만 불편하고 서먹서먹한 데가 한둘이 아니다. 언어의 장벽이 이렇게 높은 것인지 하루에도 몇 번씩 실감하였다. 이쪽에서 가볍게 던진 말인데 선뜻 대답은 하지 못하고 멍한 표정으로 상대방 얼굴만 멀뚱히 쳐다볼라치면 대책없이 당황스러워진다. 눈에 훤히 보이는 물건을 놓고 이야기하는 것은 그런대로 괜찮지만 속마음을 전달하는 말은 적당한 어휘를 고르느라 한참을 고심하기가 일쑤이다.

타우의 한국말 실력이 얄팍하다는 생각이 항상 따라다니는 탓으로 그녀의 행동에 수상쩍은 데가 있어도 일일이 물어보기가 쑥스러워진다. 타우가 설거지하다가 말고 창밖 하늘을 멍하니 내다보아도 일부러 못 본 척하게 된다. 땅거미 내릴 때쯤에 집마당에 우두커니 서서 빛바랜 슬레이트지붕 언저리나 먼 산을 멀거니 바라보는 그녀에게 건네줄 적당한 말이 생각나지 않는다. 정수 혼자서 외출했다가 밤늦게 돌아와 보면 타우는 거실 마루에 우두커니 앉아 밖을 내다보고 있을 때가 많다. 여름에는 늦게 들어오는 남편을 기다리느라 대문가에 호젓하게 앉아 있을 때도 몇 번 있었다. 밤늦게 그렇게 혼자 밖에 나가 앉아있으면 남들이 이상하게 본다고 핀잔을 주었더니 그 다음에는 그런 일이 없어졌다. 자기가 집에 있는 것을 신랑이 잊어버렸길래 밤이 늦어도 들어오지 않는 줄 알았다니, 이젠 제법 남편에게 농담까지 걸 줄 안다고 웃어넘겼지만 그렇게 말하는 정수의 마음 한켠은 자기도 몰래 철렁 내려앉는 것이었다.

마흔 넘은 총각이라는 말은 듣지 않기로 하고 국제결혼을 결심하게 된 정수는 어느 나라 처녀를 데려올까를 두고 고심하였다. 처음에는 중국 조선족 여자 쪽으로 호감이 갔었다. 우선 말이 통하고 같은 민족이라는 점에 친근감이 느껴졌던 것이다. 그러나 바로 그렇게 수월한 점이 있었기 때문에 그동안 이루어진 조선족과의 국제결혼은 오히려 실패율이 제일 높았다는 중개업자의 말을 듣고 정수는 생각을 바꾸었다. 그 당시 1천 명에 가까운 제주도내 국제결혼 이주자 가운데 반 이상이 중국 조선족이었지만 이들은 위장결혼 등의 사유로 인하여 국제결혼에 대한 사람들의 인식을 흐려놓았다는 얘기였다. 당장의 편의만을 중시하는 안이한 동기유발이 국제결혼의 실패율을 높인다는 설명은 결혼에 대한 그의 마음가짐을 사뭇 진지하게 만들어주었다. 외국인과의 결혼은 성사되기도 어렵고 헤어지기도 어려운 일이며 따라서 훨씬 더 신중한 판단과 대담한 모험심이 요구된다고 들은 정수는 결국 베트남 여자를 택하기로 결심하였다. 베트남은 동남아 지역인데도 쌀을 주식으로 하고 돼지고기와 생선을 많이 먹는 식생활이 한국과 매우 비슷하다는 점, 특히 베트남 여자는 바깥일이나 힘든 일을 마다않을 정도로 활동적이면서도 남자를 잘 위하고 존대해 준다는 점, 베트남 국민은 원래 유교문화권에 속하였기 때문에 조상숭배와 봉제사의 풍속이 건재할 정도로 가족윤리가 두텁다는 점, 이렇게 정수가 들으면서 귀가 솔깃한 것이 많았다. 베트남 민족은 참고 견디는 뚝심이 세기로 유명하다는 말도 그의 결심을 도와주었다. 미국사회를 구성하는 여러 민족들 중에서 유태인이나 한국인들이 악착같은 인고의 생활력으로 유명했지만 이를 뺨치는 이들이 베트남에서 건너간 보트피플이었다는 것이다. 강대국으로부터 여러 차례 정복을 당했고 한때는 1천 년간이나 중국의 속국으로 설움을 받았으면서도 끝내는 독립국가로서의 존립을 지켜낸 민족이었고 현대 세계를 호령하는 천하무적 미국인들조차도 손을 털고 쫓겨나게 만든 것이 베트콩 게릴라들이었다는 얘기였다.

이 모든 점이 정수가 베트남 여자를 선택하게 한 매력이었지만, 한국보다 많이 낙후되었다는 베트남 사람들 가운데에서도 가장 낙후된 북부 고산족 먀오족(苗族) 여자를 택할 때에는 상당히 주저했고 자신 없었던 것이 사실이다. 먀오족은 오랫동안 높은 산악지대에서 고립되어 살아왔던 관계로 수십 개 베트남 민족들 중에 현대문명의 빛을 가장 덜 받은 쪽에 속한다고 하였다. 이렇게 낙후된 지역의 처녀를 선택할 때의 정수의 심정은 미묘한 것이었다. 처음에는 혼혈아가 우수하다는 어디서 들은 말에 마음이 끌렸었다. 이민족간의 결혼에서 태어난 자녀가 근친혼에 비하여 체질과 두뇌와 용모에서 더 우수하다는 말이 정말이라면 아빠와 엄마가 혈통적으로 멀리 떨어져 있을수록 더 우수한 자녀가 태어날 것이라는 생각이 들었던 것이다. 고립되어 살아왔다는 먀오족의 여자는 그만큼 타민족으로부터 더 많이 떨어진 혈통일 터이니 건강한 2세 출생을 위해서 최선의 선택이 될 것 같았다. 그런데 고산족 베트남 여자를 선택할 때의 정수는 더 이상의 것을 생각하고 있었다. 먼 나라에서 온 여자일수록 다시 돌아갈 엄두를 못낼 터이니 먀오족이 사는 베트남의 고산지대에서 한국의 벽지 제주도로 시집오는 여자야말로 자기한테 제일 어울린다는 생각이었다. 마흔 나이를 바라볼 때까지 젊은 여자의 손목 한 번 제대로 잡아보지 못한 정수였던 것이다.

먀오족 처녀를 선택한 것이 정말로 훌륭한 2세를 낳는 결과를 가져올는지는 앞으로 두고 볼 일이지만, 지금까지는 그의 선택이 잘못된 것이라는 생각이 들지 않는다. 더구나 그의 선택이 현명한 것이었음이 예기치 못한 곳에서 드러났다. 원래부터 유교 전통이 강했던 베트남 사람들이 가족간 화목을 중시한다는 말은 들었었지만, 먀오족은 고산지대에서 고립생활을 해오던 종족이라서 가족간 유대관계가 특히 두텁다는 점을 뒤늦게 알게 된 것이다. 베트남 농촌지역에서도 요즘에는 핵가족화가 많이 이루어졌으며, 조부모에서 손자에 이르는 대가족이 가까이에 살면서 상호간 보호와 협력관계를 유지하는 경우에도 식사만은 따로 하는 소위 제주도의 재래식 가정과 비슷한 반면에, 먀오족과 같은 일부 민족에서는 3, 4대의 대가족이 한 지붕 아래에서 같은 부엌살림을 하고 식사도 같이 한다는 것이다. 시어머니와 식사를 함께 못하는 것을 유달리 안쓰러워하는 타우의 마음은 실상 그럴만한 뿌리를 갖고 있음이었다. 정수의 마음을 안타깝게 하는 것은, 타우가 자기를 다른 며느리들과 비교하여 생각한다는 것이다. 서울에 사는 큰며느리나 제주시에 사는 둘째 며느리가 간혹 집에 내려왔을 때에는 꼭 시어머니와 식사를 같이 하는데 자기는 베트남 며느리이기 때문에 멀리하는 것이라고 넘겨짚고 있는 모양이었다. 아직까지는 모친이 고집을 부려서 식사를 따로 하고 있지만 이제 잘 설득을 해봐야겠다는 것이 정수의 생각이었다. 더구나 오늘 아침 형제간에 헤어지는 자리에서 큰형은 정수네가 모친과 식사 같이 안 하는 것에 대해 섭섭한 기색을 비쳤었다. 작년에 농지구입을 할 때에 큰형이 재정적으로 큰 도움을 주었던 사실이 떠올랐던 정수는 형 앞에서 면목이 없었던 것이다.

1년 남짓 동안 타우가 보여준 행동들은 정수의 기대에서 벗어나지 않았다. 타우는 제주도 밖으로 나가본 적이 없거니와 집 밖 어디에도 나가서 밤을 지내본 적이 없었다. 말이 서툴어서 그렇기도 하겠지만 집 밖으로 나갈 일이 아예 없었다고 해야 할 것이다. 타우는 마을 밖 어디로도 떠날 수 없고 다른 어디에도 갈 생각을 않으면서 오직 한 남자의 품 안에 안기는 것에 만족하고 있는데 그 남자는 바로 정수 그 자신인 것이다. 정수는 가끔 스물다섯 살 활짝 피어난 타우의 얼굴을 지긋이 바라보면서 이것이 정녕 꿈이 아닌 현실임을 확인하듯이 손목을 꼬옥 잡아보기도 한다. 어떤 때는 한창 물오른 장미꽃 모양 팽팽하게 부풀어오른 타우의 가슴을 힘껏 껴안아 보면서 허구한 세월 끓어오르는 욕망을 억누르고 냉가슴 앓던 과거의 일들이 오히려 꿈만 같이 여겨지기도 한다.

타우의 모습과 함께 꼬리를 물고 정수의 머리에 떠오르던 상념들이 갑자기 울리는 핸드폰 소리로 뚝 끊겼다. 전화를 건 것은 이름도 모르는 어떤 금융기관의 영업직원이었다. 복잡한 수속도 없고 즉시 송금이 가능한 대출을 받을 수 있다는 영업안내가 나긋나긋한 여자의 음성으로 들려오는 것이었다. 전화 목소리를 다 들어보고 나서 대출금 같은 것 필요 없다는 대답을 하려고 했는데 핸드폰 전원이 먼저 끊어져버렸다. 작년 가을에 타우와의 결혼 기념으로 유기농 사업확장을 위하여 3천 평짜리 폐과수원 하나를 사들일 때만 해도 은행대출금을 얻으려고 동분서주했었지만 이제는 연차적으로 대출금 갚아나갈 궁리를 하고 있는 실정이다.

핸드폰 전원이 끊어져 버린 것이 신호나 된 듯이 정수는 발걸음을 빨리하였다. 여행 중에 핸드폰 충전을 해놓지 않은 것이 탈이었다. 이제는 집에 도착할 때까지 전화를 걸 수 없게 된 것이다. 이제까지 아내 혼자 집에 남았다고 해서 무슨 걱정할 일이 생겨본 적은 없었지만 오늘따라 꼭 무슨 일이 집에 생긴 것만 같이 느껴졌다. 오늘은 서귀포 5일시장 날이지만 아내 혼자서 반시간 가량 버스 타고 시장 나들이 해온 것이 벌써 몇 달째이니 걱정할 것이 없을 터인데도 그랬다. 어느 신문의 국제결혼 관련 기사의 보도대로, 타우가 한글을 깨치는 데에는 두 주일로 족하였고 장보는 데에 필요한 간단한 대화 정도는 이제 곧잘 이어갈 수 있게 되었다. 다만 아침 열 시쯤에 나갔다가 오후 서너 시에 돌아온다는 것이 좀 미심쩍다는 느낌이 들지만 워낙 5일시장에 나오는 물건과 사람과 구경거리가 많고 다양하여 한국 사회의 현장학습치고는 아주 좋은 기회라고 생각되었기 때문에 아무런 내색을 하지 않기로 하는 터였다. 국제결혼한 아내의 동태를 의심하여 지나친 감시를 하는 남편이 그네들의 마음을 서럽게 만든다는 신문기사를 기억하는 정수였다.

이제 타우는 마을 사람들과도 제법 잘 어울리는 것 같다. 젊은 여자들 모습을 좀처럼 볼 수 없는 이 마을에서 서투르지만 상냥한 한국말로 응대해오는 외딴 나라 새색시의 명랑한 얼굴은 이제 온 마을의 상큼한 명물이 되고 있음이었다. 처음 한동안은 긴장감으로 가득 차 있던 아내의 얼굴에 차차 희색이 돌고 동네 사람들과도 스스럼없이 잘 어울리는 것처럼 보이면서 정수의 마음도 이제 안심을 얻어가는 중이었다.

동네 사람들 중에서도 타우의 한국 적응에 특히 많은 도움을 주는 이는 태권도 선수 출신 오철우였다. 정수와는 초, 중, 고 세 학교에서 연이어 5년 후배였던 철우는 읍내 태권도장에서도 정수를 따라다닌 적이 있었는데 별로 야물지 못했던 그와는 달리 검은 띠를 두르고 전 도체육대회 금메달까지 탄 적이 있는 뚝심의 소유자었다. 농사꾼으로 고향마을을 떠나보지 못했던 정수보다 선이 굵었던 철우는 원양어선을 타고 멀리 동남아로 태평양으로 나다니기 10년을 넘기면서 세상구경도 많이 했고 남쪽 어느 나라에 딸 하나를 두고 있다는 풍문도 들리는 등 통 큰 남자로 통하고 있었다. 타우보다 1년 정도 먼저 한국에 들어와 살고 있던 철우가 타우와 가까워지게 된 것도 그의 동남아 순력 경험 덕택이라 할 수 있었다. 그는 베트남에서 한동안 태권도 사범을 한 적이 있는 관계로 그 나라 관련 상식도 꽤 많이 있었고 베트남 말이 어느 정도 통하기 때문에 타우와는 자연히 친해질 수가 있었던 것이다. 타우가 한국어를 익히는 데에는 철우의 도움이 컸다는 사실을 알고 있는 정수로서는 이들의 만남을 경계하지 않고 오히려 고맙게 생각하고 있었다. 동네 잔칫날 같은 때에 철우와 타우는 마을 사람들이 보는 앞에서 무슨 내용인지 베트남말로 터놓고 얘기하는 것은 예사였고 요즘 와서 그는 10년이나 연하인 타우를 두고 형수님이라고 부르는 넉살까지 보여주고 있다.

정수는 철우가 동생 같기도 하고 친구 같기도 하다. 자기한테 없는 붙임성과 박력, 그리고 약간의 허풍기가 철우한테 있기 때문에 그에게 더 끌리는 것도 같다. 철우와 만나서 얘기하다가 그의 얼굴을 물끄러미 바라보노라면 정수는 슬그머니 쑥스러워질 때도 있다. 이런저런 깊은 속내 이야기를 그만큼 많이 하는 탓이었다. 그가 원양어선을 그만두고 귀향한 지 얼마쯤 지나서 정수가 국제결혼 문제를 두고 고민할 때 들려준 베트남 문화론 몇 토막은 지금도 기억에 선하다. 베트남에서는 출가외인 관념이 강하여 여자는 결혼하는 날부터 남편 쪽 성을 쓰게 되며 시집가는 딸에게 재산을 물려주지는 않는다고 하였다. 또한 프랑스의 지배하에서 지중해 문화의 영향을 많이 받은 결과 낭만적인 연애풍조가 있어서 사랑의 표현방식이 화끈한 데가 있다는 얘기도 있었다. 한국에서는 40대 남자가 20대 여자와 결혼하는 것이 도둑놈 소리를 듣지만 베트남에서는 아주 예사로운 일이라는 말은 정수에게 가슴 부푼 희망이었다. 철우가 들려주는 베트남의 침실 매너도 귀가 솔깃하였다. 침실에서 사랑을 나눌 때 베트남 남자는 반드시 여자의 오른쪽에 눕게 되어있다는 것이 그의 얘기였는데 그렇게 해야 남자는 여자를 오른팔로 힘껏 껴안을 수 있다는 설명이었다. 정수는 그 말을 곧이듣고 그대로 실천하려고 하였었다. 더구나 그는 어릴 때부터 귓불이 잘려나간 왼쪽 귀 보이는 모습을 남들에게 숨기는 오랜 습관이 있었기 때문에 그 같은 자세는 그에게 매우 쉽고도 자연스러운 일이었다. 그러나 막상 타우를 아내로 맞이하여 실연(實演)에 돌입하는 첫날밤에 사실은 그게 아님을 알았다. 타우의 실토인즉 자기네 고향에서는 신랑이 신부의 왼쪽에 눕게 되어있다는 것이며 그 이유는 신부가 신랑의 팔베개에 눕고 싶어하기 때문이라는 것이었다. 이 문제에 대하여 철우가 잘 몰랐던지, 베트남에서도 지역에 따라 풍속이 다르던지, 이 허풍기 있는 친구가 일부러 실없는 얘기를 했던지, 진실을 모른 채로 두고 정수는 타우의 청에 따르기로 하였다. 그러나 나중에 타우의 입에서 나온 말은, 자기네 고향에서도 신랑 신부의 눕는 위치에 대해서는 이렇다 할 원칙이 있는 게 아니라는 얘기였으며 덧붙여서 들려준 타우의 진실고백은 정수의 마음을 찡하니 울려주었다. 베트남 여자와 결혼하는 한국 남자로서 마흔 살이 채 안된 이는 어딘가 다른 데에 흠이 있다는 말을 듣고 정수에게서 그 흠을 찾아보던 타우는 그에게 왼쪽 귓불 없는 것을 발견하였다는 것이고, 바로 그 흠이 인연이 되어 자기가 한국 같이 좋은 나라에서 자기 마음에 쏙 드는 좋은 신랑과 결혼하게 되었다는 생각이 들자 밤마다 그의 왼쪽 귀를 보면서 잠들고 싶었다는 고백이었다. 남편의 팔베개에 머리를 살짝 얹고 가슴팍에 안기면서 "엔 유엔 마이마이"를 속삭이던 첫날밤의 기억이 정수의 머리에 아직도 생생하다.

　정수는 마을 어귀에 이르자 집에 꼭 무슨 일이 일어났을 것 같은 예감이 들었다. 핸드폰이 먹통이 되니 별 걱정을 다 하는구나 싶었지만 발걸음의 속도는 어느덧 더 빨라지고 있었다. 걸음을 재촉하던 그는 집과 올레가 한눈에 들어왔을 순간 발걸음을 딱 멈추고 말았다. 너무나 뜻밖의 광경이 얼른 믿어지지 않았고 말문이 막혀버렸다. 부르면 알아들을 만한 거리에서 타우와 철우가 이제 막 자동차에 올라타고 있었다. 운전석에 앉은 철우 말고 차에 오르는 사람은 타우 밖에 없음이 틀림없었다. 남편이 집을 비운 때를 이용하여 외간남자와 외출하는 타우의 꿍꿍이는 도대체 어떤 것일까, 정수는 뽀얀 먼지를 일으키며 달아나버리는 자동차를 멀거니 바라보는 수밖에 없었다. 사라진 자동차를 뒤쫓아 달려갈 수도 없다고 생각한 정수는 집안으로 들어왔다. 집안에 들어와서도 한참을 우두커니 서 있다가 맥 풀린 몸을 방바닥에 앉혔다. 그렇게 앉았다 섰다를 몇 번 했지만 어떤 행동을 취해야 할지가 막막하였다. 그동안 철우와 타우가 만나서 다정하게 속삭이던 그 많은 장면들이 생각나자 머릿속이 윙윙거리고 가슴이 다 울렁거렸다. 자기가 얼마나 멍청했으면 일이 이렇게 될 때까지 눈치를 못 차렸단 말인가, 분노와 모멸감으로 끓어오르는 심정을 주체할 수가 없었다. 그는 무슨 돌파구라도 찾듯이 방바닥에 있는 전화통을 내려다보았지만 아내의 핸드폰 번호조차 생각이 나지 않았다.

바로 그때 전화벨이 울렸다. 제주시에서 공무원 생활하는 둘째 형에게서 온 전화였다. 그 형의 느긋한 성질답지 않게 다급한 목소리였다. 모친이 교통사고로 서귀포의료원에 입원하였다는데 아직도 모르고 있었느냐, 자기는 무슨 중요한 회의 때문에 좀 늦게 가보겠고, 형수는 어디 갔는지 아직 연락이 안되고 있고, 막내며느리 타우는 모친 소식을 알고나 있는지 모르겠다는 내용이었다.

부리나케 자가용차에 올라타서 서귀포 쪽으로 달리는 정수의 머릿속에 아내와 모친의 두 얼굴이 포개지면서 떠올랐다. 형이 전하는 말로는 모친의 상태가 위험한 정도는 아니라고 하였다. 신호등 지키고 횡단보도 건너는 법을 그만큼 가르쳐드렸는데도 모친은 곧잘 아무데서나 아무 때고 길 건너기를 잘하셨다. 그동안에도 걸음마 배우는 어린애를 길거리에 내놓는 것 같은 하루하루였다. 요즘 들어 아주 고속도로가 되어버린 일주도로에서 기어코 일을 저지르고 말다니, 하루 앞당겨 오늘 귀향한 것이 천만다행이다 싶었다. 그러나 정수의 머릿속에는 모친의 얼굴보다도 아내 타우의 얼굴 모습이 더 크게 떠오르는 것이었다. 아내에 대한 배신감과 모친에 대한 걱정이 뒤범벅이 되어 갈피를 잡을 수 없었다. 정신없이 달리다가 신호등을 위반하는 바람에 교통순경에게 걸려서 옥신각신하느라고 많은 시간을 허비해 버렸다. 서귀포 시내로 접어들어 중앙로터리를 돌아가려고 하던 그는 길 건너편에서 걸어가는 아내를 발견하였다. 자기도 모르는 사이에 차를 급히 정거시킨 채 살펴보니 아내는 도로변 3층 건물로 들어가고 있는데 동반자는 아무도 보이지 않았다. 병원으로 달려가는 것이 더 중요하다고 생각은 하면서도 몸은 굳어져 있어서 생각대로 움직여주지 않았다. 자동차를 내린 정수는 머릿속 생각과 팔다리가 엇갈리는 방향으로 비틀거리는 가운데 아내가 들어간 건물 앞까지 걸어가 보았다. 올려다본 3층 건물 전면에는 피부과, 치과, 산부인과 등 병원과 미용실, 태권도장 등의 간판이 있었고, 그 한쪽 끝에는 요리학원 간판도 보였다. 잠시 두리번거리며 살펴보았지만 아내가 어디로 들어갔는지 전혀 모르는 상태에서 건물 안으로 무작정 들어갈 수도 없는 일이었다. 3층 건물을 올려다보면서 "야아, 이 베트남 여자야, 엿이나 처먹어라"하고 힘껏 소리 지르는 자신의 모습을 한번 상상해보는 것을 끝으로 요동치는 가슴을 가라앉히는 수밖에 없었다. 그는 자신의 행색이 행인들에게 이상하게 보일 것 같은 생각이 들어서 같은 건물 1층에 있는 농협으로 급히 들어갔다. 현금인출기에서 돈을 집어내면서 마음을 진정시킨 그는 밖으로 나오자 곧장 병원으로 차를 몰았다.

서귀포의료원에 도착한 정수가 황급하게 응급처치실로 들어섰을 때 한켠에 앉았다가 벌떡 일어서는 사람은 뜻밖에도 동네 총각 오철우였다. 이 총각을 막상 눈앞에 대하고 보니 그와 아내 사이를 의심했던 자신이 부끄러워졌다. 이들 남녀가 자동차에 동승하여 간 곳이 모친이 입원한 병원일 것이라는 생각을 미처 못 한 것도 미안한 일이었다. 오늘 타우가 외출시에 핸드폰을 잊고 나갔기 때문에 오후 세시경에 일어난 사고에 대해 연락받는 것이 한 시간 정도 늦어졌지만 집에 도착하는 즉시 핸드폰에 기록된 번호로 통화해서 모친의 입원 사실을 알게 되었고 마침 집에 있던 철우를 불러내어 급거 병원행 출동을 할 수 있었다는 것이 철우가 들려준 사건 전말이었다. 천만다행으로 모친의 상태가 가벼운 경상이라는 말을 듣고 안도의 한숨을 쉴 수 있었다. 겉으로는 무르팍에 약간의 상처가 난 것뿐이고 이제 좀 있다가 뇌진탕 여부를 검사하기로 되어있다는 얘기였다. 모친은 무슨 일이 있었는지를 잊어버린 듯이 세상모르고 잠들어 있었다. 사건 전말을 대강 이야기한 끝에 철우는 집에 볼일이 있다고 하면서 자리에서 일어섰다. 정수가 그의 손을 꼭 잡으면서 입을 열었다.

"자네, 오늘 수고했네. 겡헌디(그런데) 우리 집사름은 어디 간?"

"네, 어머님 드실 식사를 차려온덴예, 요 앞 중앙로터리 요리학원에 갔우다. 이제 곧 들어올 시간이 됐는디예."

"요리학원은 무슨 요리학원?"

"형수님이 나가는 요리학원 말이우다."

"타우가 요리학원에 나가?"

"형님 아직 그 얘기 못 들언 마씸? 시어머님 좋아하실 제주도 음식 배우겠다고 요리학원에 나간 지가 이제 두어 달 되어가는디예. 그것도 예, 5일시장 장보러 나오는 날 오후에 특별 개인지도 받넨 헤신디."

"그걸 왜 나에겐 알리지 않아신고?"

"강습비 지출하는 거 미안헤연 당분간은 알리지 말아사켄 헙디다만은."

"강습빈 누게가 주어신고?"

"그 강습비 때문에 형수님 막 애써십주. 그 돈 모으젠 지난 봄부터 특별 저축을 했젠예. 5일시장 값싼 디 잘 이용ㅎ민 그 정돈 모을 수 있젠 마씸. 시간이 좀 많이 걸린덴 홉디다만은."

"겡해싱가(그랬는가)?"

그러자 철우는 머리를 긁적이면서 무슨 비밀이라도 털어놓듯이 정색을 하며 입을 열었다.

"저, 형님안티 고백할 말이 ᄒ나 이신디예."

"고백이라니, 거 무신 말이라."

"실은 저, 형님과 제가 이제 동서지간이 되는 거마씸. 제가 타우 형수님의 동생하고 국제결혼을 하게 된 거라예. 그동안 형수님이 다리를 잘 놓아준 덕분입주. 꼬박 반년이 걸리긴 해도, 며칠 전에 완전 승낙을 받아놓안 마씸."

정수가 놀란 눈을 들었을 때 병원 입구 쪽에서 타우가 무슨 보자기에 싼 것을 들고 바쁜 걸음으로 들어오는 모습이 보였다. 정수는 하마터면 "유엔 마이마이"라고 소리칠 뻔하였다.

보다 낮은 숨소리의
껴안기를 위하여

양영수 소설집

여자는 스르르 치떴던 눈을 금방 도로 감아버렸다. 나의 입에서는 저절로 안도의 한숨이 새어나왔다. 이 여자가 나의 얼굴을 알아보기나 했을까, 이것이 의심스러울 정도로 그네의 얼굴에는 아무런 표정도 스쳐가지 않았다. 여자는 고개의 움직임 없이 시선으로만 병실을 한 번 둘러보면서 자신이 처한 상황을 감지하였을 뿐이다.

입가를 조금 움찔하면서 무슨 말을 할 것같이 보이다가 이내 눈을 감아버린 것은 무슨 까닭이었을까. 별로 당황하는 기색을 보이지 않았던 것으로 보아서 여자가 지금 속으로는 아주 멀쩡한 정신일 것이라는 생각이 들었다. 하기는 무표정을 가장하는 얼굴로 말하면 나 자신도 마찬가지였을 것이다. 눈 딱 감고 모진 마음으로 돌아서야 할 사람들이 정말로 어이없는 날벼락 같은 일로 이렇게 뒤엉켜버렸으니 무슨 말을 꺼내고 어떤 표정을 지을지 도무지 준비가 되어있지 않았을 터였다.

　침대 옆에 혼자 서 있는 나의 존재를 짐짓 모른 체 하려는 여자의 꿍꿍이속은 곧 드러났다. 링거를 갈아 끼우기 위해 병실에 들어온 간호원이 옆으로 다가서는 기척을 느끼자 그네는 즉시 새초롬이 눈을 뜨고 병실 안을 둘러보았다. 간호원의 질문에 대답하는 말도 제법 조리정연하였다.

　"이제 정신이 드시는군요. 길 건너다가 기절하셨다는 거 기억나세요? 아저씨가 제때에 업고 오시지 않았으면 큰일 날 뻔하셨어요."

　"전에도 이런 적이 몇 번 있었어요. 빈혈증 때문에…. 다른 증세가 있는 것은 아니지요?"

　여자는 자기 병은 자기가 안다는 듯이 별로 놀라거나 걱정하는 눈치도 없다. 나는, 놀랍게 맑은 표정으로 시침을 떼는 그네의 심리가 궁금하였다. 공복상태에다 정신적인 충격이 겹치면 뇌혈관이 수축되어 뇌빈혈로 인한 현기증과 졸도의 위험이 있다는 담당의사의 말을 간호원이 되풀이해 들려주는데도 아무런 대꾸가 없다. 마치 그 정도는 진작부터 알고 있었다는 투이다.

　"지금 의사 선생님이 병리검사 결과를 알아보고 계셔요. 손님의 분비물과 자궁내시경 검사를 종합한 진단이 곧 나올 거예요. 졸도 중에 자궁에서 분비물이 꽤 많이 나왔어요. 속옷 갈아입으신 것 아시죠?"

　"수고하셨네요…."

　여자의 입에서는 제법 인사말까지 나왔지만, 그네의 얼굴에서 부끄럽거나 창피하다는 표정은 보이지 않았다. 역시 이 여자의 강심장은 어디 안 가는구나, 나는 눈살을 찌푸렸다. 오늘 오전 몇 시간 동안에 일어난 뜻밖의 사건들은 하나같이 어이없을 정도로 기막힌 일들이었지만, 그 가운데에서도 여자가 입었던 젖은 속옷을 목격하는 것이야말로 나의 눈앞을 막막하게 하고 양쪽 어금니를 빠드득 악물게 하는 황당스러운 일이었다. 간호원이 양미간을 찌푸리고 꼭 다문 입술을 위로 치켜 올리면서 여자의 가랑이 사이로 손을 집어넣어 검붉은 체내분비물로 끈끈하게 절어있는 속옷을 갈아입힐 때 나는 반사적으로 코를 싸쥐었다. 보기만 해도 콧구멍이 싸―하게 아려오는 역겨운 냄새가 눈앞을 온통 혼돈케 하였다.

"전에도 가끔 분비물이 있었어요. 이전 검사로는 신장염 때문이라고 했는데….”

여자의 말은 여전히 느긋하고 여유만만하였다. 그러나 그 냄새는 나에게 있어서 신장염 정도의 문제가 아니었다. 여자가 자는 방 곳곳에서 그네가 쓰는 모든 물건들 속에 켜켜이 배어있는 역한 냄새…. 어쩌다가 여자의 침실에 들어가서, 어지럽게 널브러져 있는 후줄그레한 옷가지들과 이름 모를 부인용품 잡동사니들을 대할 때마다 나의 후각신경을 일시에 공략하는 것은 바로 이것, 칼날처럼 날카롭고 모욕처럼 불쾌한 냄새였다. 나는 그 냄새가 각질 피부였던 이 여자의 살비듬 냄새나 발에 배이는 땀 냄새 같은 것이 아니고, 그네의 두 가랑이 사이 질척하고 어두컴컴한 동굴 속에서 비어져 나오는 냄새임을 알고서는 아연하였었고, 그것은 그네에 대해 애매하게 주춤거리고 있던 나의 감정을 단호하게 한곳으로 몰아가는 결정적인 계기가 되어버렸으니….

간호원이 병실을 나가자 여자는 다시 스르르 눈을 감아버렸다. 두꺼운 무표정의 가면 속으로 잠입해 버리는 그네의 얼굴은, 자기 옆에 엉거주춤 서 있는 남자의 존재에 대해서는 전혀 아랑곳하지 않는다는 엄숙한 선언처럼 느껴졌다. 나는 무슨 보복이나 하듯이 병실문을 열고 밖으로 나왔다.

나는, 병원복도에서 대기 중인 사람이 아무도 없음을 보자 가까이 있는 나무벤치에 몸을 앉혔다. 잠시 혼자서 조용한 시간을 가져보려던 나는 시계를 보고서는 급히 공중전화 부스로 걸어갔다. 내가 맡은 3교시 〈인도철학〉 시간에 대한 휴강통보라도 급히 전해야겠다는 생각이었다. 철학과 조교가 전화를 받더니, 내가 전화한 용건을 들어보기도 전에, 인도(印度)로 가는 1년간 교류교수 연구계획서에 총장 결재가 나왔다는 것부터 먼저 전해주었다.

나는 11시부터 시작되는 내 강의에 대한 휴강통보를 부탁하고 나서 전화 부스를 나오다가 다시 돌아가서 전화 하나를 더 걸었다. 입원한 여자가 원장으로 있는 〈새싹유치원〉의 부원장인 김영숙에게 원장 선생의 갑작스러운 입원 사실을 알려주었다. 나는 다시 병실 앞 벤치로 돌아와서 앉았다. 두 손으로 턱을 괴고서는 가만히 눈을 감았다. 곰곰이 생각해보니 여자가 입원한 사실을 알려준 것은 경솔한 일인 것 같았다. 김영숙은 오늘 이 병원으로 문병을 올 것이고 그렇게 되면 나와 이 여자의 현재 상태가 공공연히 알려져 버릴 것이 아닌가.

나는 복잡하게 헝클어지는 머릿속을 정리해 보려고 했으나 그러면 그럴수록 생각의 가닥들을 가려내기가 점점 어려워지는 것 같았다. 여자에게서부터 전에 없이 강경한 이혼요청이 들어오게 된 것은 그 인도행 교류교수 계획 때문이었다. 결과를 놓고 보면 부부간의 별거 상태가 이혼 요청의 예비단계가 되어버린 셈이다. 침실을 같이한 것은 결혼 초 몇 년 정도, 오랫동안 각방을 썼고, 급기야 1년 전부터 여자는 유치원 원장실 옆에다 정식으로 살림방을 만들어 독립해 나가 있는 판국에 국제교류교수 계획을 부부동반이 아닌 단신(單身) 체류로 신청하는 것이 그렇게도 야속하게 여겨졌는지 여자는 이 문제를 꼬투리 잡고서는 그렇게 혼자가 좋다면 당당하게 이혼을 하자고 다그쳐 왔다. 나로서는 그리 무신경해 보이지는 않으려 했던 일이었다. 여자는 요즘 서울에서 번창일로에 있는, 영어교습을 겸한 사설 유치원의 원장으로 있으면서 연중 한가한 날이 없는데다 그 바쁜 생활을 즐기고 있는데, 1년씩이나 자리를 비우려고 할 리는 만무할 것이라는 게 나의 생각이었던 것이다.

당혹스러운 일의 갈피를 잡느라 골몰하던 나는 내가 앉은 벤치 가까이로 다가서는 사람의 기척을 느끼고서야 눈을 들어 앞을 쳐다보았다. 여자의 자궁내시경 검사를 실시했던 육중한 체구의 산부인과 의사가 병력 카드를 들고 내 앞에 서 있었다.

"자궁암 2기로 판명되었습니다. 근치수술을 해야 텐데 보호자의 승낙서를 써주시겠습니까?"

"그렇습니까? 승낙서가 필요하다면 써야지요. 아, 네, 원무과에서요. 알겠습니다. 그런데, 자궁암 2기는 위험한 단계는 아닌가요?"

나의 머릿속에서 헝클어진 생각들 푼수로는 흔들림 없는 어조의 말이 부지불식간에 새어나왔다 싶었다. 나는 아차, 하는 심정이었으나 한번 내뱉은 말을 다시 주워 담을 수는 없는 일이었다.

"반 이상이 치료될 정도니까 희망을 가져야지요. 3기만 되어도 방사선치료를 하는 건데, 이 정도로 발견됐으니 다행입니다. 오늘 길바닥에서 졸도했다는 것이 천만다행이에요."

나는 우람한 어깨를 가진 의사의 뒤를 따라 병실로 들어갔다. 의사는 환자에게도 변함없이 가라앉은 음성으로 말하였다.

"자궁암 2기로 나왔군요. 수술을 받아얄 텐데 지금 컨디션은 괜찮아요? 초기에 발견되어 불행 중 다행이에요."

"……."

의사에게서 정식으로 수술통고를 받는 여자의 표정은 나처럼 침착성을 잃지 않고 있었다. 어리벙한 시선만 좌우로 한두 번 돌리면서 의사와 나를 번갈아 쳐다볼 뿐 입을 열기까지는 하지 않았다. 이렇게 누구도 반대자가 없는 상태에서 담당의사의 판단대로 수술시간이 결정되었다. 오후 다섯 시에 시술해도 좋겠느냐는 의사의 질문에 여자는 별로 주저함이 없이 고개를 살짝 끄덕여 동의하는 것이었다. 나는 의사를 따라 병실 밖으로 나와서 그에게 허리를 굽신하며 인사까지 하였다.

의사의 모습이 시야에서 완전히 사라지는 것을 보고나서 나는 다시 복도 벤치에 걸터앉았다. 나는 양복 안쪽 호주머니에서 서류 한 장을 꺼내서 펼쳐보았다. 오늘 지방법원 가사담당 판사 앞에서 작성한 이혼신고서였다. 부부가 이혼신고서에다 도장 찍는 일은 반드시 가사담당 판사 앞에서 해야 한다고 했지만, 정작 판사의 도장 같은 것은 찍혀있지 않고 형식적인 재판시행의 날짜와 시행법원의 이름만 나와 있었다.

지금 생각해도 알 수 없는 것은 이혼신고서를 작성하고 법원청사를 나온 다음에 우리 두 사람이 그렇게도 옹고집을 피운 일이었다. 나는 두 사람이 함께 구청 호적계로 가서 신청서를 제출하자고 우겼고 여자는 끝까지 나 혼자서만 가라고 우겼던 것이다. 내가 막무가내인 그네의 팔을 붙잡으면서까지 구청 쪽으로 이끌지 않았더라도 그네가 땅바닥에 쓰러져 졸도하는 일은 없지 않았을까 싶었다. 붙잡는 나의 손을 뿌리치면서 때마침 파란불 신호등이 깜빡거리는 것을 본 그네는 신호등이 꺼지기 전에 길을 건너가려고 허겁지겁 종종걸음을 바삐 놀리다가 건널목 끄트머리에 거의 다 이르러서 그만 땅바닥에 엎어져버린 것이었다.

얄궂게 꼬여버린 일들이 나를 당혹케 했지만, 이제 와서 머리를 써봐야 별 도리가 없었다. 의사가 말한 수술시간이 되려면 아직도 여러 시간이 남아있었다. 그러나 병실에는 다시 들어가고 싶지 않았다. 막말로 해서, 수술환자의 보호자 역할이란 수술비 대는 일이 아닌가도 싶었다. 앞으로 남은 시간을 어떻게 보낼까 하다가 가정의학사전을 들추어보는 일이 머리에 떠올랐다. 그렇다고 의학사전을 보기 위해 대학도서관으로 가는 것은 마음에 내키지 않았다. 그곳은 거리상으로도 멀었지만, 지금과 같이 착잡한 심정에서 아는 얼굴들과 마주한다는 것이 싫었다.

나는 간호원한테 물어서 근처에 시립도서관이 있다는 것을 알아냈다. 잠시 외출할 동안의 환자 뒷바라지에 대해서는 간호원에게 부탁하였다. 나는 원무과 출입문 앞으로 가서 잠시 머뭇거리다가 마음을 내쳐 다잡고 들어가서 여자의 수술승낙서를 남김없이 메꾸어 넣고 나와서는 병실에 누워있는 여자에게는 아무 말도 하지 않고 병원을 나왔다. 5월의 대낮 햇살이 좀 따가울 것 같았지만, 그리 먼 거리가 아니라고 하니 도서관까지 걸어서 가기로 했다.

의학사전의 내용에는 남자에게 생소한 것들이 많았지만, 나는 인내심을 가지고 통독하였다. 자궁암은 여성 사망률에서 차지하는 비중이 꽤 높은 질병이었다. 자궁암 2기는 암세포가 자궁경부(子宮頸部)를 넘어서 인근의 질(膣) 안쪽 조직으로 침윤하기 시작한 단계이고 치

료율은 70% 정도였는데, 암세포가 골반 벽에까지 퍼지는 3기만 되어
도 치료율은 40%로 떨어지고 게다가 방사선요법만이 가능한 것으로
나와 있었다. 암세포가 방광과 가까운 부위에 퍼질 수도 있고, 그렇
게 되면 배뇨의 이상현상을 통하여 자궁암 증세가 쉽게 발견되는데
이 여자의 경우는 그렇지가 못한 것이라 생각되었다.

한 가지 나의 주의를 끈 것은 자궁암 환자의 대하증은 악취를 수반
할 수 있다는 사실과 자궁암에 의한 출혈이 많아지면 빈혈증세가 나
타난다는 것이었다. 사전대로라면, 그네의 국부에서 나왔던 악취와
종종 경험하는 빈혈증세는 신장염 때문만이 아니라 신장염과 자궁암
이 함께 만든 합병증세일 것으로 생각되었다.

참고실을 나온 나는 구내식당에 들어가 늦은 점심을 먹은 다음 도
서관 정문을 나섰지만, 나의 갈 길이 묘연함이 새삼스럽게 의식되면
서 발걸음의 향방을 정하지 못하고 망설망설 주춤거렸다. 이제 병원
으로 돌아가서 그네의 자궁암 수술 결과를 지켜본다는 것은 무엇을
의미할 것인가. 땅바닥에 기절해 쓰러진 여자를 들쳐 업고 병원으로
갔던 것은 사람의 생명에 관한 문제이니 어쩔 수 없는 일이었지만,
두 사람이 이혼신고서에 도장까지 찍은 이 시점에서 내가 병원으로
가지 않고 발길을 돌려버린다고 안 될 것도 없지 않은가 하는 생각이
물밀듯이 몰려와서 병원으로 향하려던 나의 발걸음을 잡아끄는 것이
었다. 지금이라도 병원으로 가지 않고 〈새싹유치원〉으로 가서 부원장
김영숙에게 입원한 여자의 뒤치다꺼리를 맡겨버리고 나면 나는 고스
란히 빠져나올 수 있는 일이 아닌가.

나는 길 가다가 택시가 눈에 띄면 단호하게 잡아타서 병원으로 가
지 않고 〈새싹유치원〉으로 가버릴 작정으로 걸음을 옮겼다. 길 가는

도중에 빈 택시가 한 대 내 옆을 지나쳐 갔지만, 걸어가면서 보낸 나의 택시 정지 신호를 운전기사가 알아보지 못하는 바람에 놓치고 말았다. 그 다음에는 한참 동안 한 곳에 선 채로 빈 택시를 기다렸지만, 시간만 허비되고 마음은 조급해지면서, 길거리에서 방황하는 나의 모습이 눈앞에 클로즈업되어 아롱거렸다. 자신의 어정거리는 모습이 창피하게 여겨진 나는 발을 움직여 걸음을 옮겼다.

그러는 동안에 나의 몸은 어느덧 여자가 입원해 있는 병원 건물이 보이는 곳에 당도해 있었다. 그네가 입원해 있는 바로 그 병원 건물을 눈앞에 둔 채 발길을 돌릴 수는 없다는 생각이 홍수처럼 몰려왔다. 시계를 보니 간호원과 약속한 시간이 벌써 다 지나고 있었다. 이제 김영숙을 만나고 사건 전말을 설명하고 할 시간적 여유는 없다고 생각되었다. 나는 할 수 없이 나의 결심에 의해서가 아니라 간호원과의 약속을 지키기 위해서 다시 병원으로 발길을 향하는 처지가 되고 있었다.

병원 건물로 들어서는 나의 이마에는 어느 틈엔지 땀방울이 흥건히 흘러내리고 있었다. 나는 우선 간호원실부터 들렀다. 내가 돌아온 시간이 예상보다 많이 늦어졌는지 간호원은 나무라는 시선으로 내 얼굴을 흘겨보는 것 같았지만 나는 모른 체하고 수술준비 상황을 물어보았다. 의료진의 시술준비는 다 마친 상태였고 이제 환자를 수술실로 옮기는 일만 남았다는 대답이었다. 시계를 보니 수술 예정시간인 다섯 시는 한 시간 가량이 남아 있었다.

나는 조심스럽게 병실 문을 열고 들어갔다. 여자는 이제 기력을 많이 회복했는지 눈을 똑바로 뜨고 나를 쳐다보았다.

"한 시간 있으면 수술시간인데, 어때 괜찮아?"

“이제 기운이 돌아와요.”

“유치원엔 내가 전화했으니 걱정 안 해도 될 거야.”

“수고하셨어요. 보호자 노릇하시느라고….”

나의 목소리가 낮게 잠겨들고 떨리는 것에 비하여 여자의 음성은 오히려 차분하고 분명하였다. 그러나 여자는 잠시 후에 눈을 슬그머니 감아버리는 것이 아직 우리 두 사람의 관계에 대한 마음의 태도를 결정짓지 못한 눈치였다. 나는 조용히 의자를 끌어다 병실 한켠에 걸터앉았다. 망연히 앉아서 무심코 병실 벽을 둘러보는 나의 시선에 5월 달력이 보였다. 달력을 쭉 훑어보던 나의 시선이 5월 15일 날짜에서 멈추었다. 앞으로 3일 남은 5월 15일, 이날은 우리의 결혼기념일이었다. 벌써 20년 전, 여자 쪽에서 준비관계로 6월에 치르자는 것을 나의 우격다짐으로 한 달이나 앞당겨 치른 결혼이었음이 생각났다. 계절의 여왕, 신록의 5월, 어쩌구 했지만, 사실은 밤이 조금이라도 더 긴 5월 달에 식을 치르고 싶은 것이 나의 솔직한 심정이었다. 나의 젊은 열정은 그네의 알몸을 탐하고 싶었고, 땅속 짐승처럼 예민했던 나의 후각은 그네가 내쉬는 숨결에 취하고 싶었던 것이다. 결혼식 날짜에 대한 나의 해석도 거창하였다. 세상의 이치란 사실 단순한 것이다, 같은 숫자가 두 번 나오는 5월 15일은 서로 다른 숫자가 세 번 나오는 것에 비하여 얼마나 단순하고 마음 편안한 것이냐, 결혼의 성공 여부는 기실 단조로워 보이면서도 안정된 생활에 대한 인내와 감사 여하에 달려있다, 이렇게 밀어붙이듯 하던 나의 열정과 신념에 찬 변설을 이 여자는 지금 기억하고 있을까. 어쩌면 이 여자가 그렇게까지 이혼수속을 다그쳐 재촉했던 이유는 우리의 결혼기념일에 다시 부닥치는 일을 피하기 위함이 아니었을까.

"여보, 링거 주사병을 좀….."

여자의 갑작스러운 음성에 나는 잠깐 놀랐지만, 그네의 요구대로 조금 옆으로 기울어진 링거 주사병을 바로잡아 주는 일을 마다할 수는 없었다. 여자의 입에서 여보 소리를 들어본 지도 오래인 것 같았다. 오래 잊었던 여보 소리가 되살아난 것도 그렇지만, 링거 주사병 기울기를 바로잡아 주는 별로 시급하지도 않은 부탁을 건네오는 여자의 마음이 나를 의아하게 만들었다. 여자의 이런 행동이 그네가 나를 아직도 남편으로 알아준다는 징표라면 그것은 될 법도 하지 않은 일이라고 다짐을 두었다.

손을 내밀었던 김에 여자의 몸을 덮고 있는 홑이불을 추슬러 주던 나는 밖으로 나와 있었던 그네의 한 쪽 발끝을 눈에 안 보이도록 덮어씌웠다. 나의 가당치 않은 찬사를 받았던 여자의 발끝이었다. 발가락 배열이 가지런히 예쁘다는 것은 그 발끝으로 내딛는 인간세계에의 행보에 확실한 믿음이 있음을 말해준다, 이 같은 말이 어떻게 나의 입에서 나올 수 있었을까. 여자의 발끝에서 이어지는 각선미 역시 한때는 나의 감탄의 대상이었다. 애초에 처녀시절의 그네는 닭살 종아리를 갖고 있었다. 지금은 벌써 까마득한 연애시절, 그네와 함께 어떤 해변가로인가 데이트를 나갔던 어느 날, 나는 그네의 종아리 부분에 유난히 심했던 건성 피부를 손가락 끝으로 애무하면서 그 닭다리처럼 까칠까칠한 균열형상들이 마치 푸른 바닷물에 파닥이는 인어의 싱그러운 비늘 같다고까지 찬사를 보냈었다. 그 시절 여자는, 나의 속마음을 미처 헤아리지 못하고서는 나와 만날 때마다 거친 피부의 두 다리를 감추려 애썼고 그러기 위해서 언제나, 속이 비치는 투명한 스타킹 대신에 짙은 색깔 천으로 된 긴 양말을 신거나 아예 바지를 입고 나왔었다. 그네의 속을 태우던 닭살 피부는 결혼 후 남자로부터 풍부한 남성 호르몬을 공급받은 덕분인지 거짓말같이 매끄럽고 말끔한 각선미의 종아리로 바뀜으로써 사랑의 기적 운운하는 가소로운 일이 벌어졌었다. 하기는 사랑의 기적이라는 말도 틀리지는 않았다. 한때는 애무의 대상이었던 닭살 피부, 이제는 시선조차 멀리 쫓아버리는 때깔이라고는 찾아보기 어려운 종아리….

남녀관계에 있어서 상대방의 신체적 접근에 대해 어떤 자율신경적인 반응을 보이느냐 하는 것은 곧 상대방에 대한 호오(好惡)와 애증의 정확한 바로미터라고 보는 것이 나의 지론이었다. 가령 상대방과 팔짱을 낀 채로 앉아서 독서할 수 있을 정도로 신체접촉 부분의 감각이 부자연스럽지 않거나, 상대방이 호흡하는 숨결을 귓가에 느끼면서 마음 편한 잠을 잘 수 있다면, 그러한 남녀관계는 결혼을 해도 괜찮은 관계라고 보는 것이었다. 사랑이라는 오묘한 심적 상태에서는, 남에게 건네는 거짓말뿐만 아니라 자신에게 그려보이는 환상도 진실에 대한 연막을 칠 수 있지만, 신체적 접촉에 대한 자연발생적인 반응이야말로 그러한 거짓이 끼어들 여지가 없이 자신의 속마음을 가장 정직하게 드러낸다는 것이 나의 생각이었다.

5시가 가까워지자 환자는 수술실로 옮겨졌고 푸른색 가운을 입은 의사와 간호원 등 대여섯 명의 시술의료진들이 들이닥쳤다. 막상 수술이 시작되어도 보호자로서의 내가 할일이란 별것이 없었다. 수술이 진행되는 동안 나는 수술실 밖 복도 벤치에 앉아서 기다려야 했다.

두 손으로 머리를 싸쥔 채로 눈을 감은 가운데 무수한 점박이 무늬를 띄운 캄캄한 아지랑이가 어지러이 피어오르는 것이 보였다. 상상

과 공상의 방향은 자연히 수술실 안의 낯선 형체들로 향하였다. 도서
관 의학사전에서 읽은 내용이 그 상상과 공상의 재료를 제공해 주었
으며 그 위로 오버랩되어 나 자신이 만들어낸, 신고(辛苦)의 영웅전설
이 암울한 빛으로 다가왔다. 은빛 특수강철 수술기구가 내려꽂힌 희
멀건 협곡, 무성한 수풀 속의 어두컴컴하고 질척한 동굴 입구에서 잠
시 머뭇거리다가 불퇴전의 맹공을 가하여 동굴 속 끝에까지 침공하
고 드디어는 자궁내벽 및 그 인근의 조직에 서식하는 암세포 조직을
적출해내는 모습이 떠오르자 나의 귓가 어느 한켠에서 기갈 들린 환
호성이 들리는 듯하였다. 환호성의 주인공은 부끄럽게도 어둠 속 침
실에서 고개 숙인 남성이었다.

고개 숙인 남성이 겪은 신고의 세월은 어둡고 질척한 동굴 속으로
의 진입에 패퇴당하면서 시작되었다. 어느 먼 나라의 전설에서 들었
을 법한 동굴 속의 악귀(惡鬼), 그 악귀가 내뿜는 괴력의 독기, 그 독기
에 쏘여 힘없이 시들어 쓰러지는 풀과 나무들, 시들은 풀과 나무들
사이로 용감하게 나타난 시뻘건 땀방울의 말 탄 용장(勇壯), 그러나 그
용장은 위풍당당하던 호기도 무색하게 동굴 속으로 첫발을 들이미는
순간 악귀가 쏟아내는 괴력의 독기를 얻어맞고 혼절하여 쓰러진다는
슬픈 전설이었다. 이제 컴컴하고 질척한 동굴의 무자비한 공략이 확
실하게 이루어지는 순간, 고개 숙인 남성은 뜻하지 않은 대리전의 승
리소식에 씁쓸한 개가를 올리고 있다. 침 흘리는 기마병이 숨 막혀
쓰러진 전장에서 철갑 전차부대가 용약진군할 수 있는 것은 그것이
숨을 쉬지 않는 쇠붙이이기 때문인가. 벌거벗은 사랑의 십자군이 당
한 성전(聖戰)의 패퇴를 무자비한 파괴의 돌격대가 보상할 수 있는가.

침 흘리는 기마병이 무참하게 낙상한 것을 동굴 속 악귀의 독기 때

문이라고 말하는 것은 이유없는 항변이 아니었다. 눈을 가지고 있지 않은 이 기마병은 자기가 나아갈 방향을 냄새로써 알아내야 할 만큼 코가 여리고 예민한데 그 훌쩍이는 콧구멍 여린 부분에다 독한 기운을 쏘아버렸으니 혼절하지 않을 수 없었던 것이다. 게다가 이 장님 기마병은 자기가 찾아들어갈 동굴 속에는 항상 따사롭고 그윽한 향기가 감돌고 있을 것이라는 오랜 염원을 갖고 있었기 때문에 상기된 자기 면상에다 으시시 매운 바람이 몰아쳐 오면서 자신의 기대가 무참히 꺾이는 낭패감에 멋쩍은 도리질을 하며 다리에 힘이 폭삭 꺾여버리고 말았다. 하소연해 볼 곳 없이 남몰래 속앓이를 해야 하는 고개 숙인 남성, 그것은 성적인 무력감이 인간적인 열패감으로 이어지고 한 여자에 대한 굴욕감이 모든 인간에 대한 것으로 확산되는 울분과 인고의 세월을 의미하였다.

신혼초의 환락은 황홀하였었다. 두 남녀의 몸뚱어리가 하나로 엉켜들고 뼈와 살이 녹아들 정도로 황홀하여 바로 이것을 위해 세상에 태어났다고 말하고 싶었었다. 그러나 사랑의 장거리 코스 쾌주에 힘을 안배하려는 전략이 파탄의 원인이 되었을까. 애초에 여자보다 먼저 금욕주의 경향을 보인 것은 남자 쪽이었다. 질풍노도 같은 환락의 결혼 초기가 지나면서 어쩔 수 없는 욕망체감의 환멸에 부딪치고, 급기야는 공허해지는 침실 사랑놀이에 차츰 진력이 나게 되자 잠자리를 따로 하자거니 동침 날짜를 헤아려 보자느니 하면서 몸을 사리는 남편, 달빛 비치는 침대머리에서 양적인 절제니 질적인 고양이니 철학적인 언사를 구사하는 남편에게 절망하면서 따로 독립해 간 여자만의 침실에 남편의 출입을 금지하는 아내, 아내의 거부행위에 따른 반사작용으로 급속히 악화되는 남편의 발기부전현상….

발기부전현상이 현저해지면서 사랑의 축배가 쓰디쓴 고배로 변질되어감을 절감하던 중 남자는 비디오 대여점에서 포르노영화를 빌려다 보는 새로운 취미를 얻게 되었다. 이것저것 그렇고 그런 내용의 포르노를 꽤나 빌려다 보았으나 오히려 남성의 근력을 소진케 하는 실망만 안겨주는가 했더니, 이런 객쩍은 취미행각이 확인시켜준 뜻밖의 사실은, 천하장사 플레이보이들의 들러리격으로 삽입되는 고개 숙인 남성, 불발탄 맹탕꾼의 쩔쩔매는 모습이 오히려 탁월한 최음제 역할을 할 수 있다는 것이었다. 말라빠진 곶감마냥 쪼그라든 남자 그루터기를 부여잡고 설설 기면서 여자로부터 〈에이, 재미없어. 남자가 뭐 이래….〉〈집어쳐, 주제에 꼴값도 못하면서….〉 하는 모욕적인 질타를 듣는 광경이야말로 그의 얼어붙던 몸뚱이에 욕망의 불을 지펴주고 일락(逸樂)의 쾌재를 부르짖게 만들었던 것이다.

하릴없이 혼자만의 공상에 빠져들었던 나는 수술실 문을 열고 밖으로 나오는 간호원을 보고서는 나도 모르는 사이에 벌떡 일어서며 물었다.

"수고 많으시네요. 경과가 좀 어떤가요?"

"아직까지 별다른 이상은 없어요. 너무 걱정 마세요."

더 물어볼 짬도 주지 않고 간호원은 어딘가를 향하여 빠른 걸음으로 사라졌다. 잠시 후에, 수술도구 같이 보이는 은빛 나는 조그만 쇠붙이 용구 하나를 손에 들고 돌아온 간호원은 서둘러서 수술실 안으로 들어갔다. 나는 다시 자리에 주저앉았다. 수술실 문을 지켜보던 나는 문득 여자의 수술 결과에 대한 종작없는 불안에 빠져들었다. 여자의 수술이 무사히 잘되고 건강이 회복될 경우에 나에게 닥칠 미묘한 사태가 일시에 머릿속으로 몰려왔다. 여자는 이번에 내가 자신을 위기에서 구원해 주었음을 계기로 하여 이혼요청을 철회하고 나와의 부부관계 지속을 원할지도 모른다는 생각이 번쩍 떠올랐다. 좀 전에 병실에서 나한테 보여준 그네의 유화적인 태도가 그럴 가능성을 암시하는 것 같았다. 그렇게 될 경우 일은 매우 난감해질 터이었다. 그동안 여자가 사소한 일로 시비를 걸며 이혼요청을 해왔을 때마다 그것을 선뜻 수락하지 않았던 것은 여자와의 결별이 싫어서가 아니라 더욱 강력한 이혼요청의 구실을 들고 나오기를 기다리자는 심산에서였다. 소심한 내 마음으로는, 조강지처를 쫓아냈다는 사회적인 비난과 양심의 가책을 두려워하지 않을 수 없었고, 이번에 나의 단신 인도행 계획을 꼬투리 잡고 여자가 전에 없이 강경하게 이혼요청을 해왔을 때 나의 솔직한 심정은 불감청(不敢請)이지만 고소원(固所願)인 일이 성사되는 기분이었다. 여자는 고맙게도, 하필이면 교류교수 지망 국가를 인도라고 써냈는지를 따지지도 않았다. 결국 나의 오랜 예상과 복안이 적중한 셈이었다. 그런데 지금의 상황은 천만뜻밖의 사건 때문에 뒤죽박죽이 되고 있었다. 여자는 수술 후 몸이 회복되면 정말로 이혼요청을 철회할 것인가. 그러고 보면 길바닥에 쓰러진 이 여자를 입원만 시켜주고 나서 눈 딱 감고 사라져 버렸어야 하지 않았나….

끝없는 상상세계 속을 헤매던 나는 갑자기 정 교수님, 하고 부르는 여자의 목소리에 소스라쳐 놀라면서 자리에서 벌떡 일어섰다. 어느 틈에 왔는지 나의 면전에 서서 나를 바라보는 여자는 〈새싹유치원〉의 부원장 김영숙이었다. 나는 방금까지 내가 그려보던 일들이 머리에 떠올라 무안하고 겸연쩍은 가운데 얼른 할 말을 찾지 못하였다. 나는 김영숙을 내가 앉았던 벤치의 옆자리에 앉히고는 그네가 묻는 말에 대답하면서 침착해지려고 노력했다. 김영숙은 환자의 양태에 대한 나의 설명을 대강 듣고서는 수술이 성공리에 끝난 것처럼 화제를 자유롭게 돌리고 싶어하였다. 자기가 아는 사람들 중에서 자궁암 수술에 실패한 예는 없었다는 것이다.

김영숙은 나의 처제의 친구인 이혼녀였는데, 독신에다 고학력의 무직자 신세가 된 그네를 도와주기 위하여 만들어낸 것이 〈새싹유치원〉 영어담당 부원장 자리였다. 삭발 입산하여 여승이 되려고 하는 것을 극구만류하여, 딱히 필요한 것도 아닌 유치원의 부원장 자리를 일부러 만들어준 것은 벌써 3년 전 일이었다. 김영숙은 자신의 공식적 직무에 무관한 일까지 알아서 챙겨주었고 우리 부부의 떨떠름한 관계에 대해서도 남다른 이해성을 보여주었으며, 그러는 동안에 서로간에 흉허물이 없어질 정도로 가족 같은 관계가 되고 있었다.

"우리 원장님 건강이 빨리 회복되셔야 소원 성취하실 텐데…. 정 교수님 인도 가시는 날짜는 아직 결정되지 않았나요?"

나는 김영숙의 느닷없는 질문을 듣고서는 그네의 얼굴을 빤히 쳐다볼 뿐이었다.

"원장님은 오랜 전부터 인도구경을 가고 싶어하셨어요. 자기는 전생에 인도사람이었던 것 같다고까지 하셨어요."

"그 사람이 인도를 그렇게 좋아했나? 거지들 득실거리고 더럽기로 유명한 나라인데."

나는 여자들의 말을 어디까지 믿어야 할지 어리둥절하였다.

"거지라고 해서 천대하지 않는 나라가 인도라고 하대요. 그 나라에선 동냥하는 탁발승이 손을 내밀 때에도 허리를 굽히지 않을 정도로 당당하다고요. 그 사람들은 영적으로 살기 때문에 우리처럼 아득바

득 다투지 않는다고 원장님이 여러 번 말씀하셨어요.”

“그 사람이 언제 인도 연구를 했다고….”

“원장님은 참 통이 크신 분인 것 같아요. 정 교수님 인도 가신다고 좋아하시는 것도 저는 그렇게 보고 싶어요. 한 1년 그런 나라에 가 있으면서 영혼이 거듭나고 싶으시단 말씀인데 그게 아무나 할 수 있는 말이 아니잖아요.”

“그런 얘기 들은 게 언제든가요?”

“벌써 두어 달이 된 것 같네요. 원장님이 요즘엔 그런 말씀 안하시던데, 인도행 계획이 변경된 건 아니죠?”

“변경된 건 아니지만 아직은…. 그런데, 원장이 1년이나 나가 있으면 유치원 일은 어떻게 한다지?”

“여기 부원장이 있잖습니까요. 어째 제가 미덥지 못한가 보죠?”

“아아, 미안 미안…. 난 원래 센스가 둔해서 든든한 부원장 생각은 하지 못했네 그만.”

나는, 별로 탐탁지 않은 유치원 부원장 자리에 있는 김영숙이 원장의 장기간 외유를 바라는 심정은 이해가 되었다. 그러나 그것보다도 정말 천만뜻밖인 것은 원장인 여자가 인도에 그렇게 관심을 갖고 있었다는 사실이었다. 나는 문득 머리를 스치는 생각이 있어서 김영숙에게로 가까이 고개를 돌리고 나직이 물어보았다.

“원장이 인도에 관심이 많았다는 게 오래된 일인가요?”

“그리 오래된 건 아니지요. 원장님이 전에 없이 인도에 관한 책을 사 보기 시작한 것도 몇 달이 안 되셨으니까요. 원장님은 특히 인도의 교육제도에 관심이 많으세요. 인도 국민의 전체적인 문맹률은 높지만, 지역에 따라서는 우리 나라 학생들보다도 학력수준이 훨씬 높다고 하셨어요. 원장님이 알고 싶어하신 건 그 나라의 유치원 교육이었어요. 우리 나라처럼 초등학교 때부터 학력평가 문제로 난리 피우는 것이 유치원 교육하고 어떤 관련이 있을 거라는 말씀이셨어요.”

우리 나라의 교육문제를 진단하기 위해서 꼭 인도를 방문할 필요는 없는 일일 것이다. 어느 나라든지 교육문제는 잘 풀리지 않는 매듭이 있게 마련이고, 어느 나라를 가보든 우리 나라 교육문제에 대해 어떤 시사점을 던져줄 것이라고 볼 수 있을 것이다. 교육문제가 인도 방문에 대한 관심을 일으켰다기보다는 인도 방문의 의미를 찾다보니 자연히 교육문제가 중요한 것처럼 생각되었다고 해야 할 것이다. 이상한 일은, 그네가 인도에 대한 관심을 나에게는 표명한 적이 없었다는 점이다. 가만히 생각해 보니 이것은 결코 작은 일이 아닐 것 같았다. 그네가 인도 가는 일에 대해 그렇게 큰 기대를 걸고 있었다니, 그러면서도 나에게는 한 마디 귀띔도 하지 않았다니…. 나는 기억 속에서 가물거리는 여자의 얼굴표정들과 우리가 나눈 얘기 내용들을 머릿속에 되살려 앞뒤 관계를 이어 맞추려는 듯이 양미간을 찌푸리고 있었다. 김영숙은 혼란스러운 나의 심중은 아랑곳없이 다시 입을 열었다.

“원장님이 특이하신 건 전부터 알고 있었지만, 정 교수님도 보통사람은 아니신 것 같아요. 그렇게 인도에 1년간 다녀오시면 정 교수님네 부부생활은 어떻게 바뀌는 거지요? 욕망의 질곡에서 아주 자유로워지는 일, 이것이 인도방문 연구의 테마인가요?”

김영숙의 당돌한 질문에 나는 마치 무슨 부끄러운 비밀이라도 들킨 사람처럼 흠칫 놀라고 있었고, 자신의 비밀이 들춰지지 않도록 하기 위해 짐짓 진지하게 대화에 응하는 사람처럼 나는 그네의 질문에 귀 기울이고 있었다.

"욕망의 질곡에서 자유로워진다니, 거 무슨 소린지…."

"철학 교수들 가운데에도 철학사상과 실지 생활이 그렇게 일치하는 분은 많지 않을 거 아녜요. 정 교수님네 부부생활은 지금도 인도 종교의 수도정신을 실천하고 계신 거 아닌가요. 거 있잖아요, 색즉시공인가 하는…."

"내가 무슨 금욕주의 수도승이라도 된다는 말인가요?"

"수도승은 아니라도 수도철학자는 되시는 거 아녜요?"

"김 선생은 나라는 사람을 어떻게 알고 있길래…. 그런데, 김 선생은 색즉시공이란 말을 잘못 알고 있는 것 같네요. 색즉시공이다 뭐다 해서 인간욕망에 대해 부정적인 입장을 취하는 건 인도사상이 아니라 불교사상이라고 해야 맞는 말이니까."

"그런가요? 불교가 인도에서 나온 종교니까 저는 그게 그건 줄 알았네요."

"어떤 민족이든지 자연적인 욕망을 부정만 하거나 긍정만 하거나 하지는 않는 것 같아요. 인도인들 고유의 사상이라고 하면 힌두교라고 해얄 텐데, 힌두교사상에도 육체적인 욕망을 충족시키는 것이 영적인 자기완성과 해탈의 길이라고 보는 입장이 있고 금욕적인 수도생활이 해탈의 길이라고 보는 입장이 있으니까. 힌두교에는 신의 수도 많고 그 신앙의 갈래도 많이 있어 가지고, 남녀간에서 성욕을 충족시키는 순간 소우주와 대우주의 축복받은 합일이 이루어질 수 있다고 보는 유파도 있다는 거지요. 그러니까 불교는 인도사상의 두 가지 방향 중에서 금욕주의적인 것을 강조한 셈이지요."

"그것도 좀 이상한 것 같네요. 중국이나 한국에서 인도사상을 받아들인 것은 금욕주의적인 것에 편중되었다는 말이잖아요.”

“그게 이상한 일이 아닌 것이, 중국이나 한국사상의 전통에는 원래부터 인간적인 욕망을 긍정하는 사상이 있었으니까 긍정과 부정의 방향이 균형을 이룬다는 거지요. 민족의 경우든 개인의 경우든, 욕망의 역학관계에서 밀고 당기는 힘의 균형이란 것이 바로 생명의 원리지요.”

“밀고 당기는 힘의 균형이라면, 욕망을 풀기도 하고 조이기도 한다는 것인가요? 그런데 그게 쉬운 일이 아닌 것 같아요. 바로 그거예요. 부부간 갈등이 어쩌면 숙명적일 수밖에 없는….”

김영숙은 나의 때아닌 철학강의에 새롭게 느끼는 바가 있었는지, 잠자코 시선을 내리깔고 깊은 생각에 잠기는 것 같았다. 아마도 자신을 이혼으로 몰고 갔던 부부생활의 말 못할 문제가 새삼스럽게 머리에 떠오르는 듯이 보였다. 잠시 생각에 잠기던 김영숙은 이번에는 나에게 슬쩍 시선을 보내면서 하기 어려운 말을 꺼내듯이 입을 열었다.

“힌두교사상에 서로 반대되는 두 가지 방향이 있다는 것이 정말 특이한 것 같네요. 금욕적인 수도생활이 해탈의 길이라는 건 이해가 가지만 욕망의 충족이 영적인 완성의 길이 될 수 있다니 말예요. 그럼 그 두 가지 방향 중에서 어느 쪽을 택할 것인가 하는 것은 어떻게 안다는 거지요? 자신에게 어울리는 해탈의 길은 사람마다 정해져 있다는 건가요, 그렇지 않으면 마음먹기에 따라서 달라지는 건가요….”

“그게 정해진 것처럼 줄곧 한 가지 방향으로 가는 사람들도 있지만, 방향을 바꾸는 사람들이 많다고 봐야지요. 나이가 들고 가정적인 책임에서 벗어나면서 몸의 욕망을 부정하는 쪽으로 영적인 자기완성의 방법을 바꾸라는 힌두교 경전도 있다고 하니까.”

“하여간 좀 희한하네요. 인도의 종교라 하면 삭발하고 염불하는 금욕주의를 연상해 왔었는데….”

“힌두교에서도 몸의 욕망을, 풀기 어려운 문제로 보는 점에서는 불교하고 통한다고 볼 수 있지요. 몸의 욕망을 해탈의 길로 삼는 것은 마치 칼날 위를 걸어가는 것처럼 어려운 일이라는 말도 있으니까요. 하여간 몸의 욕망에 대한 긍정과 부정을 모두 아우르는 것은 인도종교의 독특한 점이라고 봐야지요. 욕망에서 자유로운 사람이 욕망을 통한 해탈에도 유연하고, 욕망에 연연할수록 욕망의 축복스러움에서 멀어진다는 말이 힌두교 경전에 있다는데 이거야말로 뛰어난 인간 이해인 것 같아요.”

교과서를 낭독하듯이 줄줄 풀어나가던 나는 어느 순간 문득 심한 자괴감에 빠져들고 있었다. 욕망에 연연할수록 욕망의 축복스러움에서 멀어진다는 논설, 내가 논하는 욕망철학은 결국 입에 발린 말치레에 불과한 것이 아닌가. 좀 더 세게 안아줘, 조금만 더…, 어느 날 밤의 방사에서 가쁜 숨을 몰아쉬며 내 가슴을 끌어당기던 여자의 흐느끼는 목소리…. 나는 그때 엉겁결에 말했었다. 허무해, 결국은 순간으로 끝나고 말 것 아냐, 죽음과 맞바꿀 생명의 기쁨으로선 너무 허무해…. 그것은 그야말로 갈 데 없는 위선, 나의 무력함을 호도하는 거짓변명이었지 않은가. 사랑의 전령사, 껄떡거리던 남근의 힘이 달려서 여자의 동굴 속에서 나도 모르게 스르르 빠져나오는 내 몸의 무력함에 대해 나는 이렇게 억지 논리로써 정당화시키려고 했던 것이 아닌가. 섹스의 만족을 얻지 못하면서도 욕망에서 자유롭기는커녕 그것에의 미련을 버리지 못해 안달하고 한숨 쉬는 나의 모습, 쭈그렁밤송이 3년 간다는 역설…. 남편에게 자신의 침실을 봉쇄하는 여자의 메시지는 결국 욕망에서 자유로워지자는 말이 아니었을까. 굳게 닫힌 여자의 침실 문을 두드리는 나의 심정은, 문을 열어주지 않는다고 원망하면서도 문을 열어주지 말았으면 하고 바라지 않았을까. 욕망을 버리지 못하면서도 욕망의 권리를 주장하지 못함으로써 금욕주의 수도승 모습으로 보인다는 슬픈 소극(笑劇)….

나는 김영숙과 한참이나 이런 저런 세상 얘기를 주고받았지만, 내가 무슨 얘기를 말하고 들었는지 나중에 기억이 안 날 정도로 머릿속 생각은 점점 혼란스러워지고 있었다.

시간이 얼마나 지났는지 수술실 문이 열리고 의사와 간호원들이 상기된 얼굴로 걸어 나왔으며 이윽고 하얀 시트에 덮인 채 곤히 잠들어 있는 환자의 이동침대가 끌려나왔다. 수술환자의 침대를 따라 병실로 들어간 것은 김영숙이었고, 나는 보호자의 입장에서 수술담당 의사의 진찰실로 불려갔다. 넓고 완강한 어깨와 짙은 백발머리가 유난히 돋보이는 의사는 내가 진찰실로 들어가자마자 다짜고짜 격한 어조로 말을 걸어왔다.

"댁이 환자의 남편이요?"

"그런데요….."

"도대체 부부라는 사람들이 잠도 같이 안 잔단 말인가요?"

"……."

"자궁암도 증세가 다 꼭 같진 않습니다. 대하증에 냄새가 많을 수도 있고 적을 수도 있어요. 댁의 환자의 경우엔 냄새가 심하게 났다는 거 모르고 있었나요? 이런 경우 자궁암 증세는 잠자리를 같이하는 남편이 제일 먼저 알게 마련이에요. 병이 이 정도까지 온 것도 결국은 남편 책임이란 말이 되는 겁니다."

"그렇게 되었네요. 외국으로 장기출장을 다니다보니까 부부관계가 좀 소원해졌어요….”

나의 입에서는 어느 틈엔지 준비됐던 것처럼 거짓말이 나오고 있었다.

수술 끝의 피로감이 몰려오는지 의사는 잠시 숨을 가나듬고 나서 다시 말을 이었다.

"댁의 직업은 뭔가요?”

"교순데요….”

"전공은…?”

"철학 교수요.”

"난 철학 같은 건 잘 모르지만 철학이 사람 생명보다 더 중한 것은 아닐 텐데요.”

"…….”

진찰실을 빠져나오는 나의 이마와 목덜미에서는 때아닌 땀줄기가 흘러내리고 있었다. 전신에 힘이 쪽 빠지는 것 같았다. 무거운 두 다리를 질질 끌듯이 걸어서 여자의 병실 앞에까지 당도하였다. 들어가서는 안 된다는 생각과 지체 없이 들어가야 한다는 생각 사이에서 잠시 머뭇거렸다. 문득 환자 옆에 외롭게 남아 있을 문병객이 생각나자 나는 불쑥 기운을 내어 병실문을 열고 들어갔다. 김영숙이 혼자서 수술환자를 지켜보며 앉아 있다가 기다렸다는 듯이 얼른 일어섰다. 수술 후 두어 시간이면 마취상태가 끝날 것이라는 말을 전하고 나서 그네가 병실을 나가버리자 나는 곤히 잠들어 있는 수술환자를 바라보는 혼잣몸이 되었다.

방금 전에 의사한테서 들은 말들이 아직도 윙윙거리면서 귓가를 맴돌고 있었다. 아직 마취상태에 깊이 빠져있는 여자의 창백한 얼굴은 나의 상념의 나래를 오랜 과거로 향하도록 하였다. 그러는 동안, 내가 읊조리던 어설픈 영웅전설의 비가(悲歌)가, 대성일갈 천둥소리에 매미소리 그치듯이, 일시에 사라져 갔다. 굳게 닫힌 동굴문을 향하여 돌진하다가 장렬하게 쓰러진 말 탄 왕자의 장엄한 자태, 동굴 속의 독기에 쏘여 낙마한 패장(敗將)의 이야기는 이제 오욕의 과거 속으로 밀려나고 있었고, 그 빈자리에서 나는 새로운 전설의 실마리를 찾아야 했다. 냄새나는 흙바닥을 쓰다듬듯 기어 다니는 작고 부드러운 미물(微物)들, 눈에 안 뜨이는 이 미물들의 다사로운 호흡과 애무야말로 동굴 속 비밀의 화원에 싱그러운 향훈의 샘물을 솟게 하고, 컴컴한 어둠 속의 독기를 정화시켜줄 수 있는 것을…. 아, 땅을 박차고 훌러덩 도약하는 말 탄 왕자의 꿈에 취하여 높이만 바라보고 발 아래로 굽어볼 줄 몰랐던 내 젊은 날의 방자함이라니….

나는 혼곤히 잠든 여자의 얼굴을 지긋이 바라보았다. 여자의 얼굴 표정은 뜻밖에 평온해 보였다. 숨소리조차 부드럽고 규칙적이어서 건강한 사람과 다름이 없어 보였다. 나는 여자의 얼굴 가까이로 다가갔다. 여자의 콧구멍에서 새어나오는 나직한 소리의 숨결 속으로 나의 더운 숨결을 불어넣으면서 찬찬히 바라보는 그 얼굴은 한 순간 낯선 여자의 것이더니 이윽고 오랜 망각의 장막을 벗어젖힌 낯익은 얼굴이 되었다. 기억 속 어딘가에 묻혀있던, 지워지지는 않았으면서도 그 의미규정이 보류된 채로 남아있던 수많은 사실들이 서서히 머릿속 한가운데로 모여들어 어깨동무하듯이 새로운 형태를 만들어 가고 있었다.

나는 문득 굳게 닫힌 여자의 입술을 나의 입술로 열고 싶었다. 몸

의 감각에는 위선도 없고 위악도 없다고 하지 않았는가. 마취상태에
서도 여자의 피는 돌고 있을 것이다. 내가 이 여자의 혓바닥에 내 혀
를 갖다 비빌 때 여자의 피는 나의 피를 알아보지 않을까.

나는 어둠이 쌓여가는 병실을 한 번 둘러본 다음 여자의 얼굴 쪽으
로 나의 상체를 기울이고 그네의 싸늘한 입술 위로 나의 따뜻한 입술
을 서서히 갖다 댄다. 아직 마취상태의 깊은 잠에 떨어져 있는 여자
의 얼굴은 나의 맨살을 알아보는 미동도 없다. 나는 나의 혀끝으로
여자의 입술 사이를 더듬어 굳게 잠긴 앞니의 치열을 살짝 벌려보지
만 아직 나의 입술을 알아보는 반응은 없다.

나는 기운을 가다듬고 나의 혀끝을 더욱 안으로 밀어 넣어 여자의
혓바닥을 쓰다듬듯 살살 매만져 본다. 처음에는 약간 차갑게 느껴지
던 여자의 혓바닥에 차츰 온기가 올라온다. 그 순간 나는 나의 입 속
에서부터 전신으로 짜릿하게 울려 퍼지는 전율을 느낀다. 여자의 혓
바닥이 꿈틀하고 움직이더니 나의 혀끝을 입천장에다 밀어붙이면서
뜻밖에 강한 힘으로 조여 왔기 때문이다. 나는 살며시 눈을 감아본
다. 가만히 눈을 감은 나의 시각에 잡히는 것은 오랫동안 잊혀졌던
아내의 얼굴이다. 나는 한참이나 얼얼한 포옹의 자세를 취하다가 슬
그머니 입술을 떼고 상체를 바로 세웠다.

다음 차례는 나 자신이었다. 결국 문제는 나 자신에게 있었지 않은
가. 침실 문이 안으로 잠겨있을 때 문을 한두 번 흔들어 보다가 비실
비실 그대로 돌아 나오는 나의 빙충맞음에 여자는 얼마나 실망하였
을 것인가. 여자는 내가 잠겨있는 침실 문을 떠밀치고 들어와 주기를
바라고 있었을 것이 아닌가. 여자가 이혼요청을 걸어올 때마다 이것
저것 주변 사정을 고려하는 사설을 늘어놓으면서 완곡히 만류하는

정도를 가지고 남편의 열정을 믿을 수는 없었을 것이다. 이혼이라는 말이 떨어지는 순간 경천동지의 날벼락이 날아들기를 여자는 기대하지 않았을까. 오죽하면 이혼신고서에 도장 찍고 나오다가 졸도를 하였겠는가. 여자의 말마따나, 차가운 머리의 냉기로 가슴까지 식어버린 남자….

나는 한 여자를 사랑할 수 있는 남자인가. 나는 나 자신도 한 여자를 사랑할 수 있음을 나 자신에게 먼저 증명해 보이고 싶었다. 나는 윗도리를 가만히 벗고 여자가 곤히 잠에 빠져있는 침대로 올라갔다. 여자의 침대 시트 속에 몸을 맞대고 나란히 누울 때 나의 더운 피가 어디를 향하여 흐르고 나의 뛰는 가슴이 얼마나 더워지는지를 보고 싶었다. 아내가 내쉬는 숨결에 닿은 나의 몸과 마음이 얼마나 평안한 잠을 잘 수 있는지, 아내와 몸을 맞대고 잠든 나의 영혼이 어떤 꿈을 꿀 것인지를 나 자신에게 확인해 보고 싶었던 것이다.

욕망의 끝

양영수 소설집

출근차림을 하고 현관에 나와 보니 아내가 그의 구두를 닦고 있었다. 남편이 출근할 때에 현관 근처에 어른거리지 않는 것이 그녀의 오랜 습관이었다. 그러고 보니 요즘 들어 아내의 행동에 심상치 않은 데가 있다 싶다. 상수는 마침내 물어본다.

"당신 요즘 어딜 그렇게 나다니지? 집을 그렇게 비우려면 말을 하고 다녀야지."

"진작 얘기하려 했었는데 못했네요. 사실은, 잘한다는 지압사를 알게 되어서…. 이제 석 달 넘어 다니다보니 허리 삔 것이 많이 좋아졌어요. 앞으로도 더 다녀야 할 것 같애요."

아, 그런 일이 있었구나, 상수는 가벼운 한숨을 몰아쉰다. 아내는 그만해도 될 것 같은 구두닦이 손질을 계속하면서 고개를 들어 남편을 바라본다. 삶에 지친 아내의 얼굴 너머로 그녀의 지난 시절 모습이 그림자처럼 어른거린다. 그동안 허구한 날 농사일과 집안살림에 여념이 없으면서 흐트러짐을 보이지 않던 여자가 이 사람이었을까. 어린 시절 한 마을 한 동네의 친구였고 초중고 시골학교를 같이 다닌 사이였으며, 이제 결혼생활 20년을 넘기는 두 사람인데도 그 깊은 속내를 이렇게 모르고 지내왔던가 싶다. 지병을 고치려고 지압을 받는 거야 누가 봐도 이상할 것이 없는 일이다. 수상한 것은 그렇게 허물 될 일도 아닌 것을 왜 그처럼 숨기고 있었느냐 하는 것이다. 석 달 이상이나 외간남자와 만났으면서 남편한테 한마디 귀띔도 없었다는 것은 병구완하러 다니는 것 이상의 의미가 있다는 말이 아닌가. 아내는 평소와는 달리 장황스럽다 싶게 지압사의 신상에 대해 늘어놓는다.

"겉으로는 약초재배가 직업이지만 실지로는 지압사로 더 바쁜 사람이래요. 자기 병 고치려고 지압 받으러 다니다가 이젠 유명한 지압사가 되어버렸대요. 병치레를 오래 해봐서 그런지 사람 몸에 대해 아는 것이 많고 이해성도 있는 것 같애요. 그이한테서 팔다리나 허리 삔 걸 고친 사람이 그렇게 많다네요. 뼈만 만지는 게 아니래요. 병원에 몇 해씩 다녀도 못 고치던 변비를 글쎄 그이한테선 1주일 만에 고쳤다는 사람이 있더라구요."

"……."

"그 양반 팔자도 참 기구하지, 어디로 등산을 갔다가 벼랑에서 떨어졌는데 글쎄, 같이 갔던 사람들은 멀쩡하고 그이 혼자서만 불구가 됐대요. 수술이다 지압이다, 온갖 수단을 다 써도 척추 골절은 못 고쳤대요. 그 전엔 태권도 선수생활도 하고 중학교 체육교사도 했다고 하는데 불구자 몸이 된 다음에는 조용히 농사나 짓고 찾아오는 사람 지압이나 해주면서 살아간대요. 의사자격증은 없지만, 사람 몸뚱어리에 대해 아는 것이 얼마나 많은지…."

"불구라니?"

"겉으론 멀쩡한데 남자 구실을 못한다고 해요. 척추교정이란 것이 워낙 어려워서…."

아내는 하기 어려운 말을 한 듯이, 그러나 정작 하고 싶은 말은 그 것이라는 듯이 한쪽 입술을 어색하게 실룩거리면서 잠시 방긋 웃는 얼굴이 된다. 아내의 가벼운 웃음이 상수의 뇌리를 강하게 치는 것 같다. 잘 닦은 구두를 남편 앞에 가지런히 갖다놓는 전에 없던 일이 아니었더라면 더욱 어색해 보였을 웃음이었지만 그것은 분명히 웃는 얼굴이었다. 실로 오랜만에 보는 아내의 웃음이었다. 상수는 어정쩡 하게 말끝을 흐리는 아내의 얼굴을 다시 한 번 쳐다보고나서 현관문 을 나섰다.

아내는, 자기 몸을 주무르는 지압사가 성불구자임을 변명할 필요 가 없는 여자가 아닌가. 남자 구실을 못하는 지압사이니 자기 몸을 아무리 만져도 탈이 없을 것이라는 의미로 들려주는 말일 터이지만, 아내는 어차피 건강한 남성에게도 욕정이 일지 않는 불감증 목석녀 (木石女)인 것이다. 그러나 상수의 뇌리에서는 어느 틈엔지 아내의 말 에 대한 궁금증이 솔솔 피어오르고 있다. 성적인 욕망에 면역이 된 두 남녀가 만난다, 허리 삔 데를 고치려고 여러 번 만나는 사이에 여 자는 남자의 깊은 이해심과 따뜻한 마음에 감동한다, 남자가 만지는 손길 같은 것에 오랫동안 무감각하던 여자는 병구완하느라고 어깨와 허리와 둔부와 대퇴골을 시원하게 쓸어주고 주물러주고 하는 남자에 게 전에 없던 친근감과 짜릿함을 느낀다. 석 달이 지나도록 나다니는 곳을 알리지 않았던 것은 그럴 만한 마음의 이유가 있었음이 아니겠 는가.

직장에 나간 다음에도 상수의 머릿속은 아내의 건강이 회복되는 것의 의미를 하루 종일 반추하고 있었다. 허리 삔 데가 낫는다는 것은 아내의 허리 아픔이 사라지는 것에 그치지 않고 아내가 농사일 시작한 것을 놓고 벌이는 부부간의 시비와 불화가 풀리게 됨을 의미하게 될 터이었다. 결혼 후 두 남매를 키우느라 집안일에만 매달리던 아내는 아이들이 모두 초등학교에 들어가고 난 다음에는, 친정집에서 물려받은 집 근처의 밭뙈기에서 농사일을 시작하였는데 처음에 손댔던 가벼운 채소농사에 만족하지 않고 힘든 노동을 요하는 사과 과수원 농사를 시작했던 것이 화근이었다. 과수원 농사 첫 수확을 보던 해에 사과 상자를 힘에 부치게 들어 올리다가 허리를 그만 삐끗해 버린 것이었다.

애초부터 힘든 농사 시작하는 것을 강력히 반대하던 상수였다. 아내는 과수원 농사를 당장 집어치우라는 남편의 말을 들은 척하지 않고 있지만, 그러는 자신의 고생스럽기는 겉보기보다 훨씬 심할 것임에 틀림이 없고 그런 내색을 못하는 심정 또한 답답할 터이었다. 병원에 물리치료 받으러 여러 달 다녀봤지만 별로 효과가 없었는지 한동안은 아예 허리 고칠 것을 단념한 채, 어디 죽을병도 아닌데다 이만한 정도는 농사일로 몸을 적당히 쓰면서 살아야 좋다고 하더라는 말을 하면서 일단 손댔던 농사일을 흔들림 없이 계속하였다.

아내는 남편의 이런저런 요구에 맞추지 못하는 자신의 처지를 안쓰럽게 생각한 탓인지 항상 표정이 굳은데다 말이 없다. 소녀시절에 보여주었던 미혜의 모습, 항상 미소 띤 얼굴에 부드럽고 곰살갑던 그 표정은 어디 가고 이제는 아주 먹통같은 무표정에다 주변 누구에게도 선뜻 다가서지 않는 외톨이 성격이 되어버린 것이다. 세상에 웃을 만한 일이란 아무것도 없다는 확실한 증거라도 갖고 있는 사람처럼 아내의 얼굴에서는 웃음을 찾아볼 수가 없다. 또한, 한꺼번에 일손이 많이 필요할 때나 특별히 힘든 일이 있을 때에도 아내는 대체로 남편에게 알림이 없이 품삯을 주고 일꾼을 사서 해버린다. 그럴 때마다 상수는 일을 거들어줄 뜻을 비치지만 아내는 그냥 빙긋이 한 쪽 입술만 실룩하면서 남편을 한 번 살짝 둘러볼 뿐 말이 없다.

아내는 몸쓰기 농사일의 치유력에 대해 대단한 믿음을 갖고 있다. 벗어부치고 농사일을 시작한 지 두 해만에 아내가 얻은 결과는 실로 뜻밖의 것이었다. 처녀시절에 연탄가스 중독으로 얻어 걸렸던 두통이 어느 틈엔지 사라졌다는 것이다. 여고 2학년 겨울방학 때 당한 사고였으니 어언 10년 이상 끌어왔던 두통이었다. 나을 때가 되어 자연 치료가 된 것일 수도 있었지만, 아내는 찰떡같은 흙덩이를 만지는 손바닥을 통하여 신비스러운 자연치유력을 얻은 것으로 믿는 듯 더욱 의기양양해져서 농사판을 크게 벌이는 호기를 부리다가 번을 딩하고 말았던 것이다.

물오른 꽃봉오리 같이 화사하게 피어오르던 열여덟 청춘을 오뉴월 된서리마냥 멍들게 했던 연탄가스 중독사고, 그러나 이 사고는 상수와 미혜 사이의 천생연분을 맺어준 결정적인 계기이기도 하였다. 이들 두 사람 사이에서 혼담의 성패를 가늠할 저울대는 어느 모로 보아도 한쪽이 크게 기울어지는 판세였다. 지주 가문과 소작인 집안이라는 어긋나는 사회적 지위, 여자 키보다도 반 뼘이나 낮은 땅딸보 사내, 전교에서 알아주는 미녀의 옆에는 감히 얼씬거리지도 못할 그저 얼금뱅이나 면할 정도의 얼굴, 이 모든 불리한 조건을 감안하면 상수의 가당찮은 프로포즈가 미혜에게 받아들여진 것은 이 사고로 인하여 그녀의 몸이 얻은 치명적인 상처 때문이라는 것이 그의 남모르는 믿음이었다. 공대를 지망하던 상수가 뒤늦게 의대 지망 쪽으로 진로를 바꾼 것도 아내 될 여자의 건강회복을 자기 손으로 이루어주고 말겠다는 젊은 혈기가 있음이었다. 결국 의대 입시에 낙방하고서는 2년제 보건전문대학의 임상병리과를 나오게 되었고, 결혼 후에 얻은 조그만 종합병원 병리검사실의 일자리는 아내의 건강회복도, 넉넉한 가정살림도 이루어주지 못하여 한때의 열혈 의협심은 무색해지고 말았지만, 마음 하나만은 아내의 된서리 맞은 청춘에 대한 자상한 배려를 잊지 않았다. 어떻게 얻은 사랑인데 내 마음이 변하겠는가, 결심을 다지는 상수에게는 아내의 얼굴을 그냥 바라보는 것만으로도 결혼생활은 언제까지나 행복할 수 있을 것처럼 보였었다.

중독사고는 두통만을 남겨준 것이 아니었다. 연탄가스가 뇌신경을 얼마나 심하게 할퀴어 놓았는지, 기억력 감퇴에다 식욕부진 등 한 마디로 희망이 창창하던 청춘의 앞날을 컴컴한 장막으로 가려버리는 후유증을 남겨주었던 것이다. 이전 학력에 대한 인정점수 덕분에 고등학교를 겨우 졸업한 미혜는 상수의 변함없는 사랑과 정성을 믿고 결혼의 대사를 성사시켰지만, 결혼 첫날밤을 닥치고서야 여자 몸뚱이의 가장 깊은 곳에 이르기까지 저주받을 독기가 쏘여있었음을 알았다. 품안에 껴안은 아낙이 남녀상열지사를 모르는 목석녀임을 알았을 때 상수의 가슴은 한없이 허전한 것이었지만 서로 믿음과 이해심까지 다치지는 말자는 다짐을 두었다. 불행 중 다행으로 가스중독이 여자의 유전인자까지 파고들지는 않았는지 미혜가 낳은 두 남매가 아무런 이상 징후 없이 자라고 있었다는 것도 부부간 애정관계에 최소한의 버팀목이 되어주었다.

아내가 들려준 말을 하루 종일 곱씹어보던 상수는 어느덧 어두웠던 부부생활의 앞날에 한 줄기 서광이 비춰옴을 예감하는 심정이 되었다. 병원에서도 포기한 허리병을 고칠 정도로 걸출한 지압사라면 허리 아래 어딘가에 숨어있을 여자의 성감대를 아쓱 건드릴 수도 있을 것이 아닌가. 품속의 여자로부터 가열반응을 얻지 못하여 번번이 중도포기하고 말았던 운우지락(雲雨之樂)의 시도, 언제부터인가 상수는 자신의 움켜쥔 물건 속에서 고개 숙인 남성 꼴을 보는 처량한 신세가 되고 있음이었다. 이래저래 이들 부부는 이제 각 방을 쓰는 처지, 일구월심 허기진 적막강산의 공기를 마시고 사는 나날이 되고 있다. 하소연할 데 없는 엉뚱한 독수공방의 주인공이 되고 난 후 허구한 날 썰렁한 이부자리 속으로 몸을 들이밀 때마다 떠오르는 생각은 변함없는 것이었다. 내가 아닌 딴 남자였어도 아내의 몸은 달아오르지 않았을 것인가, 연탄가스 중독이라는 이유는 내가 갖다 붙인 공연한 헛구호가 아닐까.

여자의 욕망을 일깨우는 데에는 우선 남성의 기세가 욱일충천하고 있어야 하는데 이제 맥없이 주저앉아버린 자신의 남성, 상수는 여러 번의 진찰 결과 자신의 발기불능이 전립선염 때문임을 알았다. 그런데 사람 환장할 일인 것이, 전립선염에 의한 그의 발기불능은 그 원인이 성교부재에 있었는데 이제는 거꾸로 발기불능으로 인해 성교가 불가능하게 되었다는 것이다. 성교시에 정액이 사출되는 통로인 전립선 경도에서 오랫동안 사정(射精)에 의한 씻김작용이 일어나지 않으면, 마치 수도관 내벽에 녹이 슬듯이, 이물질이 달라붙게 되어 염증이 생기고 혈액순환이 원활치 못하여 성욕을 느낄 때에도 음경이 발기되기가 어려워진다는 게 의사의 설명이었다.

상수의 심정이 가장 처량해지는 것은 밖을 걸어 다닐 때이다. 처음에는 항문부위가 짜르르 당겨오는 아픔이 치질인가 했더니 진찰 결과 그것이 바로 전립선염 때문이라는 것이었는데, 이러한 아픔은 눕거나 앉아있을 때에는 별로 없었다가 서있거나 걸어 다닐 때에 심하게 나타나는 것이다. 마치 허리 꼬부라진 할애비 모양 상체를 기우뚱 앞으로 기울이고 어기적어기적 걸어갈 때의 그의 심정은 실로 참담하다. 한 걸음 한 걸음 내딛을 때마다 마치 인내력 시험장에 높은 점수 얻으러 들어가는 사람처럼 눈살이 찌푸려진다. 세상 사람들은, 내가 척추나 허리에 병신이 아니라 전립선염 환자이며 알몸 여자를 보아도 생식기가 일어서지 않는 남자라는 것을 알고나 있을까. 아내에게는 자신의 꾸부정한 걸음걸이가 전립선 고장 때문이라고까지만 말하고 그 이상은 차마 말하지 못했다.

부부간의 애정생활에서 섹스가 갖는 비중은 얼마나 큰 것인가. 이 문제는 상수가 하루 일을 마치고 집안 문을 들어설 때마다 그의 뇌리를 때리는 집요한 질문이 되고 있다. 오르지 못할 나무에 달려있던 탐스러운 사과를 요행히 따오기는 했지만 손안에 들어온 그것은 정작 그의 이빨 자국이 들어가지 않는 탱탱 굳은 모조품 열매였다고나 할까. 나무에 매달린 사과는 차라리 머리 위에 멀리 있기 때문에 고개를 돌리고 잊어버릴 수나 있지만, 손 안에 들어온 사과를 입에 넣지 못함은 그 목마름과 안타까움이 더욱 기진할 노릇이었다. 몸의 욕망보다 마음의 만족이 더 중요한 것이라고 자신을 꾸짖어보기도 하지만, 그럴 때일수록 놓쳐버린 물고기가 더 커 보이고 못 먹는 그림 속의 떡을 놓고 더욱 목말라하는 격이었다. 그가 숱하게 찾아본 성기능 강화요법 서적들에 나와 있는 바로는 남자의 기능성 성불능을 치

료하는 데에는 침실 내에서의 여성의 서비스 이상의 비방이 없다고
하였다. 저녁식사를 마치고 일어설 때마다 질량감만은 나무랄 데 없
는 아내의 몸뚱이로 시선을 던져보지만 그것이 아무 감각이 없는 목
석이나 다름없음을 아는 그는 씁쓸한 입맛을 다시며 돌아서 버리는
것이다. 이제는 두 사람이 같은 자리에 동석하는 것조차도 좌불안석
이 되고 있다.

병리검사실에서 반반하게 생긴 젊은 여성의 희멀건 팔뚝을 볼 때
마다 그네들의 벌거벗은 나신과 그 몸놀림을 상상하면서 남녀상열지
사의 화끈한 장면들을 그려보는 일은 그의 오랜 버릇이 되고 있지만,
예쁜 여자들의 통통한 속살을 훔쳐보는 그의 몸은 오늘따라 더 후끈
하게 달아오르는 것 같다. 병원에서 못하는 변비 통하는 일을 해내고
허리 삔 것을 고칠 정도로 용한 지압사라면 아내의 잠자는 성본능까
지도 일깨워줄 수 있지 않을까, 상상의 꼬리를 물고 이어지는 상수의
생각은 미래의 기대를 끝없이 부풀리고 있다. 이런 생각을 하는 동안
그에게는 그처럼 용하다는 지압사가 어떤 사람인지 궁금해지기 시작
한다. 그 먹통 같은 얼굴, 차돌 같은 무표정을 흔들어서 잠시나마 방
긋 스치는 미소를 지을 수 있게 만들었고 그 누구의 손길도 따뜻이
받아줄 줄 모르던 차디찬 여자로 하여금 석 달 넘게 육신의 접촉을
의탁하게 만들 수 있는 남자, 그리고 어찌 감히 상상이나 했으랴, 그
찬바람 으스스 감도는 여자로 하여금 출근길 남편의 구두닦이 서비
스까지 해줄 생각이 나도록 만들 수 있는 능력의 소유자는 어떻게 생
긴 사람일까, 그 용한 지압사의 얼굴을 자연스럽게 볼 수 있는 기회
는 언제 없을 것인가, 상수의 마음은 그 낯모르는 남자의 얼굴이 자
신의 희망의 징표이기나 한 것처럼 찾아보고 싶었으나 현재 상태로

는 별 뾰족한 방도가 생각나지 않았다.

상수의 궁금증이 풀릴 수 있는 기회는 의외로 빨리 찾아왔다. 아내가 지압 받으러 가 있던 어느 금요일 저녁 시간에 (이제는 아내가 지압 받으러 가는 일을 숨길 필요가 없어졌고 1주에 월수금 3일 저녁 시간에 가는 걸로 되어있었다) 처가로부터 아내를 찾는 전화가 왔는데, 지압사네 집으로 전화를 걸었으나 응답이 없었기로 상수는 직접 자기 발로 찾아가 볼 결심을 한 것이다. 그렇게까지 급한 용건의 전화라고는 생각되지 않았으나 적어도 그가 직접 방문하는 자연스러운 구실은 될 수 있었고, 그전에 미리 지압사네 집의 주소와 위치를 알아둔 것이 다행이었다.

그가 찾는 집은 자동차로는 반시간 정도밖에 안 걸리는 거리에 있었고 집을 찾는 데에도 별로 시간이 걸리지 않았다. 시내를 한참 벗어나서 당도한 농촌 분위기 물씬 풍기는 시골마을, 그 마을에서도 멀찍이 끝자락에 위치한 집이었으며, 조촐한 인삼 재배농장이 옆으로 보이는 농가 건물을 찾으면 되었던 것이다.

집은 쉽게 찾았지만 정작 사람을 찾는 데에는 애를 먹었다. 그가 문아무개라는 문패가 붙여진 대문을 열고 막 들어서려는데 갑자기 (목줄로 매여 있지 않은) 송아지만한 개 두 마리가 앞을 가로막고 사납게 짖어대었고, 그 자리에 선 채로 큰 소리 지르며 한참을 기다린 다음에야 농장 주인이 나타났던 것이다. 주인이 부재중이 아니면서도 전화를 받지 못한 것은 전화의 벨소리가 안 들리는, 집과는 얼마간 격리되어 있는 인삼농장에 가 있었기 때문이었다. 아내도 인삼농장에서 모내기 작업을 도와주고 있었다. 상수는 이곳을 방문한 이유를 말했으나 아내는 친정집의 전화내용에 짐작이 가는 듯 별로 서두르는 기색이 없다. 문 선생님이 (지압사가 전직 중학교 교사라서 그런지 아내는 그에게 항상 선생님이라고 호칭하였다) 인삼모종 옮겨 심는 일을 조금 도와드리고 가도 될 거예요, 하면서 자리를 뜨려고 하지 않았다. 문 선생은 간단하게 수인사를 마치고는 하던 일을 계속하였고 상수는 그 옆에서 모내기 구경을 하기로 하였다.

지압사 문 선생은 상수와는 거의 동년배 나이로 보였으며, 처음 만나는 사람에게서도 경계심이 일어나지 않게 소탈하고 따뜻한 분위기를 풍기는 남자였다. 태권도 선수의 전력과는 별로 어울리지 않게 밝고 서글서글한 얼굴에 잔잔한 미소가 감돌고 있었다. 잔주름 많은 겉늙은 용모임이 분명한데도 젊은이 같은 활력이 느껴지는 얼굴이었다. 특히 상수의 눈길을 끄는 것은, 그의 꾸부정한 자세였다. 앉았을 때는 눈치 채지 못했는데 일어서거나 걸어갈 때는 앞으로 기우뚱한 자세가 꼭 상수 자신의 모습과 같았다. 등산 중에 추락하여 척추를 다친 것이 문 선생을 지압사로 만들어준 계기가 되었다는 아내의 말이 생각났다. 그러고 보니 몸뚱이 가운데 부분이 부실한 사람들만 한자리에 모인 셈이었다. 전립선염 환자와 척추병 환자가 모두 허리병 환자처럼 보이고 정작 허리병 환자는 그런 표시를 별로 보이지 않는 게 희한한 일이었다. 세 사람 환자 중에서 전립선염 환자의 꾸부정한 허리가 제일 야속하다는 생각이 들었다. 아픈 부위가 생식기에 속해 있다는 것도 창피한 일이었다. 척추골절이라고 해서 아프지 않을 리는 없을 터인데 문 선생의 얼굴에는 아픈 표정이 보이지 않았다. 허리가 좀 휘는 것 가지고는 전혀 신경 쓰이거나 창피하지 않다는 눈치였고, 자기가 하는 일들이나 눈에 보이는 것들이 마치 오래 기다려왔던 것인 양 즐겁고 느긋한 표정을 잃지 않는 얼굴이었다. 상수는 눈앞의 남자를 바라보는 것이 심란한 듯 눈살이 저절로 찌푸려졌다.

아내의 시선이 어디로 향하는지 살펴보았더니 정작 이 여자는 다른 일은 아랑곳없는 듯이 손에 들고 있는 인삼모종들을 문 선생에게 하나씩 건네주면서 주변에 가끔씩 보이는 잡초를 뽑는 일에만 열중하고 있었다.

문 선생은 아내가 건네주는 인삼 모종들을 받아들고는 그것들이 자라날 본포의 고랑에다 익숙한 솜씨로 심고 있었다. 미리 정갈하게 파놓은 조그만 구덩이에다 어린 모종의 뿌리를 조심스럽게 들여앉힌 다음에 사방의 흙을 모아 그 위를 도톰하게 덮고 나서 덮인 흙을 다시 꼭꼭 눌러주는 그의 손길은 가볍게 움직이면서도 실하고 묵직하게 느껴졌다. 인삼 모종의 뿌리 위에 젖은 흙을 덮고 꼭꼭 힘주어 다짐질 해주는 그의 묵직한 손끝을 물끄러미 바라보는 상수는 자신의 가슴 안쪽 구석 어딘가에서 답답하게 막혔던 부분이 짜르르 조여 오다가 시원하게 트여오는 것 같은 느낌이 들었다. 투박한 면장갑을 낀 위로 황토색 흙이 찰지게 묻혀 있는 그의 양손은 그러니까, 아내의 몸 이곳저곳에서, 남편인 자기 자신도 건드리지 못하는 감각의 샘을 터뜨리면서 그녀의 어깨와 허리와 둔부와 대퇴골을 마구 주무르던 그 손길이 아닌가.

"꼭꼭 눌러주고 밟아주는 것이 제일 중요하지요. 뿌리가 흙속에 착근해야 하니까요."

모 심은 자리를 손끝으로 눌러주는 일을 끝내고 나서 문 선생은 그 부분을 다시 발끝으로 꼭꼭 밟아주고 있었다. 옆에서 물끄러미 바라보는 상수에게는 흙이 밟히는 느낌조차도 부드럽고 상큼한 촉감처럼 다가왔다. 보이지 않는 그곳에서 가녀린 잔뿌리들이 실팍한 흙속에 포근하니 안기는 것이 상상되었다.

　문 선생은 일손 틈틈이 인삼재배 방법에 대하여 얘기해 주었는데, 신비의 영약이라 불리우는 이 약초를 키우는 데에는 보통 작물과는 다른 독특한 방법들이 쓰이고 있었다. 인삼은 햇빛을 직사광선으로 받으면 안 되기 때문에 인삼농장에는 일복가설(日覆架設)이라고 하는 차양시설을 해주어야 하며, 햇빛을 약화시키기 위하여 북향 경사지면에서 재배하는 것이 좋다고 하였다.

　모내기 작업이 끝나자 아내가 집으로 떠날 채비를 하면서 상수를 향하여 입을 열었다.

　"문 선생님 댁에 오신 김에 당신도 한 번 지압을 받아보세요. 선생님도 오늘 그런 말씀을 하시던 참이었어요. 한 번 받아보고 괜찮으시면 계속 받으시구요."

　상수는, 무심해 보이기만 하던 아내의 말치고는 고맙고 기특하다는 생각이 들면서 그녀의 말에 따르기로 하였다. 처음 와보는 낯선 이의 집에 들어가는 것이 엉거주춤 어색하기는 했지만, 이곳은 아내가 석 달 이상이나 드나들면서 병구완하던 집이라 생각하니 한결 친숙하게 느껴졌다.

　"전에 지압 받아 보신 적이 있으신가요?"

　간단히 손을 씻고 나온 지압사가 상수를 거실로 안내하면서 물었다.

　"아뇨, 처음입니다."

　"그러시군요. 미국에서는 카이로프락틱이라 해서 지압사 개업이 정식으로 공인받은 지 오래됐다는데, 한국은 아직 그러지 못하고 있지요. 지압은 막혔던 기혈이 통하게 하는 것이고, 원래 기공치료법은 동양에서 먼저 시작된 거지만, 지금은 오히려 서양에서 각광받는 셈이지요."

　상수는 지압사가 시키는 대로 간편복으로 갈아입고는 거실 바닥에 사지를 펴고 엎드렸다. 팔다리를 가지런히 내리뻗고 가만히 눈을 감았다. 수술대 위에 누워서 알몸을 내맡기는 환자의 심정이었다. 이윽고 지압사의 듬직한 손끝이 그의 봄을 주무르기 시작하였다. 팔과 어깨를 잠시 주무르던 손끝은 그의 허리와 척추와 엉덩이에까지 뻗쳐갔다. 지압사는 이어서 그를 반듯이 눕히더니 그의 복부의 이곳저곳을 마구 흔들고 짓누르고 뭉개기까지 하였다. 전립선이 있다는 사타구니 부위에 지압이 닿을 때에는 추물락하면서 용수철처럼 엉치 부분이 튕기기도 하였다. 자기 몸에 그런 부분이 있었는지 처음으로 알게 된 사람처럼 사타구니의 어떤 부위는 짜릿하고 아찔한 촉감을 순간순간 알려왔다. 지긋이 누르는 지압사의 손끝이 상수의 얇은 체육복을 뚫고 그의 맨살을 만지는 것처럼 느껴지다가 드디어는 그의 몸속 깊은 데를 여기저기 파들어 가는 것처럼 느껴지기도 하였다. 지압사가 그의 몸속을 훤히 들여다보는 것처럼 부끄러웠다가 나중에는 오히려 후련하고 시원하다는 느낌도 들었다. 한동안 서로 떼어져 있어서 불편했던 몸속의 요소들, 몸속 어느 요충지대의 관련부위들이 제대로 이어지면서 제 기능을 발휘하는 것 같았다. 인삼모종을 심으면서 젖은 흙을 꼭꼭 눌러 그것을 식물의 잔뿌리에 밀착시키던 손길, 아내의 팔다리와 어깨와 허리와 둔부를 마구 주무르면서 그녀의 잠자는 본능을 일깨워주게 될 바로 그 손길, 잘못 삐져나왔던 부분들을 원위치로 돌려놓으면서 자연본래의 상태를 회복시켜줄 것만 같은 손길이라 생각하니 처음에 가졌던 저항감이 깨끗이 사라졌다. 어디를 어떻게 만졌는지 생식기 뿌리가 벌떡벌떡 일어설 것만 같았다. 지압을 끝내고 일어섰을 때는 두 남자가 오랜만에 다시 만나는 허물없는 친구사이처럼 보였다. 지압사의 배웅을 받으면서 밖으로 나와 보니 날이 벌써 어두워지고 있었다.

집에 돌아와 보니 아내는 몸이 지쳤는지 불도 안 켠 방에서 드러누워 있다. 그는 아내한테 들릴 새라 소리 내지 않고 저녁을 차려먹은 다음 자기 방으로 들어가 한동안 우두커니 서 있다가 아내의 방문 앞으로 다시 가서 조심스럽게 문을 열어본다. 아내는 방바닥에 앉아있다. 이번에는 불이 켜져 있다. 무릎을 곧추 세우고 앉아서 두 팔꿈치를 양 무릎 위에 올려놓고 이마를 그 위에 파묻는 자세, 아내가 무슨 풀리지 않는 문제에 골몰해 있거나 울적한 심사에 잠겨있을 때 취하는 독특한 앉음새이다. 문 열리는 소리에 고개를 들고 남편을 쳐다보지만 멀뚱멀뚱 바라보기만 하고 무겁게 닫힌 입술에서는 아무 말도 나오지 않는다. 머쓱해진 상수는 얼른 문을 닫고 자기 방으로 돌아간다.

방 가운데에서 한동안 멍하니 앉아있던 상수는 지압으로 한 번 들쑤셔진 몸의 감각을 모른 체 할 수가 없다. 오랫동안 잊어버렸던 육신의 존재를 되찾은 것 같은데 그것을 어떻게 가누어야 할지 몰라서 우두망찰하는 기분이다. 정말로 기가 통해진 탓인지, 어디선가 욱신거리며 부풀어 오르는 몸, 옹골차게 솟구쳐오를 것만 같은 남근의 힘을 어디로든지 쏟아내야 할 것 같다. 아내의 방문을 다시 기웃거려봤으나 평소에 서먹서먹하던 방으로 발걸음이 다시 옮겨지질 않는다.

얼마 동안을 그대로 앉아있던 상수는 무엇을 뿌리치듯이 벌떡 일어서더니 대강 외출복으로 갈아입고 집밖으로 나선다. 이날 이때까지 이곳만은 결코 발트집을 하지 않으리라고 다짐해왔지만 지금은

이곳 밖에 생각나는 데가 없으니 어쩔 수 없지 않으냐고 자신을 달래
본다. 벌써 오래 전에 그는 어두운 유곽 거리를 찾은 적이 여러 번 있
었다. 아침에 기침하였을 때는 그런대로 팔팔하던 발기력인데 어찌
하여 아내와의 방사에서는 그렇게 자주 낭패를 보았는지, 그는 쓰디
쓴 좌절감을 안고 자신의 남성을 시험해 보기 위해 직업적으로 몸 파
는 여자들을 찾아다녔던 것이다. 직업적인 기술연마가 잘된 여자들
이어서 그랬는지 자신의 남성능력의 건재함에 안도의 한숨을 내쉬면
서 벌였던 몇 달간 엽색행각의 추억을 그는 아직도 생생하게 간직하
고 있다. 그러나, 수단 좋은 매소부들과의 어설픈 성공사례에서 얻은
기세를 몰아 은밀한 안방, 아내와의 잠자리에서 오죽잖은 남자구실
을 하던 것도 불과 몇 차례로 결딴나고, 안방에서의 위축증이 밖에까
지 번졌는지 종국에는 넉살좋은 논다니 계집들 앞에서도 고개 숙인
남성의 고배를 마셔야만 되었었다.

　상수가 오랫동안 발을 끊었던 유곽 행차를 이날 밤 부지불식간에
밀어붙인 것은 물론 지압사가 넣어준 탱탱한 바람기 덕분이었으나
그의 어설픈 객기는 성공하지 못하였다. 그러나 이날따라 그가 만난
여자는 참으로 이상하다 싶었다. 그전에 만났던 창녀들은 그의 생식
기가 발기하지 않으면 그 추레해진 물건을 거들떠보지도 않고, 먹지
도 못할 썩은 생선을 시장에 갖고 나왔냐, 그 나이에 사내구실도 못
하는 병신이냐는 등 고약한 말로 빈정거리거나 모욕을 주었었는데
이번 여자는 전혀 달랐다. 오늘은 결코 고개 숙인 남성의 수모는 당
하지 않을 것임을 지나치게 별렀던 탓인지, 눈앞에서 옷을 벗고 누운
여자가 너무 애티나고 가냘퍼 보인 탓인지, 상수의 사타구니는 여자
의 알몸을 앞에 두고서도 힘을 쓰지 못했으며, 뇌리에 떠오르는 것은

이상하게도 자기 집 건넌방에서 곧추세운 무릎 위에 얼굴을 묻고 앉아 있는 아내의 모습 밖에 없었다. 그러나, 축 늘어진 남성을 본 여자의 반응이 천만뜻밖이었다. 맥을 못 추는 그의 국부를 두 손으로 어루만지면서 일으켜 세우려고도 하고 심지어는 쭈그렁밤송이 같은 그 부분을 입술로 쓸어주고 혓바닥으로 핥아주는 것이었다. 그러나 이 같이 극진한 여자의 서비스에도 불구하고 그의 사타구니는 끝내 기세를 얻지 못하였고 하릴없이 끙끙대는 남자의 모습이 보기에도 딱했는지 여자는 흑흑 흐느껴 울기조차 하는 희한한 장면이 되고 말았다. 더 이상 참을 수 없는 마음이 된 상수는 스르르 바지춤을 잡아올리고는 여자의 면전을 뒤로 하였다.

상수는 집에 돌아오는 대로 이불을 깊숙이 덮어쓰고 누워버렸다. 옷도 그대로 입은 채였다. 좀전에 만났던 나이어린 창녀의 흐느끼던 얼굴, 일그러진 표정이 떠오르더니 이어서, 말없이 잔잔하면서도 납덩이처럼 무거운 아내의 얼굴 표정이 떠올랐고 그 자리에는 다시, 풍파 같은 사연들을 안으로 곰삭이고 있는 듯한 지압사의 얼굴, 태풍이 지나간 후 고요함을 되찾은 망망대해처럼 그윽하고 담담한 중년남자의 얼굴 표정이 떠올랐다. 번갈아 떠오르던 세 사람의 얼굴들은 결국 한데 겹쳐져 얼버무려졌고 깊은 잠, 아득한 꿈속으로 이어지는 그의 뇌리에서는 누가 누군지 알 수 없는 남녀의 모습들로 변해버렸다.

그것은 깊은 바닷속 인어들의 세계였다. 상체는 사람이고 하체는 물고기인 것이 그렇게도 자연스러웠다. 인두어신(人頭魚身)의 몸으로 대해를 헤엄치는 것이 그렇게 자유로운 느낌을 주었다. 새들이 하늘을 날 듯이 넓은 바닷속을 마음대로 헤엄쳐 다니다가 눈이 딱 부딪치는 어떤 이를 만나면 얼굴을 맞대고 입술을 마구 비비는 것이 그렇게

황홀하였다. 하체는 길다란 두 가랭이로 갈라져 있지 않아 뭉툭하게
끝나는 듯하다가 산뜻한 꼬리로 이어져 있고 그 가볍고 날렵한 꼬리
지느러미를 마음껏 떨치면서 자유를 만끽할 수 있었다. 하체의 경쾌
함과 자유로움, 이것이 바닷속 인어들의 축복이었다. 그러나, 다음으
로 이어지는 꿈속 세계에서는 그는 하체가 과잉발달한 모습을 보여
주었다. 그것은 어떤 목적의 집회 장면이었던지, 옷 같은 것은 걸치
지 않은 벌거벗은 사람들이 빙 둘러앉아서 떠들썩하게 다투고 있었
는데, 무슨 이야기를 갖고 떠드는지는 모르겠고 그의 관심은 얼굴을
마주한 여자들에게로만 향하고 있었다. 건너편 앞자리에 얼굴을 마
주하고 앉은 여자들 중에는 눈길이 맞부딪치고 웃음을 보내는 이가
있었는데 이 여자한테 가까이 다가가려고 하나 몸이 움직여주지를
않았다. 그러는 중에 좋은 꼼수가 나왔다고 할까, 그의 생식기가 기
다랗게 부풀어 커지면서 건너편 자리까지 닿더니 그에게 웃음을 보
내던 통통한 여자의 깊숙한 국부 속으로 쑤욱 들어가는 것이었다. 그
런데 여기에서 문제가 생겼다. 팽팽하게 부풀어오른 그의 생식기가
여자의 몸 한가운데에 날쌔게 꽂혔으나 그것을 더 이상 움직거리거
나 빼낼 수가 없었다. 한참을 낑낑대면서 몸을 빼려고 하는 동안 문
득 보니까, 부풀어 오른 생식기가 자기의 물건이 아니라 지압사 문
선생의 것임을 알고 놀라면서 잠에서 깨어났다.

꿈속에서 어른거리던 어지러운 입맞춤과 껴안기의 느낌은 감미로
우면서도 혼미스러운 것이었고, 그러한 혼미감의 여운은 잠에서 깨
어나서도 오랫동안 사라지지 않았다. 꿈속 장면보다도 더 혼란스러
운 것은 어젯밤의 외출에서 받은 충격이었다. 음침한 유곽의 뒷방,
칙칙한 자리에서 헉헉대던 벌거숭이 모습이 뇌리에 떠오를 때는 아

내의 얼굴 보기가 민망스러웠다. 상수는 어제 일어난 일들의 께름칙한 뒷맛을 씻어내기 위하여 아침식사를 마치는 대로 집을 나섰다. 그날이 당직 날도 아니면서 아내에게는 병원에 나가볼 일이 있다고 거짓말을 하였다. 당직 의사나 간호원과 같이 시간을 보내볼까 하는 생각이었으나 막상 병원에 가보니 마음이 흔들렸다. 그날의 당직 간호원은 선정적인 몸매와 걸음걸이로써 평소에 그의 눈길을 잡아끄는 처녀였는데 일요일 당직 근무중에 왔다갔다하는 이런 여자를 눈앞에 둔다는 것이 그의 마음을 산란하게 만들 터이었다. 병원을 나온 그의 발걸음은 근처의 한 약국으로 향하였다. 병원 앞이라서 일요일에도 문을 여는 약국이었는데 이곳 약사와는 업무관계로 자주 만나는 사이였다. 일요일이라 손님들 출입도 뜸하여서 약국의 손님용 의자에 앉아 약사하고 같이 한나절 시간보내기는 괜찮을 것이라 생각하고 있는데 약사의 부인이 들어왔다. 가만히 동정을 보니 이들 부부는 하루 종일을 같이 있을 눈치였다. 부부가 하루 종일을 같이 붙어 지내다니, 그는 이 같은 부부의 모습을 바라보는 일이 견딜 수 없을 것 같았다.

상수는 다시 마음을 고쳐먹고 약국을 나왔다. 비디오 가게에 들려서 영화 테이프를 하나 빌려갖고 집으로 돌아왔다. 〈욕망의 끝〉이라는 제목의 영화였다. 이름도 들어본 적이 없는 작품이었지만 영화 제목이 그의 눈길을 끌었다. 욕망의 끝은 어떤 것일지, 이 작품은 그가 겪고 있는 끝없는 욕망의 방황에 대해 뭔가 화통한 것을 보여줄 것 같았다. 인내심을 가지고 겨우 영화의 끝 장면까지 보았지만 그의 마음의 당혹스러움이 수습되지는 않았다. 돈 많고 뱃심 좋은 플레이보이가 벌이는 무차별 엽색행각의 비참한 결말, 무절제한 향락 인생의 결과로 건강과 재산을 잃고 가정파탄을 당하는, 별로 새로울 것도 없는 멜로드라마였다. 영화를 다 보고 난 그는 오히려 혼란스러운 마음이 더욱 헝클어지는 기분이었다. 더 이상의 욕망이 남아있지 않는 무욕의 상태란 어떤 것일른지 보고 싶었는데, 이럴 바에는 제목을 〈욕망의 끝〉이라고 붙이지 말고 〈욕망의 말로〉라고 붙여야할 세 아닌가 하는 생각이 들었다. 이 영화의 주인공은 바닥없는 욕망의 뻑적지근한 배출구를 활짝 열고 원을 풀었다는 점에서 부럽다는 생각만이 고개를 치켜들었다. 어디로도 뻗쳐볼 엄두 없이 폭삭 주저앉아 버리는 남성, 그 저주스러운 열패감 속에서 허구한 날 쓸쓸하게 자조하는 상념의 갈래들….

일요일 하루의 일정이 어정쩡하게 뒤틀려간다는 생각을 하면서 그는 이불을 뒤집어쓰고 누웠다. 얼마 동안인지 비몽사몽간에 어지러운 몽상과 환상의 세계를 헤매다가 일어나 앉았다. 그대로 멍하니 있다가 오랜만에 바둑친구가 생각나서 전화기를 들어보니 아내가 통화 중이었다. 같은 번호의 전화를 건넌방의 아내와 공동으로 쓰기 위하여 접선을 시켜두었던 것이다. 그전에도 이런 식으로 본의 아닌 도청을 한 적이 종종 있어서 전화기를 도로 내려놓으려 하다가 가만히 엿듣기로 하였다. 통화하는 상대방 목소리가 지압사 문 선생의 것임을 알았던 것이다. 한동안 통화 내용이 아리송하여 건성으로 듣다가 상수 자신이 화제에 올라오자 귀가 번쩍 트였다.

— 이 실장이 어젯밤에 어디 갔었는 줄 아시우.

— 가긴 어딜 가겠어요. 바둑 두러나 가지 않았으면 친구들하고 노닥거리다 왔겠지요.

— 그러진 않았을 거요. 내가 아홉 시 뉴스 방송을 정신없이 보다

가 깜빡 잠에 빠졌는데 꿈속에서 땀에 흠뻑 젖게 몸살을 했다우. 이런 텔레파시는 좀처럼 없는 일인데 꼭 이 실장이 그 시간에 어디서 바람 피다 온 것만 같단 말요.

— 선생님도 어찌 그런 말씀을…. 하긴 선생님은 몸 전체가 고성능 안테나이시니까. 그렇더라도 선생님의 어젯밤 몸살은 제 탓일 거예요. 제가 어젯밤에 좀 야한 영화를 보면서 상상 속에 연애 한 번 실컷 했구만요.

— 그 집은 그럼 바람난 가족이라도 되는 건가, 어울리지 않게….

전화는 곧 끊겼다. 상수는 가만히 생각해 보았다. 어젯밤 아홉시 뉴스 시간이면 내가 그 뒷골목 유곽 뒷방에서 불을 끄고 옷을 벗을 때가 아니었나. 내가 땀을 뻘뻘 흘리면서 낑낑댄 것이 이 도사 같은 지압사에게는 꿈속에서까지 몸살 나게 하다니. 또 하나 놀랄 일은 아내의 말이었다. 어젯밤 건넌방에서 무릎을 곧추세운 채 고개를 파묻고 앉아있던 아내의 모습이 떠올랐다. 이 여자가 야한 영화라고 한다면 어떤 것을 말할까. 비디오 가게에서 빌려다 봤을까, 유선방송 텔레비전 채널에서 봤을까. 그리고 아내가 상상 속에서 연애를 한다면 머릿속으로 그려보는 남자는 누구일까. 상수는 오래 생각할 여지도 없이 아내와의 내연관계를 떠올릴 수 있는 남자는 따로 있을 수가 없다는 믿음이 들었다. 그렇게 차돌 같고 먹통 같은 여자와 단 하루라도 서로 소통할 수 있는 남자가 세상 어디에 다시 있겠느냐는 생각이었다.

아내가 자신의 건강을 회복시켜준 사람을 따르고 존경하는 것에 대해서는 상수로서도 미워할 수 없는 일이었다. 아내는 허리 삔 것만이 아니라 얼굴색과 표정까지 달라지고 있음이 확연하지 않은가. 어쩌면 아내의 섹스감각까지 살아나고 있을지도 모르는 일이었다. 생각이 여기까지 미치자 아내의 건강회복이 갑자기 두려워지기 시작하였다. 아내의 섹스감각이 살아난다고 할 때에는 그 파트너가 누구냐 하는 문제가 대두되는 것이다. 문 선생의 척추 이상과 발기부전이 얼마나 치료불가인지는 모르나, 여자의 성욕을 충족시키는 다양한 방식 가운데는 남성의 발기부전에 크게 구애되지 않는 것도 있다고 하지 않는가.

아내는 남편한테 지압 치료를 받게 한 다음에도 인삼농장으로 가는 일을 그만두지는 않았다. 그전처럼 정기적으로 나가지는 않게 되었고 다니는 횟수도 줄어들었지만, 지압 받는 일을 아주 끊어버리지는 않는 모양이었다. 상수는 아내가 지압사와 만나는 것을 만류할 생각은 없었으나, 두 사람의 만남에 대해 마냥 무신경해질 수도 없는 일이었다.

그러던 차에 아내와 지압사가 다정하게 어울려 다니는 모습을 우연히 발견하는 일이 일어났다. 그가 어느 날 늦은 저녁 시간에 시내의 어떤 번화가에서 직장 동료들과 회식을 마치고 나오다가 비스듬히 건너편에 있는 고급 레스토랑으로 들어가는 두 사람을 목격하게 되었던 것이다. 왕년의 태권도 선수답게 훤칠한 키에 넓은 가슴팍과 희멀쑥한 용모, 이런 남자하고 나란히 팔짱을 끼고 만면에 미소를 머금고 유유히 걸어가는 아내의 모습, 상수는 이들 남녀의 당당하고 스스럼없는 자태에 대해 멍하니 넋을 잃고 바라볼 따름이었다. 잠시 후 그들의 모습이 사라지고 나서야 못내 씁쓸하고 착잡한 심정으로 두 다리가 휘청거려옴과 동시에, 옛날 그의 학생시절 먼발치에 숨어서 바라보며 한숨만 내리쉬던 정미혜 여학생의 아리따운 얼굴이 난데없이 떠오르고 이제 자기 눈앞에 언뜻 비쳤던 남녀의 유쾌한 모습과 함께 겹쳐지면서 자기도 어쩔 수 없는 별의별 상상 공상이 다 떠오르면서 그를 심란케 하는 것이었다.

그날 저녁 상수가 일행들과 좀 더 어울려 다니다가 귀가해보니 아내가 먼저 귀가해 있었고 전과 달라진 것이 아무것도 없는 것처럼 되었지만, 그의 생각은 꼬리를 물고 이어졌다. 섹스의 의미란 그렇게 단순한 것이 아니라는 말이 떠올랐다. 남자의 손놀림에 자신의 몸 전체를 내맡긴 채로 누워있으면서 아내가 느끼고 있었을 감흥이 또다시 뇌리에 떠올랐다. 요즘 들어 아내는 가끔 혼자서 별 이유도 없이 회심의 미소를 지으면서 얼굴에 희색이 감돌 때가 있는데 이것도 그녀가 남자의 손가락 놀림을 즐기고 있을 때의 짜릿한 느낌을 반추하는 것이 아니었을까, 상수는 이렇게 헝클어지는 심사 속에서도 지압을 받기 위해 인삼농장으로 가는 일은 게을리하지 않았다. 그전에 아내가 하던 대로 1주에 월수금 3일 저녁 시간에 가는 일은 그리 큰 부담이 되지 않았다. 그 전에 잘 챙겼던 사교적인 목적의 웬만한 일들이나 바둑친구 찾는 일은 단호히 그만두게 되었다. 상수 자신의 건강을 회복하는 일도 중요했지만, 지압사의 일거수일투족과 표정 하나하나를 뜯어보면서 그 가운데에서 아내와의 관계에 어떤 낌새라도 찾아보려고 하는 생각도 있었다. 그러나 그가 찾아보려는 수상한 혐의는 보이지 않았다. 잔잔한 호수 같은 지압사의 얼굴표정 하며 항상 부드럽고 서글서글하고 마치 상당한 경지에 달한 종교인처럼 기쁨과 감사의 상념으로 가득 찬 듯한 미소 가운데에서 무엇 하나 그에게 트집잡힐 구석은 보이지 않았던 것이다.

상수가 지압 받으러 다니면서 새로 생긴 관심사는 인삼의 독특한 생태에 관한 것들이었다. 인삼은 우선 화학비료를 써서는 안되고 약토(藥土)라는 이름의 자연발효 퇴비를 써야 된다는 점이 특이하였다. 화학비료는 식물 스스로가 영양분을 섭취하는 고유의 생명력을 약화시키는 요인이고, 식물 자체의 생명력이 약화되면 약효가 떨어질 것은 뻔한 일이지만, 인삼의 경우에는 화학비료를 쓰면 아예 시들어 죽어버린다는 게 신기하였다.

또한, 다른 작물을 경작하던 밭에 인삼을 심으려면 10년을 경과해야 한다는 것, 인삼은 인간 냄새를 싫어하여 그 가까이에는 사람 발트집을 삼가고 특히 담배연기 피우는 일은 절대로 피해야 한다는 것, 인삼에 관련된 이 모든 특이사항들 가운데 공통점은 인삼의 약효는 인간이 보호해주는 정도에 반비례한다는 것이었다. 인삼보다도 약효가 더욱 탁월한 산삼이 인적미답의 심산유곡에서만 싹을 틔우며 인간의 손으로 부숙시킨 퇴비조차 거부한다는 사실도 인간의 욕망이 자연세계에 가하는 숙명적인 훼손작용을 말해준다는 게 지압사의 설명이었다.

비슷한 현상이 인삼농장에서 기르는 개들에게서도 나타나고 있음을 상수는 알게 되었다. 이 농장에서처럼 개를 잡아매지 않고 풀어놓아 기르면 먹는 시간에 관련된 스트레스가 없어지게 되는데 이렇게 되면 자연히 과식하는 버릇과 소화불량도 없어지게 된다고 하였다. 인간의 필요와 취향에 맞추어 먹이를 주게 되면 개들은 인간의 눈치를 보느라고 신경과민이 되고 야생시대의 개들이 가졌던 자생력이 감퇴하게 된다는 것이다. 애완견들한테는 이런 현상이 더욱 심해져서 사람이 도와주지 않으면 제 새끼 낳는 일도 치르지 못한다는 얘기였다. 상수에게는 이 모든 얘기들이 자신의 문제에 대한 의미심장한

암시로 여겨졌다.

인간의 욕망은 특정 동식물을 과보호하여 자연상태에서 멀어지게 하고 그것들의 자생력을 감퇴시키게 마련이라니, 인간 욕망의 숙명적인 작폐는 그렇게 불가피한 것인가. 인간의 욕망에는 방향성이 있게 마련이고, 방향성이 있으면 욕망의 범위 설정과 과보호가 있게 마련이 아닌가. 사랑하고 욕망한다는 것은 곧 과보호하겠다는 것이 아닌가. 애완견을 사랑함은 정해진 시간에 개가 먹는 모습을 보기 위해 그것의 먹고 자는 습관을 길들이겠다는 것이고, 인삼을 보신용으로 이용하려면 그것을 욕심껏 조달하기 위해 차양을 세워서 거름을 주고 인삼농장을 만들 수밖에 없는 것이 아닌가. 나의 생식기의 자생력 마비는 어디서 왔는가. 섹스의 안전 조달을 위해 한 여자를 결혼제도의 울타리 안에서 지키려고 한 게 나의 잘못인가. 아니, 나도 한 여자한테서 특별한 대우, 과보호를 받으려고 기를 쓰지 않았나.

상수의 지압받기 나들이는 차츰 습관이 되어버렸다. 처음에는 낯선 집에 드나들기가 부자연스럽고 어색하였으나 시일이 가면서 차츰 익숙한 일이 되어갔다. 인삼농장에서 풀어놓아 기르는 개들도 그를 보면 사납게 짖어대는 대신에 가슴을 땅바닥에 대면서 살랑살랑 꼬리를 흔들게 되었으며, 그러는 동안에 문 선생과의 관계도 많이 친숙해져서 각자의 속내 얘기까지 제법 밀도있게 말할 정도가 되었다. 여자 동거인이 없는 그의 홀아비 생활이 아직도 의아하게 생각되었지만, 흘러가는 세월의 마모력에 의해 그러한 의아심조차 차츰 희미해져 갔다. 그러구러 상수가 지압을 받기 시작한 지 석 달을 넘기는 어느 몹시 추운 겨울날이었다. 지압을 받은 후로 자신의 몸이 많이 달라진 것 같다는 얘기 끝에 그는 전문의사들에게서 들은 전립선염 진

단까지 털어놓게 되었으며, 그러다보니 자신의 부부간 잠자리 문제
까지 들통나게 되었다. 그러나, 자신은 들통나는 기분이었지만, 문
선생은 상수의 말 못할 사정에 대해 이미 낌새를 챈 것 같았다. 그만
큼 아내와의 사이가 친밀하다는 증거도 되었지만 그것이 상수의 경
계심을 일으키지는 않았다. 오히려 자신의 문제를 더 잘 알아줄 것
같아서 말을 꺼내기가 더 쉬웠다.

"남이 보기에는 허리병 같지만 저의 경우에는 꽁무니 쪽에 이상이
라는 겁니다."

"저도 이 실장님의 꾸부정한 허리가 뼈 조직 때문이 아니라는 건
진작부터 알고 있던 참이었어요."

"이상한 함정이지요. 한 번 빠지면 헤어나오지 못하는 함정 말이
죠. 부부간 성생활이 안되니까 전립선이 나빠지고, 전립선이 나빠지
니까 성기능이 약화되고, 악순환 치고는 고약한 경우이죠."

"아주 가망 없는 일은 아닐 겁니다. 인간의 본능과 생리현상이란
게 워낙 복잡미묘한 것이라서요."

"차라리 거세수술이라도 받아버렸으면 섹스문제를 아예 단념하고
잊어버릴 것이라는 생각까지 든단 말이죠."

"어디 그럴 수야 있겠습니까, 저의 경우처럼 불가항력으로 당하는
일도 아닌데."

"노쇠현상일 경우라면 체력과 성욕이 함께 사그라드니까 차라리
견디기 쉬울 것 같애요. 체력이 좋고 성기능도 정상일 경우에는 성욕
이 강해도 문제될 게 없을 거고요. 저의 경우에는 체력이나 성욕은
모두 정상인데 성기능이 말을 안 들으니까 이게 사람 환장할 노릇이
지요. 그러니까, 체력과 성기능 사이에 불균형이 생길 때에 욕망의

관리문제가 제일 힘들어진단 말이죠. 차라리 감옥살이처럼 욕망을 강제로 억압할 수만 있어도 이보다는 나을 것 같고요.”

“그곳 생활도 그리 간단치는 않나 봅디다. 감옥살이에서 생기는 별의별 변태섹스를 보면 알 만하지요. 그런 거 생각하면 저의 경우처럼 운명적으로 결정된 금욕생활이 제일 낫겠다는 생각도 들어요. 이왕 충족치 못할 욕망이라면 말입니다. 아, 이건 금욕이 아니라 무욕이구만요, 헛허.”

상수는 고개를 들어 어설픈 웃음을 짓는 지압사의 얼굴을 바라보았다. 그의 웃음소리는 짐짓 무욕생활을 덤덤히 받아들이는 듯하면서도 욕망이 아주 씻겨지지는 못한 듯 어딘가 공허한 여운이 느껴졌다. 지압사는 지금 얘기가 웃을 일은 못 된다는 듯 표정을 가다듬고 말을 이었다.

“그래요. 인생문제 중에서 어려운 것이 욕망의 관리 문제라는 말씀이 맞을 것 같습니다. 욕망을 충족시킬 능력이 있느냐 없느냐도 중요하지만, 능력의 유무문제를 근본적으로 해소시켜주는 것이 욕망의 관리일 테니까요.”

“그렇게 보면 성당에 신부님들이나 절간에 스님들은 저보다 나을 것 같단 말이죠. 아예 심신을 바쳐서 종교에 몰입한다는 것이 욕망의 관리에는 최선의 방법일 테니까요.”

“종교에 심신을 바친다는 게 그렇게 쉽지는 않은갑디다. 몸은 그쪽에 가 있지만 마음이 자꾸 오락가락하는 거지요. 절간에 비구스님들도 얼마만에 한 번씩 속을 풀어야 수도생활에 전념이 되는갑디다. 그러니까 종합적으로 말하면 크게 세 부류의 문제상황이 있다는 말이 되는군요. 그 중에서 저의 경우처럼 운명적으로 원천봉쇄된 금욕생활이 제일 견디기 쉽고, 그 다음에 나은 것이 종교 같은 데에 헌신하여 금욕생활에 적응되는 경우이고….”

“세 번째 저의 경우가 제일 난처한 경우겠네요. 능력은 없는데 욕망은 살아서 튕겨오르는 경우 말이지요.”

“능력은 없는데, 라는 말은 빼시라니까요. 이런 문제에 성급한 결론은 금물이지요. 어디 한 번 시험해 보시겠어요? 숨어있던 능력이 어떻게 활성화되는지 말이지요.”

상수는 영문을 모르겠다는 듯 얼떨떨한 표정으로 앞 사람을 바라보기만 하였다.

“섹스의 성패를 결정짓는 데에는 상대방이 어떤 사람이고 그 사람이 어떻게 나오느냐가 중요하답니다. 제가 생각하고 마련해둔 일이 하나 있으니까 제가 지금 일러드리는 대로 한 번 해보세요. 저한테 허물없는 여자 친구가 하나 있는데 이 여자도 혼잣몸이고 이 실장님 같은 독신생활의 외로움을 누구보다도 잘 알고 있는 사람이에요. 제가 마침 내일부터 이틀간 이 집을 비우고 어디 갔다오게 되는데 내일 저녁 여덟 시쯤에 이 집에 들어오시란 말이지요. 그때 그 여자가 여기서 기다리고 있을 테니까요. 두 분이 잘 사귀어보면 좋은 일이 일어날 거 같습니다. 이해성이 많은 여자이니까 조금도 어려워 마시고요.”

마치 일을 미리 다 작정해 놓았던 것처럼 술술 거침없이 나오는 말이었다. 상수는 뭐라고 대답할지 몰라 어물어물 듣기만 하다가 뒤늦게 어줍은 인사말을 겨우 건네고 나서 지압사를 뒤로 하였다.

이튿날은 추위가 가시기는커녕 더 기승을 부리는 날이었다. 상수는 이날 저녁 정확히 여덟 시에 그 집을 찾아들었다. 대문은 뽀끔하게 열려있었다. 그는 점퍼깃을 위로 올리고 고개를 그 속에 푹 수그리고 들어갔다. 현관문을 열고 들어선 그는 잠시 그 자리에 가만히 서 있었다. 정갈하게 목욕한 다음에 깔끔한 옷으로 골라 입은 자신의 모습이 현관 벽의 거울에 비쳤다. 다시 옷매무새를 바로잡으며, 누구 계신가요, 하고 낮고 떨리는 소리로 불러보았다. 이윽고 한 여자가 그의 앞에 나타났다. 그녀의 얼굴이 어떻게 생겼고 어떤 옷을 입고 있었는지, 하는 것은 그의 눈에 들어오지 않았다. 다만 그녀가 만면에 푸근하고 부드러운 미소를 짓고 있다는 사실에 대해서만 온 정신이 쏠렸고 그녀가 인도하는 대로 주저 없이 안으로 들어갈 수 있었던 것도 그녀의 포근한 미소 덕분이었다.

그가 들어간 방은 이제까지 그가 지압을 받아온 곳이었기 때문에 생소하지는 않았지만, 그 방 안에서 어느 곳을 골라 앉아야 할지 잠시 머뭇거렸다. 여자가 주춤거리는 그의 마음을 곧 안심시켜주었다. 여자는 남자를 방바닥에 앉게 하더니 추위가 가시려면 맨바닥으로는 안되겠다면서 이부자리를 꺼내어 깔고 상수로 하여금 그 속에 두 다리를 들이밀게 하였다. 그러는 모습은 그녀가 마치 이 집의 주인인 양 스스럼이 없어 보였다.

"문 선생님이 초청한 분이시니까 허물없이 대하겠어요. 우린 오늘 밤 애인이에요, 천생연분 애인이요."

여자는 자신도 두 다리를 이불 속으로 들이민 다음에 남자의 얼굴을 똑바로 보면서 말을 꺼냈다. 그녀의 미소처럼 포근하고 부드럽게 느껴지는 목소리였다. 이제야 여자의 얼굴 한복판 콧날의 도톰하니 질량감 있는 모습과 잘 닦인 도자기 마냥 윤기나는 얼굴색이 남자의 눈에 들어왔다. 남자가 뭐라고 대답할 겨를도 없이 여자의 말은 계속

이어졌다.

"바깥 날씨가 매우 춥지요. 제가 그 찬 손을 비벼드릴 게요. 그 손을 이리 주어 보세요. 어머, 손이 어쩜 이렇게 얼음장 같이 찬대요. 바깥 날씨가 이렇게 추운가 봐요."

"날씨 탓이 아니라요 난 언제나 이렇게 몸이 찬 사람이랍니다."

여자는 남자의 한쪽 손을 꼭 붙잡아 끌어가더니 양손으로 살살 비비기 시작하였다. 여자의 손에서부터 그녀의 미소처럼 따뜻하고 부드러운 감촉이 전해왔다. 바깥 찬바람을 맞고 시려있는 남자의 손에 그것은 차라리 불같이 뜨거웠다.

"그렇사옵니까. 이 몸은 항상 이렇게 뜨겁사옵니다. 몸속에 음기만으로 가득차 올라도 열기가 되는 모양이옵니다. 이 몸도 외로운 몸, 양기를 쏘여줄 남자가 없사옵니다."

"이 몸은 음기를 받지 못해서 양기가 싸그리 패사당할 지경이지요. 몰사 직전에 음기가 들어와서 이 몸의 양기가 이제 살아나는가 봅니다."

남자는 얼어서 제대로 펴지 못하던 그의 손바닥을 쫙 폈다 오무렸다 해 보았다. 어느 틈엔지 남자의 두 손이 여자의 두 손을 쥐고 힘주어 꼭 눌렀다. 그러자 여자의 손 또한 힘을 마주 보내면서 남자의 손과 서로 맞물리고 있었다. 남자는 자기도 모르게 고개를 밑으로 가져다가 꼭 붙잡힌 여자의 두 손에 볼을 갖다 대었다. 아직도 체온의 차이는 남아있는지 여자의 따뜻함이 남자의 볼과 입술에 짜릿하게 와 닿았다. 남자는 여자의 두 손을 꼭 쥐고 있는 채로 고개를 들어 여자를 바라보았다. 그의 시선이 여자의 얼굴에까지 미처 이르기 전에 그녀의 목 부분 옷섶이 헤쳐진 곳에 머물렀다.

남자의 어디에서부터 그런 용기가 나왔는지 모른다. 그의 양손은 벌써 여자의 어깨를 가볍게 누르면서 그 상체를 방바닥에 가만히 눕히고 있었다. 여자의 자잘한 옷까지 그의 손으로 벗길 필요는 없었다. 여자 자신이 스스로 자기가 입었던 옷을 벗어주었고 입은 옷가지도 별로 많지 않았는지라 옷 벗는 일은 매우 빨리 이루어졌다. 남자의 피가 순식간에 뜨겁게 달아오르게 된 것은 여자가 치마 속에 짧은 속옷을 입지 않고 있어서 매끄러운 아랫도리의 살집이 금방 손에 잡혀왔기 때문이었다.

남자가 하루 내내 마음조이며 걱정하던 것은 오랜 세월 여자 앞에서 고개 숙이던 자신의 남성이었다. 그러나 지금 이 여자 앞에서 뜨겁게 달아오르는 자신의 몸 한가운데 시뻘건 돌출부분이 마치 의기충천하여 공중으로 도약하는 준마의 힝힝대는 주둥이마냥 거침없는 돌파력을 과시하고 있음을 알고 안도하였다. 아, 이것이었구나, 그 목마른 방황의 끝, 애절한 욕망의 종착지가 이처럼 안온한 언덕이었을 줄이야, 남자는 자신이 와있는 곳이 어떤 곳인지 확인하고 싶었다. 마냥 날뛰고자 하는 애마의 목에서부터 고삐를 잡아당기듯이 그는 맹렬하게 여자의 가운데 부분을 공략하던 자신의 몸을 가만히 멈추어 보았다. 잠시 전까지 그의 뇌리를 감돌던 자신의 일그러진 표정들, 숱한 밤을 악몽 속에서 헤매이던 기억들이 이제는 그의 팽팽히 부풀어오르는 남성의 기염 속에서 새로운 모습으로 거듭나고 있음에 감루하고 싶었다.

"더요, 더 깊이 넣어 봐요. 더 깊이 만나고 싶어요."

여자의 속삭이는 목소리가 귓가에 울리자 남자는 다시 힘차게 몸을 떨면서 돌진하였다. 이와 더불어 함께 거칠어지는 여자의 숨소리를 들으면서 남자는 여자의 뜨거운 몸뚱이를 껴안은 두 팔과 어깨에 혼신의 힘을 쏟았다. 몸의 한 부분의 미세한 떨림이 전신의 진동으로 이어지면서 여체를 껴안은 두 팔에 실렸던 힘이 허리 부분으로 옮겨 갔다. 거대한 산마루에 훌쩍 오른 듯, 광활한 대양 위를 두둥실 떠가는 듯, 높은 하늘에 구름을 타고 고공비행을 하듯, 품안에 가득히 안긴 여체의 풍만한 감촉은 남자의 온몸을 아찔한 떨림, 아득한 비상감에 취하게 만들었다. 육체의 심연이 바로 그곳에 있었고 그 육체의 심연이 바로 영혼의 심연이었음을 알려주었다.

지압사가 다시 집에 들어온 것은 이튿날 아침 해돋이 무렵이었다. 상수가 나가버린 집을 혼자 지키던 여자가 대문을 따주면서 그를 맞아 들였다. 두 사람은 별다른 말이 없이 가벼운 미소만 지으면서 안방으로 함께 들어섰다. 자리에 앉고 나서 지압사가 먼저 입을 열었다.

"몸 보시는 어떻게 잘 되었오?"

"어련하겠우, 우리 두 사람 정성이 쌓인 일인데? 그렇게 혈기왕성한 남자를 가지고 괜히 수선들 떤 것 아니우?"

"두 사람이 아니라 세 사람이라니까. 우리 두 사람만 가지고 될 일이겠오? 그럼, 난 이제 지압을 그만 해줘도 되겠는걸. 이 친구의 정력이 확증된 셈이니까. 내 경력에 정력강화 지압을 석 달 넘어 해주긴 이번이 처음이네. 그나저나 당신은 이제 절간 생활이 좀 쉬워질라나. 난 당신에게 이번 일을 권하면서도 걱정된다니까. 괜히 바람만 넣고 그동안 잘 길들여 온 출가생활을 헷갈리게 하는 거 아닌가 하고 말야."

"이도 후회, 저도 후회, 어차피 인연 만들기는 번민 만들기 아니우.

우린 앞으로도 한 달에 한 번씩 만나기로 했다우. 당신한테 말은 않았지만, 절간 생활이 얼마나 힘든지 모른다우. 진짜 비구니 생활은 이 시대에 어울리지 않은 것 같아요. 한 달에 한번 정도 파계하는 것으로 속을 풀면 어찌어찌 견딜 것도 같으니까 생각을 바꾸기로 했다우. 어차피 죽으면 썩어버릴 몸뚱아린 걸.”

“생각 잘 했오. 나도 남자 구실 못하는 게 덜 죄스럽고 하니….”

“이번엔 아들 만나는 걸 참아야겠우. 어쩐지 아들 만나는 게 내키지 않는구랴. 다음에나 만나잔다고 전해주구랴.”

“아, 그 애긴 내가 먼저 할 걸 그랬구나. 그 녀석이 먼저 이번 달에는 엄마 만나는 걸 그만둬야겠다고 전화가 왔었다오. 이제 당분간은 고시원 밖으로 안 나가기로 결심했다나. 엄마 만나는 게 부담스러운가봐. 고시원 생활 3년차라는 것도 부끄러운 모양이고.”

“하긴 그래요, 머리 깎은 엄마를 그렇게 만나주었던 것도 대견한 일이지. 자, 난 그럼 내 갈길 떠난다우”

이렇게 말하면서 여자는 자리에서 일어서다 말고 양손을 들어 머리칼을 쓰윽 밀어 올렸다. 그러자 배추포기 모양으로 둥그렇게 모아져 있었던 머리칼 뭉치가 훌러덩 벗겨지고 그 자리에는 반질반질 윤이 나는 비구니 까까머리가 나타났다. 남자의 입에서 아이 예뻐라, 내 마누라, 하는 소리와 함께 껄껄 웃음소리가 터져나왔다. 어머머, 내 머리 예쁘다는 거 이제야 알아주네그랴, 하는 여자의 웃음소리가 덩달아 나왔다.

오름 친구들
양영수 소설집

I

　오름 이야기를 빼놓고는 생각할 수 없는 것이 제주도 사람들의 역사이다. 밭농사를 일구고 마을을 만들어가는 일이야 오름 아래 평평한 땅 위에서 행해졌겠지만 땅바닥에서 일어나는 일들이 사람 사는 이력의 전부일 수는 없다. 바쁜 일손을 잠시 놓아두고 틈틈이 눈을 들어 하늘을 쳐다보지 않는 사람이 세상에 있을까. 제주 섬의 어느 벌판 어느 모퉁이에 서 있어도 하늘을 향해 사방을 한 번 둘러볼 때 그 풍성한 오름 풍경들의 어느 한 자락이 보이지 않는 곳은 없다. 이곳 사람들이 겪는 고락과 애환의 기억 가운데에는 곳곳에 하늘을 등지고 솟아오른 크고 작은 오름 그림자들이 깃들게 되어있다. 세상살이의 슬픔이나 기쁨이 북받쳐 올 때 잠시나마 눈을 들어 먼 데 하늘을 쳐다보면서 마음을 추스르는 것은 세상 어디에서나 자연스러운 일인 것이다.

백록담을 중심으로 사방에 뻗쳐있는 오름군락들은 파란만장한 제주 역사의 파노라마를 지상에 펼쳐놓은 듯하다고 말한 사람이 있는가 하면, 어미닭 같은 한라산이 거느리는 꼬마 병아리 무리와도 같은 것이 제주도의 삼백육십팔 개 오름들이라고 말한 사람도 있다. 봉긋봉긋 솟아있는 오름 봉우리들과 그것들 사이의 부드러운 능선들은 그 나름의 사연을 안고 있는 듯 갖가지 드라마를 연출하고 있다는 말이다. 그러나 제주섬의 오름 풍광이 지니는 크나큰 힘은 하늘 위에서 내려다보는 섬 전체의 그림 구성에서만 드러나는 것이 아니다. 섬사람들이 맨살을 들이대고 엮어가는 희로애락의 드라마 자체가, 이곳 도처에 솟아오른 오름 봉우리들을 오르내리고 그 언저리를 응시하는 가운데 그 감동과 색조의 깊이를 더하고 있는 것이다.

인간사의 양상이라는 것이 다종다양하듯이 제주섬 오름들의 모습도 그중의 어느 것 하나 다른 것들과 같은 오름을 찾아볼 수 없을 정도로 각양각색이라 할 수 있다. 삼양동의 원당봉이나 서귀포 고근산처럼 단아하고 얌전한 모습의 오름이 있는가 하면, 사계리의 산방산이나 세화리의 다랑쉬오름처럼 당당하고 위엄있게 우뚝 솟은 오름, 산굼부리나 아부오름처럼 거대한 원형극장 형상의 오름들도 있다. 거의 대부분의 오름 위에는 움푹 패인 분화구가 있는데 그 중에는 교래리의 물찻오름처럼 질펀한 산정호수를 이루거나 어음리의 바리메처럼 거대한 물그릇 모양의 웅덩이를 이루는 오름도 있고, 덕천리의 체오름처럼 원형 굼부리의 한쪽이 쑤욱 꺼져 내린 말굽형 오름들도 있지만, 노형동 남쪽의 어승생악처럼 분화구의 흔적이 거의 사라지고 젊은 여인의 젖꼭지처럼 하나의 봉우리가 봉긋하게 도드라져 올라간 원추형 오름들도 있다.

오름 전체의 윤곽이 그려내는 형상도 가지각색이다. 하나하나의 오름들이 한 폭의 그림과 같다 할 때에도 그림의 종류가 다르다는 것이다. 오랫동안 품고 있던 작품의도를 가지고 한참동안을 정성어린 필치로 그린 것 같은 오름들이 있는가 하면, 즉흥적인 착상에 따라 화급한 필치로 그린 듯한 오름들도 있다. 오름들 대다수의 형상이 화가의 붓으로 그려진 그림 같이 느껴진다는 것은 오름들 명칭에 붙어 있는 짐승들 이름을 보아도 알 수 있다. 용이 누운 모습을 하고 있다는 용눈이오름(龍臥岳), 소가 걸어가는 것 같다는 우보(牛步)오름, 꿩이 날아오른다는 비치메(飛雉岳)오름, 크고 작은 사슴 형상의 대록산(大鹿山)과 소록산(小鹿山), 어미개가 새끼를 껴안고 있는 모구악(母狗岳)이 있으며, 이밖에도 돗오름(猪岳), 노리오름(獐岳), 개오름(狗岳), 매오름(鷹岳), 고양이오름(궤살메; 猫山峰), 쇠머리오름(牛頭岳), 말오름(馬岳), 닭오름(二鷄岳), 너구리오름(狸生岳), 거미오름(蛛岳), 큰가오리오름, 족은가오리오름이 있다. 어느 지역에는 몇몇 오름들이 모여서 삼대에 걸친 가족 구성을 보여주고 있다. 이들 오름 사이의 능선 오르내림과 적당한 위치 관계가 마치 아들 손자로 이어지는 한 집안의 자손 번성을 연상시켰음인지 표선면 가시리의 따라비오름(地翁岳)은 장자(長子)오름과 모지(母子)오름, 새끼오름, 손지오름을 거느리고 있다.

이들 오름의 이름이 지어질 때까지는 얼마나 오랜 세월이 걸렸을까. 아마도 몇몇 재치 있는 사람들의 머리에서 착안된 후 그 일대 주민들의 입에 오르내리는 동안 고쳐지고 다듬어지면서 정착된 다음에 여러 세대에 걸쳐 전해져 내려왔을 이들 오름의 이름 속에는 제주 사람들이 이어온 오랜 역사의 숨결이 담겨 있다. 제주 사람들은, 조상 대대로 내려왔던 고락과 영욕의 역사를 내려다보았을 것 같은 그 오름들을 올려다보면서 자신의 삶의 오래된 뿌리를 생각하였다. 오름들 기슭에서 느껴지는 그윽한 산 정기가 바로 조상들 대대로의 음덕처럼 여겨지기도 하였다. 그 오름들은 사람들의 역사보다 훨씬 더 오래 전부터 그곳에 솟아있었겠지만 하늘 아래의 모든 산천과 들판은 마치 인간의 역사가 그곳에서 시작되기를 기다렸던 것처럼 느껴지는 것이었다. 순탄할 수 없는 세상살이의 고비를 지날 때마다 사람들은 마을 앞에 우뚝 솟은 낯익은 오름을 바라보았고, 그 오름을 바라볼 때마다 그 오름의 이름과 그 이름이 뜻하는 형상이 그들의 마음에 떠올랐을 것이 아닌가. 오랜 세월에 걸쳐서 오름 아래 마을 언저리를 무시로 드나드는 동안 그 오름의 형상과 이름을 보고 듣는 것이 마치 자신의 가족처럼 친숙하게 느껴질 때 이 오름에서 만나는 사람들끼리도 가족 같은 친숙감을 느꼈을 것이다. 오름 오르기에 얽힌 제주 사람들의 역사는 이렇게 오래고 진득하였다. 우리가 아래에서 만나게 될 한 제주 청년의 떨떠름한 사랑 만들기 여정에 예상 밖의 결말이 기다리고 있었던 데에는 어쩌면 그가 꾸준히 오르내렸던 제주 오름들의 오래된 정기가 작용하지 않았을까.

Ⅱ

오름 위에서 노래를 듣는 시간은 언제나 즐거웠다. 정성희라는 이름의 단발머리 처녀는 간단한 자기소개를 끝내고 나서 잠시 눈을 들어 한라산 쪽을 지긋이 바라보았다. 처음 보는 사람들 앞에서 노래하는 입을 열기까지는 누구나 이런 식으로 뜸 들이는 시간을 갖게 마련이었다. 제주문화포럼 오름기행팀에서는 이렇게 오름 정상에 오르면 그 날 첫 번 나온 사람에게 노래를 하나씩 부르게 하여 일행들에게 확실한 얼굴 알리기가 되도록 해준다. 처음 나온 사람들로서도 노래 한 곡 뽑아내는 것이 스스럼이 없을 정도로 이 오름팀의 분위기가 화기애애하다는 것이 여기 나오는 사람들 대다수의 애정 어린 자평이었다. 정성희는 이윽고, 상수도 들어본 적이 있는 노래, 중학교 음악 시간에 배웠던 기억이 있는 한국가곡을 낭랑한 목소리로 부르기 시작하였다. 윤기 있고 떨림이 풍부한 노랫소리는 둘러앉은 사람들을 일시에 조용하게 만들었다. 상수는 노래 부르는 여자의 모습을 위아래로 유심히 훑어보았다. 산뜻한 다홍색 점퍼에 연노랑색 남방셔츠를 받쳐 입은, 오름기행팀에서는 좀처럼 볼 수 없는 화사한 차림이었지만, 그네의 청아한 노래 곡조나 기품 있는 포즈와 잘 어울린다는 느낌이 들었다. 좀 전에 있었던 자기소개로는, 그네가 무슨 종합병원에 간호사라고 했는데 깔끔한 차림의 병원 간호사답게 두 손을 앞으로 곱게 모아 가만히 잡고 고개를 앞뒤로 약간씩 조아리면서 노래 부르는 모습이 그의 시선을 떠나지 못하게 하였다.

상수는 정성희가 자기소개 하는 말 가운데 자기는 김미숙의 친구라고 했던 것이 생각났다. 이 여자가 김미숙하고 친구 사이라면 어쩌면 오늘 그가 궁금해 하는 소식을 들을 수 있지 않을까 싶었다. 그러고 보니 이들 두 여자에게는 공통점들이 많이 있었다. 두 사람 모두 종합병원 간호사이고 나이도 비슷해 보인다. 두 사람의 얼굴이나 표정도 모두 얌전하고 단정해 보이는 것이 요즘 젊은 여자들하고는 달라 보인다. 말할 때마다 웃는 표정부터 먼저 보여주는 것도 비슷한 것 같다. 그러나, 이들의 공통점은 여기서 끝나고 두 여자 사이에 있는 확연히 다른 점들이 떠올랐다. 우선 김미숙 편이 키가 한 뼘이나 작아 보이지만 이 점은 상수로서는 고맙고 다행한 일이라 생각되었다. 두 여자 모두 비교적 수수한 얼굴에 엷은 미소가 감도는 넉넉한 표정을 보여주지만 두 사람 얼굴의 미소는 분명히 달랐다. 정성희가 보여주는 미소는, 그것 자체로서 밝고 귀여운 표정으로 보아버리면 끝나는, 그래서 별다른 여운을 남기지 않는 미소이고 그 이면에 무엇이 감춰져 있다는 느낌을 자아내지 않는 웃음이라면, 김미숙의 경우에는 웃음으로 표현되지 못한 무엇이 남아있음을 느끼게 하는 그런 미소라 할 수 있었다.

꿈속에서인 듯 정성희의 노래를 듣는 동안 상수는 김미숙이 노래 부르는 모습을 기억 속에서 찾아보려 하였으나 그런 모습은 떠오르지 않았다. 김미숙이 이 문화포럼 오름팀에 나오기 시작한 것이 상수보다 더 앞선 일이었으니까 그렇게 된 것이지만, 알 만큼 알았다고 생각하던 여자로부터 여태껏 노래 한 번 들어본 적이 없다니, 두 사람 사이에 아직도 이렇게 모르는 부분이 많다는 생각에 눈앞이 잠시 아득하였다.

오름팀 신참자의 노래를 하나 더 듣고 나서 일행은 곧 하행길을 재촉했다. 오늘 예정했던 코스는 이미 답파한 셈이지만 날씨가 너무 화창하였고 오늘 나온 이십여 명 멤버들은 하나 같이 기력이 넘쳐있어서 오름 하나를 더 오르기로 의견이 모아졌는데 덤으로 오를 오름은 비교적 가벼운 코스인 삼의악오름으로 결정되었다. 산천단 마을에서 바로 서쪽 건너에 있는 삼의악오름의 정상에서는 제주시내와 항구와 사라봉이 훤히 내려다보이기 때문에, 그곳의 전망을 즐기면서 늦은 점심을 먹자는 오름 총무의 제안에 모두가 찬성하였다.

상수는 자신이 일행의 맨 뒤에 쳐져있을 거라는 생각이 들어 앞서 걸어가는 사람들 중에서 정성희의 모습을 찾아보았지만, 다홍색 점퍼 차림의 여자는 어디에도 보이지 않았다. 키다리 오름대장을 중심으로 대여섯 명이 선두에서 걸어가고 있고 나머지 여남은 명은 두어 명씩 짝을 지어서 걸어가고 있었다. 상수는 이상하다 여기면서 혼자 걸어가다가 뜻밖에도 뒤쪽에서 자기 이름을 부르는 소리를 듣고 뒤를 돌아다보았다. 아까 노래를 불러 인기를 모았던 정성희와 어깨를 맞대고 걸어오던 오름 총무 이영미였다.

"상수 오빠 마씸, ㄱ찌 갑서게. 이디 명가수 신입회원도 이신디."

"겡 ㅎ주. 나도 영 ㄱ찌 가젠 기다리던 중이었주게."

상수는 잠시 걸음을 멈추고는 가까이 다가온 정성희를 향하여 입을 열었다.

"저, ㄱ싸, 정성희 씨 노래 춤 잘 부릅디다예. 영헌 명가수가 새로 올 땐 ㅎ번 더 불러사 ㅎ는디…."

"아닙주마씸. 공짜로 들을 노랜 ㄸ루 있는거주, 이런 명가수 노랜 서귀포 컨벤션센터 리사이틀에나 가사 다시 들을 수 이십주."

정성희는 자기를 향한 칭찬들이 실없는 인사치레라고 생각했는지 가벼운 미소만 흘리면서 별다른 응수를 하지 않자 이영미는 상수를 다시 쳐다보면서 화제를 바꾸어 말을 이었다.

"겡혼디, 상수 오빠 마씸, 우리 문화포럼 신임 문화부장 된 박정수 씨신디서 무신 전화 받은 거 어서마씸?"

"어신디. 나신디 무신 홀말이라도…."

"저도 어제 포럼 사무실에 갔단 알게 되신디예, 서울에 이신 무신 한국예술종합학교엔 ㅎ디서 〈전국순회 찾아가는 연극공연〉을 ㅎ는디예, 그것이 이디 제주도에 오게 됐젠마씸. 우리 문화포럼에서 유치해연마씸게. 그 공연 예정이 시월 마지막 토요일ㅎ고 일요일에 북제주 남제주 두 군데서 ㅎ는 걸로 되었는디예, 날라뎅기는 무대장치영 악기 끝은 거 이서부난 덩치 큰 차로 운송해야 ㅎ덴예. 박정수 씨가 그런 걱정헤가난 제가 상수 오빠 얘기해서예. 우리 포럼에서 그런 일 부탁홀 사름은 상수 오빠가 최고엔 헤십주. 상수 오빠네 자동차 정비소에 짐차덜 몇 대 이실 거난 어떵 되지 아녁카마씸?"

"우리 오름 총무님이 곧는디 여부가 이서? 하명만 기다릴 거난."

이영미의 말에 대뜸 선선하게 대답한 것이 가까이에서 자기의 말을 듣고 있을 정성희의 귀에 들어가라고 그런 것 같아서 상수는 마음 한 구석이 찔끔하였다. 사실 정비소의 차를 사업용 아닌 곳에 쓰려고 할 때 사장의 허가가 꼭 나온다는 보장은 없는 것이다. 5년 넘어 근속하면서 사장의 신임을 받고 있다고는 하나 그 날 그 시간에 유휴 차량의 상태가 어떨 것인지도 알 수 없는 일이었다. 그러나 자기 능력으로 포럼 행사에 보탬이 된다면 그 정도의 변통은 어떻게 해서든지 해낼 것 같았다. 그는 모처럼 호기있게 한 마디 했던 기백을 다시 발휘하여 정성희에게 물어보았다.

"ㄱ싸 정성희 씨 자기소개홀 때, 김미숙이 ㅎ고 친구 사이옌 곧는 거 같아신디예."

"아, 남국병원에 김미숙이요? 저하고는 오랜 친구지간이지요."

"겡ㅎ구나예. 이거 정말 반갑네예. 김미숙 씬 우리 포럼 오름팀에 아주 열성회원이라예. 지난 추석멩질 이후엔 못 봐수다만은…."

정성희가 무슨 말을 꺼내기 전에 앞서 가던 이영미가 걸음을 멈추고 응대를 해왔다.

"아, 미숙 언니 마씸? 그 언니가 저번 일요일엔 오름기행에 나오션예. 상수 오빠가 그날 마침 안 나오는 부름에 못 보신거마씸. 겡혼디예, 미숙 언니가 저번 나와네 상수 오빠 막 초자신디게, 그동안 무신 전화라도 안 간마씸?"

"전화, 어섰는디. 내가 요즘 핸드폰 잃어부난 겡헤네 전화 못 받아싱가…."

상수는 김미숙이가 다시 오름등반에 나왔었다는 이영미의 말에 귀가 번쩍 트였다. 그는 지난번 일요일에 정비소 특근 명령을 뿌리치지 못했던 자신의 주변 없음이 심히 부끄러워지면서 김미숙이 아무 연락도 없이 두 차례나 빠졌던 오름기행에 다시 나오게 된 속사정이 더욱 궁금해졌다. 그네가 모습을 나타내지 않았던 이유가 상수 자신의 소행 탓이라는 그의 예측이 어쩌면 빗나간 깃일지도 모르는 일이었다. 저번 날 오름에 나왔을 때 미숙이가 상수를 찾았다는 건 무슨 일 때문일까, 상수는 앞장서서 혼자 걸어가는 정성희를 놔두고 걸음이 뒤쳐지는 이영미와 나란히 걸으면서 그네의 말을 들어보기로 했다.

"미숙 언니가 곧는디 두 분이서 산천단 마을에 끝은 동네 출신입디다예. 상수 오빠영 미숙 언니영 그동안 무사 경 허물 어신 사인가 헤신디 다 겡훈 사정이 이신거구나."

"벌써 오래전 일이주게. 게난, 거의 10년 전…. 겐디, 미숙 씨 모친 사건에 대해선 무신 말 어서신가?"

"별다른 말은 어선예. 겡해도 제가 먼저 무시거옌 물어보지도 못흡디다게. 모친 사건으로 육지 나들이도 몇 번 이섰던 모양입디다만."

"겡헷구나게. 게민 오늘도 그 일 때문에…."

"게메예, 저번 날도 계속 수심에 차네 우리ᄒᆞ곤 별로 얘기도 ᄒᆞ지 않아서예. 그동안 무사 오름기행에 안 나와신지 물어봐도, 요즘 착잡한 심정이랍니다, 이렇게만 대답헤연예."

"겡헷구나."

상수는 이영미의 말을 듣자 마음이 산란해져서 더 이상 말문이 열리지 않았다. 주변 경치를 둘러보는 척 걸음 속도를 늦추면서 곰곰이 생각해 보았다. 미숙이는 자신에게 생긴 걱정거리를 왜 나에게는 말하지 않았을까. 휴대폰이 불통이면 내가 다니는 자동차 정비소 전화

번호를 찾아볼 생각이라도 할 수 있지 않은가. 이 여자는 나를 속마음 털어놓을 상대로 생각하지 않는다는 게 아닌가. 그리고 이 여자는 이영미에게 도대체 무슨 마음으로 산천단 동네 이야기는 그렇게 늘 상 해댄단 말인가. 그전에도 언젠가 이 여자는 이영미가 있는 자리에서, 옛날 산천단에는 되게 무서운 사람들이 살았었다는 둥, 눈이 많이 와서 며칠씩 버스가 끊길 때에는 아라동까지 눈 쌓인 길을 줄창 걸어 내려갔다는 둥, 별로 재미있지도 않고 자랑스럽지도 않은 얘기를 늘어놓았던 일이 있었지 않은가. 상수가 잠시 산란해진 마음을 추스른 다음에 앞서가던 이영미에게 다가가서 김미숙에게 다른 무슨 낌새라도 있었는지 물어보려고 하는 사이에 앞장서 내려간 사람들이 그들을 기다리고 있는 곳에 도착하였다. 일행은 그곳에서 넉 대의 승용차에 갈라 타고서는 다음 목적지인 삼의악 오름으로 가기로 되어 있었던 것이다. 상수는 이영미에게 김미숙의 신상에 대한 질문을 하려던 생각은 그만두기로 하였다. 이영미보다는 오늘 처음 나온 정성희에게 물어보는 것이 더 나을 것 같았다. 얼마 후에 모두들 차에서 내려서 다음 행선지인 삼의악오름을 향해 걷기 시작한 다음에 그는 기회를 보아 그녀에게 다가갔다.

"정성희 씨가 김미숙이영 친구엔 ᄒ민 요즘도 자주 만나시겠네예."

"그럼요. 우린 고등학교시절부터 친구였고 두 사람이 간호사가 된 다음에도 만날 일이 계속 있었어요."

"아, 그렇구나예."

상수는 김미숙의 신상에 대해 물어보는 적당한 말을 찾다보니 정성희의 질문에 대답할 말을 먼저 찾아야 했다.

"아까 이영미 씨한테서 들었는데, 상수 씨하고 미숙이는 옛날에 산천단 마을 같은 동네 이웃사촌이셨다고요."

"아, 그거예, 제가 살던 산천단 동네에 미숙 씨네가 이사를 갔었다는 거라예. 게난 우리가 산천단 마을에 곹이 살아본 건 별로 오래지 않아서…."

"그럼 미숙이 하고 오름 친구가 된 건 나중에야 된 거네요."

"그렇주마씸. 문화포럼 오름팀에 다니던 제 친구가 ᄒᆞ나 이서신디 그 친구 따라네 오름 뎅기단보난 미숙 씨ᄁᆞ지 알게 되어네…."

"그 친구분 이젠 이 오름팀에 안 나오시나요?"

"그렇주마씸. 그 친군 전기공 업소에 나가는디 직장도 다르고 헤부난 잘 만나지 못ᄒᆞᆸ주마씸."

"남자분들은 같은 학교 동창이면 평생친구 아닌가요? 제가 알기로는 그곳은 기숙학교라고 하든데…"

"동창이라도 전공이 달라부난 경 친ᄒᆞ지 못ᄒᆞ고 그냥 곹은 오름팀에 한동안 ᄀᆞ찌 뎅긴거주마씸."

상수는 자기의 옛날 오름 친구 정성훈에게 대하여 정성희가 남다른 관심을 보이는 것이 이상하다 싶었으나 이를 내색할 수는 없었다. 자신의 말하는 모습을 찬찬히 바라보는 정성희의 시선이 따갑게 느껴진 상수는 그네의 시선을 피하면서 말을 끊었다. 그는 어느덧 정성희의 심중을 경계하기 시작하고 있었다. 김미숙이 자기보다 정성희와 더 가까울 것이라고 생각하니 상수의 마음은 저도 몰래 슬그머니 긴장되는 것이었다. 그가 이 여자 앞에서 어떤 남자로 보이느냐 하는 것이 곧바로 김미숙에게 전달되리라는 생각이 들자 말 한마디 하기가 두려워졌다.

이윽고 일행은 평지 걷기를 끝내고 소나무 숲지대인 오르막길로 접어들었다. 5 · 16도로에서 들어서면 얼마 오래지 않아서 삼의악오름 동쪽 기슭에 이르게 되지만 정작 오르막길로 접어드는 위치는 한라산 쪽으로 한참 걸어가다가 만나는 오름 남쪽 기슭에 있다. 상수는 오래전 산천단에 살 때부터 이 오름에 수도 없이 올랐던 적이 있어서 이곳의 지형지세와 오르고 내리는 길 같은 것을 잘 알고 있었다. 이 오름에 관해서 정성희에게 말해줄 만한 얘깃거리도 적지 않을 것으로 생각되었지만, 그러다 보면 자기의 산천단 시절, 구차하고 궁상맞은 일들이 탄로날 것만 같아 입이 열리지 않았다. 더구나 이제 빽빽한 소나무 숲 속 비좁은 오솔길로 들어섰기 때문에 나뭇가지를 헤치면서 앞서가는 그네에게 말을 걸기는 부자연스러워 보였다.

얼마쯤 그렇게 걸어 올라가던 상수는 키다리 오름대장이 앉아서 기다리고 있는 곳에 이르렀다. 오름 정상에서 그리 멀지 않은 조그만 언덕, 소나무 그늘진 곳이었는데, 다른 사람들은 다 올려 보내고 혼자서만 앉아있는 품이 대장은 지친 몸을 쉬고 있다기보다는 상수 일행에게 뭔가 할 얘기가 있는 모양이었다. 그가 가르키는 바위 위에 이영미와 정성희가 먼저 앉은 다음에 상수가 그 옆에 앉았다. 오름대장은 이제부터 재미있는 신비 체험을 시켜준다고 하고서는 세 사람에게 눈을 감고 입을 꼭 다물도록 엄숙히 말하였다. 세 사람은 어리둥절한 가운데도 눈을 게슴츠레 감고 그 다음에 떨어질 말을 가만히 기다렸다. 이윽고 그들에게 던져진 질문은 듣는 이들을 더욱 어리둥절하게 하였다.

"자, 여기 가만히 앉아있으면 들리는 소리가 있을 거예요. 이 오름에서만 나는 소리예요. 자, 다른 오름에서는 없는 소리, 마음을 정갈하게 비운 사람들에게만 들리는 소린데요, 들리지 않습니까?"

상수는 삼의악오름 정상 가까운 이곳에 앉아서 들을 수 있는 소리를 알고 있었다. 그러나, 그는 먼저 알은 체를 하지 않았다. 이왕이면 이 정성희라는 여자에게 그 소리가 들려주기를 바라는 심정이었다. 맨 먼저 이영미의 대답이 나왔다.

"원통하게 죽어서 삼의악오름에 묻힌 귀신 혼백이 울부짖는 소리…."

이어서 정성희의 대답이 나왔다.

"삼의악오름 숲의 요정이 사랑하는 남자에게 속삭이는 소리…."

상수의 입에서도 얼결에 지어낸 대답이 나왔다.

"가뭄 때문에 목이 마르다고 땅속의 지렁이들이 칭얼대는 소리요."

환상적인 발상의 문장들이 연이어 나오는 가운데 사실적인 문장을 피한 것은 잘한 일이다 싶었지만 이 오름만의 비밀 같은 사실을 자기가 아닌 오름대장이 알려주게 된 것은 못내 서운하였다.

"세 사람 모두 순발력 하나는 알아주어야겠네요. 허지만, 오늘의 퀴즈는 정성희 씨만이 정답을 맞춘 것으로 하겠습니다. 어차피 세 분 모두 앞부분 대답은 틀렸고, 뒷부분 대답은 정성희 씨만이 맞추셨다는 겁니다. 자, 지금 들어보세요. 요즘 날이 오래 가물어서 물이 많이 말라버렸지만 졸졸졸 흐르는 저 물소리는 분명히 속삭이는 소리지요. 울부짖는 소리나 칭얼대는 소리하고는 거리가 멀다는 말이에요."

오름대장은 이어서 삼의악오름에 대한 흥미있는 해설을 들려주었다. 이 오름은 원래 그 꼭대기에서 샘물이 솟아난다고 해서 새미오름이었는데 이두문자식 표기를 하다보니 삼의악오름이 되었다는 지명 풀이에서부터 시작하여 근엄단정한 여성들 앞에서는 좀 방자하다싶은 지형학적 성담론까지 펼쳐보이는 것이었다. 그의 해설에 따르면,

육지부의 산세는 울툭불툭 하늘로 치솟는 험하고 날카로운 능선임에 비하여, 한라산이나 그 아래의 오름들은 거의 예외 없이 잘 빚어진 여인의 나신상처럼 부드럽고 완만한 능선을 그리고 있어서 여성형 산세인데다 제주섬의 오름들은 그 대부분이 여성의 성기 모양을 한 분화구를 가지고 있다는 것인데 이처럼 여성적인 지세의 정기 속에서 낳고 자란 제주 여성들이 기가 세지 않을 수 없다는 것이며 특히 이 삼의악오름은 그 꼭대기의 웅덩이에 끊임없이 솟아나는 샘물을 가지고 있어서 여성의 왕성한 음기를 보여준다는 설명이었다.

오름대장이라는 이름에 손색이 없이 적실하고 재치있는 해설을 듣고 난 세 사람은 물 흐르는 소리가 어디에서 들려오는지 찾아나섰다. 그들이 몇 발자국 옆으로 비켜 내려간 곳에서 조그만 도랑물이 아래로 흘러가고 있었다. 가물어서 물이 말라버린 탓인지 어린애들 소꿉장난처럼 아주 작은 도랑물 밖에 안 되었기 때문에 턱진 곳에서 떨어지는 물소리조차도 졸졸거리는 품이 정말로 조용조용 속삭이는 소리 같았다.

정상 부위에서부터 난데없는 샘물이 쉬지 않고 흘러내린다는 점은 상수가 삼의악오름에서 얻은 오랜 추억에서도 빼놓을 수 없는 부분이었다. 산꼭대기에서 샘물이 솟는다는 것도 신기했지만, 졸졸거리는 물소리가 주는 느낌도 때에 따라 달라지기 일쑤였다. 마음 상태에 따라서 그것은 흐느끼는 신음 소리, 불만에 찬 하소연소리, 지칠 줄 모르고 늘어놓는 잔소리, 그러나 연인끼리 속삭이는 소리라고 생각해보지는 않았다니, 이제 생각해보니 이상한 일이었다.

이윽고 일행은 삼의악오름 정상에 도착하였고 언제나 그러듯이 오름 아래 훤히 내려다보이는 지상의 풍경들을 가리키면서 지리 공부

하듯이 이곳저곳의 위치와 지명들을 확인해보느라고 바빴다. 오름 하나 오르내리는 두서너 시간 가운데 가장 신나는 하이라이트가 이 때였다. 삼의악오름은 제주시 일원이 훤히 내려다보이는 곳이었으나, 사람들의 주된 관심은 제주시내의 오래된 고층건물이나 아파트 단지들보다도 새로 들어선 낯선 건조물들이었다. 제주섬 전체에 불어닥친 고속도의 개발바람을 타고 전에 없던 건축물들이 해마다 여기저기로 울쑥불쑥 솟아올라서 이 지역에서 오래 살아온 사람들조차도 헷갈리는 곳이 많았다.

근래에 몰라보게 달라진 개발지역 가운데에 삼의악 아래 바로 건너편에 있는 산천단 지구도 있었다. 10여년 전만 해도 외지고 낙후된 곳이었던 산천단은 기껏해야 조선시대에 제주목사가 정초 때마다 천제(天祭)를 지내던 제단 터와 국가지정 천연기념물인 500년 수령의 곰솔나무 여덟 그루 정도가 알 만한 사람들에게 알려져 있을 뿐이었다. 이곳 풍경이 요즘 와서 크게 달라진 것은 오름 위에서 내려다보아도 한눈에 알 수 있게 되었다. 제주대학교가 산천단 방향 후문을 개방하고 후문 쪽에 있는 학생기숙사를 대폭 증설하면서 인근에 대학생들 상대의 식당과 오락시설들과 원룸건물들이 들어선 것이 요즘 생긴 큰 변화이다. 공무원교육원이니 무슨 연구원이니 하는 신식 건물들이 서고 대형 병원인 제주의료원이 들어선 것도 분위기 일신에 큰 역할을 하였다.

상수네가 산천단에 살았을 때만 해도 이곳은 버림받은 땅이었다. 해방 후 상당 기간 동안 이곳 주민들의 대부분은 육지서 흘러들어온 뜨내기들이나 과거가 수상쩍은 부랑자들이었고, 그들은 남의 땅 소작인, 노가다판 막일꾼, 개 사육업자 등 밑바닥 인생을 기어다니는 사람들이었다. 그때는 하루 종일 시내버스조차 몇 대 다니지 않아서 한적하기까지 하였다. 그 당시 상수가 버스에 올라탔을 때 바로 아랫마을의 제주대학생들이 앉아있으면 그들과는 멀찌감치 떨어진 자리를 찾아가 앉고는 했던 기억이 지금도 산천단을 지날 때마다 떠오른다. 대학은커녕 실업계 고등학교를 겨우 마친 그는 제주대학생들을 볼 때마다 그네들과 가까이할 수 없는 자기 신세가 미치도록 원망스러웠으며 특히 제주대학 다니는 미끈한 처녀들을 볼 때는 하나같이 영화 속의 미인들처럼만 여겨져서 감히 말 한마디 건네 볼 엄두를 내지 못하였다.

삼의악오름 위에서 산천단 마을을 내려다보는 상수의 마음은 만감이 교차하는 착잡한 것이었다. 산천단 시절 그는 수도 없이 이 오름을 올랐던 기억이 나지만 대개는 아버지와의 불화에 심통이 나서 속 시원히 울분을 삭히려고 올라왔던 것이 대부분이었다. 김미숙이가 산천단 시절에 관한 얘기를 누구에게나 거침없이 하는 것을 볼 때면 상수는 마치 자신의 아픈 과거의 근처를 건드리는 것 같아 조마조마해지기까지 한다. 상수가 경상남도 지리산 기슭의 어디에서 흘러들어 왔다는 아버지와 함께 제주도의 몇몇 산간 마을을 전전하다가 정착한 곳, 그의 마지막 학력인 실업계 고교를 다녔던 동네가 산천단의 무허가 주택가였고, 술병으로 골골하던 그 아버지가 화재사건으로 타계해버린 후 두어 해 세월을 길거리 건달로 허송한 다음 자못 웅대한 꿈을 안고서 1년 동안 다녔던, 학비와 생활비 전액이 국비지급인 국립직업전문학교가 있는 곳이 또한 산천단 뒷자락이었다. 이에 비해서, 상수가 산천단 마을 판잣집을 떠날 때쯤에 그 바로 옆집으로 이사갔다는 김미숙으로 말하자면, 반듯하게 허가받고 지은 슬레이트

집에서 살았었고 그 집에서 고등학교를 마친 다음에 간호전문대학 과정까지 반듯하게 끝내고 백의의 천사가 되어 나갔던 것이니 산천 단에 대한 두 사람의 추억은 미상불 같을 수가 없는 노릇이다. 그런 데, 그렇게 착한 딸을 두고 가출하여 세상을 떠돌다가 변고를 당했다 는 미숙이 모친은 어떤 여자일까, 미숙이는 현새 수감 중이라는 모친 과의 관계를 앞으로 어떻게 풀어갈려고 할 것인가, 상수의 마음은 다 시 끝없는 궁금증 속으로 휘말려들었다.

　생각해보면, 두 사람의 기구한 운명은 희한하게 같은 길을 걸어온 셈이면서 또 희한하게 꼭 같은 길은 조금씩 피해온 셈이다. 두 사람 이 모두 부친을 일찍 사별했으면서 모친이 가출했다는 점은 같은데, 상수는 제주도 여자였던 모친의 가출 후 부친과 단둘이서 살다가 혼 잣몸이 됐지만 미숙은 부친 사별 후 단둘이서 살던 모친이 가출해버 리자 혼잣몸이 됐다는 점이 약간 다르다는 것이다. 산천단 직업전문 학교 친구이던 정성훈이가, 자기 누이동생의 친구에서부터 시작하여 자기의 데이트 상대가 되었다는 김미숙을 상수에게 넘겨주었을 때 그의 마음이 그네에게로 솔깃하게 쏠렸던 이유는 그들 두 사람의 기 구한 가정환경 때문이었다. 정성훈한테서 김미숙의 가정역사를 대강 전해듣고서는 두 사람의 과거가 기막히게 유사함에 고개를 갸우뚱했 었는데, 나중에 알고보니 두 사람은 산천단 마을 같은 동네에서 살았 었음이 밝혀져서 또 한 번 무슨 운명적인 만남 같은 게 느껴졌던 것 이다. 의지 가지 없는 혈혈단신에다 실업계 고졸학력인 자동차 정비 공의 프로포즈를 받아줄 반반한 여자가 이 세상 어디에 있을 것인가, 남들은 어렵지 않게 성사시키는 그 흔한 데이트 짝짓기의 꿈이 막막 하게만 여겨지던 상수에게 미숙이의 기구한 운명은 희망의 등대처럼 보였다. 정성훈이가 어떻게 알아냈는지 미숙이의 외톨이 신세 뒷사정을 알게되고서는 서너 번 참가하던 문화포럼 오름산행을 깨끗이 단념해버린 후 상수와 미숙은 1년 가까운 세월을 거의 빠지는 날 없이 한 달 네 번씩의 오름 오르기 데이트에 나왔었고 그러는 동안 두 사람의 각별한 관계는 오름팀 누구에게나 공공연히 알려지기에 이르렀었다.

그러던 미숙이가 지난 9월말의 추석연휴 이후에는 두 번 연속 모습을 감추었고, 떠도는 이상한 소문만이 상수의 답답한 마음을 조여왔던 것이다. 가출 이후 행방불명됐다던 미숙이의 모친이 전남 순천 부근의 주암호에서 같이 보트놀이하던 남자가 물에 빠져 익사하는 사건이 발생하였고 구사일생으로 살아난 부인은 의식불명이 되어버려 두 사람의 신원을 밝히거나 사건정황을 설명하지 못하는 장면이 텔레비전에 여러 번 방영되는 바람에 미숙이 쪽에서도 이를 알게 되었고 그동안 베일에 싸여있었던 이 처녀의 소상한 신상명세도 입소문을 통하여 주변 사람들에게 알려지게 되었던 것이다. 정성훈이 같으면 미숙과의 관계에서 일찍 손을 뗀 것이 백번 잘한 일이라고 했을 테지만, 상수의 마음은 달랐다. 미숙이 모친의 불미스러운 사건은 오히려 상수 자신과 미숙이의 관계를 더욱 공고하게 다져줄 것이라는 기대를 자아냈던 것이다. 두 사람이 갖고 있는 것에 대한 사회적인 평가의 저울대가 한쪽으로 기울어져 있었다가 이 사건으로 인하여 균형을 찾았다는 것이 상수의 주도면밀한 계산이었다. 화재사고에 의한 상수 부친의 죽음이 술집여자와 동침 중에 일어난 일이었으니까 가출했던 미숙이 모친이 새 남자와 보트놀이 하다가 변고를 당한 것도 상수 쪽에서 흠잡을 일은 못된다고 생각되었다.

오름 정상에서 아래를 관망하는 시간이 지나자 일행은 약속이나 한 듯이 평평한 잔디밭에 자리를 잡고서 빙 둘러 앉아 점심 도시락을 꺼내기 시작하였다. 먹는 즐거움이야말로 오름 오르는 재미 가운데 빼놓을 수 없는 것이며, 집에서는 거들떠보지도 않던 음식이 산에만 올라오면 더 바랄 것 없는 진수성찬이 된다. 각자가 준비해 온 점심 내용물들이 가지각색으로 다르지만 숟가락 젓가락들이 좌중을 자유롭게 오가면서 이루어지는 적절한 물물교환을 통하여 도시락 사정의 빈부격차를 줄이는 동시에 이웃집 요리맛도 함께 즐길 수 있는 이 점심시간은 이들 오름기행 동지들간의 오붓한 인정미가 펼쳐지는 시간인 것이다. 상수는 정성희의 옆자리가 비어있는 것을 보았으나 그 자리로 선뜻 가지를 못하고 오름 총무 이영미의 옆자리에 앉고 말았다. 아까부터 정성희는 상수에게 무슨 할 말이 있는 듯 유심히 시선을 보내고 있었지만 그런 시선을 의식할 때마다 그는 김미숙하고의 떨떠름한 사건이 연상되어 마음이 부담스러웠던 것이다. 게다가 오름 총무는 점심시간에도 전체 회원들의 말 상대를 해주는 것이 상례였으므로 상수에게는 마음편한 이웃이 될 수 있었다.

자리는 비록 떨어져 앉아 있었지만 상수는 정성희의 식사하는 모습을 눈여겨보고 있었다. 별로 대단한 음식도 아닌데 먹는 것을 열심히 즐기는 모습이 김미숙하고 많이 닮은 것 같았다. 입술 부분에 특히 힘을 주면서 음식을 씹는 모습이나 가끔씩 위아래 입술을 마주 비비며 맛깔스럽게 빨고 있는 모습까지도 그러하였다. 그러나 위아래 입술에서 느껴지는 도톰한 부피감이나 붉은 피부 빛 생명감에 있어서는 아무래도 미숙의 입술이 더 감칠맛 나는 타입이라 생각되었다. 이런 생각을 하던 상수의 뇌리에는 어느덧 전라도 어느 여관방에서 있었던 미숙이하고의 어설픈 키스 사건이 떠올랐다. 아직도 그의 입술 속 깊이 배어있는 것 같은 살풋한 감촉, 따뜻하고 부드러우면서도 강철처럼 날카로운 것도 같은 그 느낌을 그는 잊을 수가 없다. 그러나, 그 자신이 저지른 일이라고는 믿어지지 않는 이 뜻밖의 사건 때문에 그는 얼마나 호된 자기 질책의 회초리를 얻어맞아야 했는지 모른다.

추석 1주일 전에 있었던 제주문화포럼 주최의 2박3일 남도기행 기간에 일어난 일이었다. 그날따라 몸 상태가 좋지 않다는 김미숙을 여관방에 혼자 남아있게 하고 20여명 단체여행자들이 목포부근의 고적지 탐방을 끝내고 돌아오는 도중에 어느 경치 좋은 전망대에서 잠시 쉬고 가자는 일행을 뒤로 하고 상수 혼자서 먼저 여관으로 돌아왔을 때였다. 김미숙은 밖에 나갔다가 들어오면서 객실 문을 닫을 정신도 없었는지 그네의 객실 문이 뽀끔히 열려있었는데 상수는 노크도 없이 방안으로 살그머니 들어가 세상모르고 깊은 잠에 빠져있는 그네의 평화로운 얼굴을 발견하는 순간 견물생심이었는지 어린애 같은 장난기의 발동에 잠시 깜빡 자제력의 브레이크를 놓아버리고 말았던 것이다. 노크소리를 내면 혹시 단잠을 깨우지나 않을까 걱정했던 것이지 처음부터 잠자는 얼굴에 입 맞추기 위해 도둑고양이처럼 잠입할 생각은 전혀 없었다고 그는 아직도 자신에게 강변하고 있지만, 이 도둑키스 사건은 김미숙하고 장장 1년 동안 쌓아올렸던 오름데이트 역사를 일시에 무너지게 만들고 말았다는 것이 그의 준엄한 자기비판이었다. 그때 상수는 가만히 몸을 굽혀 곤히 잠든 미숙이 얼굴을 가까이 보고 싶었을 따름이고 그네의 얼굴 가까이로 다가갔을 때 새록새록 정감 있게 숨 쉬는 소리가 너무 고혹적이어서 그네의 숨소리가 새어나오는 콧구멍 가까이로 한쪽 귀를 가져갔던 것인데 그때 마침 그네의 잘 익은 복숭아 빛 도톰한 입술이 바로 그 아래에 있었던 것이다. 순간적으로 그네의 입술에 그의 입술을 포개어서 지그시 누르고 그 여리고도 아릿한 촉감을 느끼려고 하는 찰나 그네는 얼굴을 돌리고 옆으로 돌아눕고 말았다. 만약에 그때 미숙이가 눈을 번쩍 뜨거나 몸을 위로 벌떡 일으켰더라면 상수는 아마도, 김미숙 미안해, 하고 능청을 떠는 호기를 보였을지도 모른다. 여자가 눈은 뜨지도 않고 얼결에 돌아누우면서 잠에서 깨어나지 않는 통에 그는 얼른 몸을 비키고는 가만히 아래를 바라보고만 있었으며 한동안 우두커니 서서 우두망찰 어떻게 운신해야 할지를 몰랐다. 문제는 우선 이 여자가 자기 입술을 도둑맞은 줄을 알고 있기나 한지조차 상수로서는 알 수가 없다는 것이었다. 그때는 당황스런 마음에 그냥 그대로 여관방을 나와버렸고, 곧 이어 출타했던 일행이 들이닥쳤기 때문에 달리 어떻게 해볼 겨를도 없이 그 도둑키스 사건은 없었던 일로 되어버린 채로 남도기행을 무사히 마치고 돌아왔던 것이다.

점심시간 내내 상수는 미숙이 생각으로 머리가 꽉 차있는 기분이었다. 그전 같으면 미숙이가 자기 신상에 그렇게 큰일이 생기면 그에게 말했을 법한 일이라고 생각되었다. 추석연휴 이후 있었던 두 차례의 오름등반에 미숙이가 나오지 않았다는 것도 수상하고, 그네가 지난번 오름기행에 나왔을 때 이영미에게 요즘 심정이 착잡하다고 말했다는 것도 그렇다. 그네는 나에게서 도둑키스를 당한 것을 두고 상대 못할 남자라고 딱지놓은 것임에 틀림없다. 그러나, 요즘 세상에 그만 정도의 일을 가지고 심각하게 여길 여자가 어디 있을까 싶기도 하다. 1년 동안 오름등반 중에 있었던 일을 돌이켜보아도 그렇지 않은가. 그네에게 가끔씩 반말투를 써도 싫은 기색을 안 보였고, 오름

산행 중에 돌담을 넘을 때나 가파른 지점을 오르내릴 때 내가 손을 내밀면 스스럼없이 자기 손을 내주었고 나중에는 나의 손을 붙잡는 그네의 손가락에 부인할 수 없는 악력이 느껴지지 않았는가.

점심 식사를 마치고 일어서려 할 때 이영미는 잊고 있다가 갑자기 생각난다는 듯이 불쑥 한 마디를 꺼냈다.

"상수 오빠, 미숙 언니가 오빠안티서 무신 받을 물건이 있젠 ᄒ는 거 긑든디."

"나안티서 받을 물건? 이상ᄒ다. 무시경고….."

말끝을 흐리는 동안 상수는 오름 하행길로 들어서는 일행의 맨 끝에 쳐지게 되었다. 일행의 맨 꼬래비에 서 있어야 마음이 편해지는 것이 그의 버릇이기도 하다. 상수는 또한 오름등반 중에 내리막길로 발을 내디딜 때마다 오름 정상을 한번 휘둘러보는 버릇이 있다. 오름 정상에서 내려다보이는 움푹 패인 분화구는 털어놓지 못할 끝없는 이야기보따리가 숨겨진 웅숭깊은 웅덩이 같기도 하였다. 사람들은, 제주 오름의 분화구를 가리켜 풍만하면서도 유연한 곡선미가 일품이라느니 제주역사의 모든 상처를 부드럽게 어루만져주는 무한한 포용력을 보여준다느니 칭송이 자자한 것 같지만, 상수로서는 오름 봉우리 부분이 움푹 꺼진 것은 아래로부터 올라오던 오름의 상승세가 힘이 다한 탓인 것만 같아 맥이 풀린다는 느낌이다. 어찌하여 제주도 오름의 능선들은 아래로부터의 오름세를 끝까지 밀어붙이면서 하나의 뚜렷하고 미끈한 봉우리를 완성해내지 못하고 오르막 중턱에서 뭉툭하게 끝나버리는가. 그에게는 움푹 패인 오름 꼭대기를 내려다볼 때마다 마치 어디 높은 자리에 있는 누군가가 자신의 낮은 키를 내려다보면서 코웃음 치는 소리를 듣는 것 같다. 그의 부친의 키가 결코 작은 편이 아닌 것을 생각하면, 그의 키가 제대로 자라지 못한 것은 모친 가출이라는 매서운 역풍을 맞고서 성장 도중에 정지해버린 탓처럼만 여겨지는 것이다.

그의 작은 키가 많은 사연을 안고 있듯이 움푹 패인 오름 웅덩이는 그 속에 아무도 모를 사연들이 숨어있을 것 같았었지만, 오늘 오름대장이 들려준 성담론적 오름 분화구 해설을 듣고 보니 새롭게 떠오르는 한 가지 생각이 있었다. 상수 자신은 한반도에서 대표적인 남성형 산세라는 지리산 출신이 아닌가. 게다가 그가 자기 집 뒷동산처럼 오르내리면서 사춘기의 꿈을 엮었던 삼의악오름에는 그 움푹 패인 한가운데에 끊임없이 샘솟는 도랑물처럼 여성의 왕성한 음기가 살아있는 곳이라고 하지 않는가. 상수는 자신이야말로 제주 여성의 사랑을 받게 될 운명의 남자라는 생각이 계시처럼 떠오르는 것이었다.

순간적으로 떠오른 부풀은 상념에도 불구하고 상수의 마음은 불안한 상태를 면하지 못하고 있었다. 미숙이가 그에게서 받을 물건이 무엇인지를 두고 고심이 되었던 것이다. 미숙이가 나한테서 찾아갈 물건이라도 있단 말인가. 미숙이가 나한테 준 물건이 무엇이란 말인가. 오름 꼭대기에서의 점심시간에 미숙의 도시락밥을 같이 먹어본 적은 많이 있지만 미숙이가 차마 그런 생각을 하고 있지는 않을 것이다. 더구나, 내가 시내에서 미숙이한테 음식을 사준 것은 또 몇 번인가. 하기는 지난 겨울 눈 덮인 한라산 등반을 갈 때 미숙이가 아이젠 한 켤레 여분이 있다면서 그것을 공짜로 준 적은 있다. 그러나 그 겨울 물건을 지금 같은 초가을에 찾겠다고 할 리는 없다. 그것 말고 그동안 미숙이가 나한테 준 물건들이 있는 것을 내가 잊어버리고 있는지는 모르지만, 한 달이나 나를 보지 못하였으면서 또 혹시 나를 영영 다시 못 볼 남자로 딱지 놓으려고 하면서 기껏 한다는 생각이 나한테 주었던 물건을 찾을 생각을 하고 그것을 이영미한테까지 얘기했더란 말인가.

어느덧 일행은 오름 내리막길을 다 내려간 다음 다시 넉 대의 승용차에 분승하였다. 어쩌다보니까 이번에는 이영미가 운전하는 자동차 뒷칸 정성희의 옆자리에 상수가 앉게 되었다. 이 오름팀의 오랜 회원인 다른 두 여자도 합류하여서 자동차 안에는 여자가 모두 네 사람이나 되었다. 상수의 마음은 금세 긴장되었다. 혹시 이 여자들이 그와 김미숙의 관계에 대해 질문을 걸어오면 어떤 응대를 해야할 것인지, 마치 심문대 앞에 서서 자기방어 자세를 단단히 추스르는 무슨 의혹 사건 혐의자와 같은 심정이 되는 것이었다. 그가 모르는 자리에서 김미숙이가 혹시 그에 관한 어떤 내용의 언질을 주었을지도 모른다는 불안감조차 들었다. 그러나 자동차가 제주 시가지까지 도착하는 동안에 상수가 걱정하던 것 같은 질문은 없었고 오히려 가벼운 담소의 시간이 되어 그를 안도케 하였다. 시내 목적지인 제주문화포럼 사무실 앞에까지 거의 이르렀을 때 각자 집으로 돌아가는 교통편 이야기를 하던 중 정성희는 상수와 같은 방향이라면서 자기 자가용에 그가 편승할 것을 선뜻 제의하기까지 하였다.

정성희는 상수를 자신의 차 운전석 옆자리에 태우고 나서도 시동을 걸려는 생각은 하지 않고 그의 얼굴을 빤히 쳐다보면서 그가 깜짝 놀랄 소식을 전해주었다. 김미숙이 오늘 저녁 5시에 완도행 연락선을 타고 떠나는데 유치장에 수감 중인 모친을 수발하러 가는 것이기 때문에 언제 다시 돌아올지 막연하다는 말로부터 시작하여 정성희가 전해주는 얘기는 상수가 전혀 생각하지 못하던 것들이어서 그를 얼떨떨하게 만들었다. 여고시절에 서울에서 제주도로 이사 왔다는 정성희는 고등학교와 전문대학 간호학과를 같이 다닌 김미숙의 신상에 대해 잘 알고 있다면서 그동안 상수가 궁금하게 생각하던 문제들을 소상하게 알게 해주었다. 김미숙이 산천단 마을에 대해 각별한 애정을 갖고 있는 것도 들어보니 그럴 만하였다. 남편과 일찍이 사별한 김미숙의 모친은 오랫동안 제주도 전역의 5일시장을 순회하는 장돌뱅이의 유랑생활을 즐겼던 관계로 딸 키우는 일에 소홀했었는데 10년 이상 살던 제주시 산지천변 무허가 주택이 헐리면서 받은 보상금을 이용하여 산천단 마을에서 처음으로 합법적인 건물에 살아보게 되었고 그때부터야 딸과 하루 세 끼 밥을 같이 먹어보기 시작했다는 말을 들어보니 김미숙이가 산천단에 대해 갖고 있던 그 기이한 애착이 알 만하다 싶었다. (상수의 기억으로도, 제주 시내 무허가주택 철거민들이 이주해옴으로써 산천단 마을이 훌쩍 커졌고 그때부터 시내버스도 다니게 되었다는 말을 들었던 것이 생각났다.) 미숙의 모친은 원래부터 유랑기질을 타고났었는지 벽지 마을 산천단을 벗어나지 못하는 금욕생활을 참지 못하고 급기야는 욕망의 요구를 들어줄 남자를 쫓아 육지부로 가출을 감행하여 행방이 묘연했었는데 지난 추석연휴 보트놀이 사건이 터져서야 눈물의 재회를 하게 되었다는 것이다. 그러나, 이 감격의 재회는 김미숙에게 또 다른 시련을 안겨주었으니, 모친은 호수에 빠졌어도 익사는 모면했지만 물속에서 어떻게 두개골 충격을 받았던 탓인지 구조된 다음에도 한동안은 정상인의 기억을 회복하지 못하여 사람들에게 애를 먹였고 다른 기억을 정상으로 되찾은 다음에도 오랜만에 만난 딸의 얼굴은 못 알아본다는 것이다. 모친은 또한, 자신도 물에 빠져 익사 직전까지 갔었지만 30분 정도 먼저 물에 빠진 남자 동반자를 구출하려는 노력을 보이지 않았던 것이 목격자 증언에 의해 확인되었기 때문에 이를 두고 모살혐의를 받게 됨으로써 재판이 진행되는 동안 유치장 신세를 면할 수 없는 관계로 유일한 피붙이인 모친의 옥바라지를 위한 김미숙의 육지 이주 결행이라는 사태에까지 이르게 되었다는 것이다.

김미숙이 추석연휴 이후 오름등반에 나오지 못한 이유에 대한 정성희의 설명은 상수의 추측과는 전혀 다른 방향의 것이었다. 그 전에는 김미숙의 모친이 오랜 가출상태라는 사실을 아는 사람이 별로 없었는데 추석연휴 기간 중의 사건 뉴스로 인하여 그것이 세상에 파다하게 알려졌고 게다가 그 모친과 함께 보트놀이 나갔다가 변을 당한 남자가 사기 전과자임이 판명되었기 때문에 이 마음 약한 처녀는 오름팀 사람들 앞에 나타나는 것을 더욱 수치스럽게 생각했다는 것이며 은근히 기다리던 상수로부터의 전화마저 오지 않게 되자 문화포럼 사람들에게 멸시받는다는 느낌이 더욱 심해졌다는 것이다.

저번 일요일날에 김미숙이 오름등반에 나왔던 것은 기실은 상수에게서부터 산천단 마을 사진을 얻어갈 수 있을지 알아보고 싶어서였다는 애기였는데, 이 점에 대해서는 상수가 얼른 이해하기 어려웠기 때문에 정성희의 설명도 길어졌다. 김미숙이 모친의 기억상실증 치료 문제로 몇 번 만나본 전문의사의 조언에 의하면, 모친이 딸을 알아보지 못하는 것은 '현실인식 기피욕구라는 자기방어 심리' 때문이라고 하였다. 딸 하나를 남겨두고 집을 나가버린 자신의 소행에 대한 죄책감 때문에 딸을 알아보는 것을 기피하려고 하는 심정이 작용하고 있다는 해석이고, 딸에 대한 모친의 기억을 되살릴 수 있는 방법으로서는 모녀가 함께 지냈던 과거를 상기시킬 수 있는 물건을 모친의 감각의 재료로 제시하는 것을 권하였다는 것이다.

김미숙은 생각 끝에, 상수가 산천단 시절에 찍어두었던 사진들 가운데 적당한 것이 있으면 얻어다가 자기 모녀의 얼굴 사진과 결합하여 합성사진을 만들고 싶어한다고 하였다. 김미숙 모녀가 나누었던 가장 진한 감정교류의 추억은 산천단 마을에 묻혀있었으나 집에 남아있는 사진으로서 이 마을을 배경으로 한 것은 별로 없는 관계로 (게다가, 옛날 그때의 정경을 알아보게 할 만한 것들이 모두 없어졌을 만큼 산천단 마을은 크게 변해버린 관계로) 모친의 기억을 재생시키기 위해서는 옛날 살았던 동네의 풍경을 알아볼 수 있는 사진이 필요하겠다는 생각이라는 것이다.

정성희가 들려주는 이야기를 오랫동안 유심히 듣고 있던 상수는 뭔가 집히는 것이 있어서 물어보았다.

"저기예, 정성희 씨가 혹시 정성훈 씨 동생이 아닌가마씸?"

"그런 질문이 나올 줄 알았어요. 호호호."

정성희는 상수 앞에서 처음으로 소리 내어 웃고 난 다음에 그를 한번 빤히 쳐다보고 나서 말을 이었다.

"그런 오해를 했던 사람이 한 두 사람이 아니라니깐요. 정성훈 씨가 노상 그런 말을 하고 다니고, 세 글자 성명중에서 두 글자가 같지요, 게다가 우리는 1년 전까지만 해도 바로 이웃집에 살고 있었거든요."

"게민, 정성훈 씨가 자기 누이동생을 통해서 미숙 씨를 알게 되었젠 홀 때의 그 누이동생이 바로 정성희 씬데 사실은 그 말이 거짓말…."

"바로 그렇지요. 정성훈 씨와 저는 먼 친척관계도 아니에요. 우리 두 사람은 이웃집에 살면서도 별로 왕래가 없이 살았었는데 우리 집에 무슨 전기공사 일거리가 있어서 한 번 불러다가 맡겼던 것이 정성훈 씨하고 오빠 동생 하면서 지내게 된 인연이 되어버렸어요. 제가 동백오름회라는 동호인 클럽에 다니는 걸 그 오빠가 알고선 함께 따라다니길 몇 번 하다가 저한테 파트너가 있는 줄 알고선 미숙이에게로 눈독을 들였다는 거 아닙니까. 그 오빠 아주 엉터리예요, 엉터리. 이 요조숙녀 같은 정성희가 하필이면 그런 엉터리 남자에게 동생 소리를 듣게 되어버렸으니, 생각만 해도 기가 차다니까요.”

“이상ᄒᄂ네. 제가 그 정성훈 씨 통해연 김미숙이를 알게 된 건 문화포럼 오름팀에서였는디….”

“그랬을 거예요. 미숙이는 처음에는 동백오름회에 저하고 함께 다녔는데 마음에도 없는 남자가 하도 치근거리니까 거기를 그만두고 문화포럼으로 옮겨가 버린 거지요.”

“김미숙이 문화포럼 오름팀으로 옮겨온 다음에도 긑은 남자가 치근거렸는디 그땐 오름동아리를 바꾸지 않고….”

“그런 거지요. 그러니까 상수 씨로 해서 그 애 눈에 콩깍지가 씌워진 거지요. 또, 얼마 안 있어서 성훈 씨는 문화포럼 오름팀에도 안 나가게 되었고 말예요.”

“성희 씬 게민, 동백오름회에 나가는 사람인디 어떻해연 오늘은 문화포럼 쪽으로….”

“이건 무슨 청문회 나온 거 같네요. 질문공세가 그칠 새 없으니, 호호호.”

정성희는 장난기 섞인 웃음소리를 내며 다시 한 번 상수 얼굴을 쳐다보고 나서 말을 이었다.

“미숙이 파트너가 정성훈 같은 엉터리 남자의 친구라는 말을 제가 들었을 때는 그런 오름 데이트를 말리고 싶었다는 거 아닙니까. 여기 나올 때는, 솔직히 말해서 어디 뒷골목 건달 같은 남자를 예상했댔어요. 아까 저쪽 길에서 상수 씨에게 몇 가지 물어볼 때에도 미숙이가 정성훈이를 통해서 알았다는 그 남자가 바로 이 남자인가 믿어지지 않았다니깐요. 전 처음엔 미숙이가 자기 엄마에게 보여주려고 옛날 사진들을 모아서 합성하겠다고 하길래 애가 정신이 좀 나갔나 했댔어요. 미숙이 오름 데이트 파트너가 도대체 어떤 남자이길래 그 사람 사진을 빌려다가 합성사진까지 만들어서 자기 모녀 얼굴하고 함께 섞어 넣고 싶어 할 정도로까지 마음속 깊이 좋아할까, 이렇게 생각하니까 그 남자를 직접 보고 싶어서 참을 수가 있었어야지요. 제가 오늘 이 오름팀에 나온 건 바로 미숙이 파트너를 한번 똑똑히 보기 위함이라는 말씀, 이해가 안 되세요?”

정성희의 말이 끝나기를 묵묵히 기다리던 상수는 뭔가를 떨쳐버리듯 결연한 말투로 입을 열었다.

“자, 이제 출발홉주마씸.”

“어디로 모실까요? 완도행 배 출발 시간이 한 시간 정도 남았는데 부두로 가서 미숙이가 짐 나르는 일이라도 좀 도와주시지 않겠어요?”

“그 전에 커씬 우리집에 들렀당 갑주마씸. 셍각헤보난 우리집에 산천단 사진이 몇 장 있긴 이실 것 같아예.”

자동차에 엔진 걸리는 소리가 우렁차게 들려왔다. 부르릉거리는 자동차의 유리창 밖 하늘을 응시하는 상수의 두 눈은 그 앞에 갑자기 무엇이 보이는 듯 동그랗게 부릅뜨고 있었다.

욕망의 미로

양영수 소설집

진기백 교수의 실종 소식이 그토록 나의 관심을 끌었던 것은 무엇 때문이었을까. 그것은 정녕 주말이면 허전해지는 나의 생활습관 때문은 아닐 터이었다. 한 주간의 격무 끝에 모처럼 가져보던 나른한 해방감은 일시에 물러가고 그의 실종 소식은 나에게 뜻밖의 관심사로 떠오르고 있었다. 나는 방금 전에 읽던 신문을 다시 집어 들었다. 신문보도에는, 진기백 교수가 집을 나가서 귀가하지 않은 지가 일주일이 지났고 한라산 등반 중에 실족사한 것으로 추정된다고 나와 있었다.

나는 사회면 아래켠 1단 짜리의 간단한 실종보도 기사와 함께 실려 있는 진기백 교수의 등산복차림 사진을 찬찬히 바라보았다. 그에 대한 몇 가지 인상들이 머리에 떠올랐다. 그것들은 대체로 그리 유쾌한 것이 못 되었다. 꾸부정한 어깨의 중키, 몸통에 어울리지 않게 바투 얹혀있는 짧은 자라목, 그 위로는 유별나게 뭉툭한 주먹코와 툭 튀어

나온 이마가 묘한 불안감을 조성하는 짱구 머리통, 햇빛에 그을렸는
지 가무잡잡한 안색에 어중치기로 기른 텁석부리 수염…. 그러나 그
를 만났던 기억 중에서도 나에게 가장 인상적인 것은 기우뚱하니 모
로 비껴가는 그의 시선, 마치 나의 어깨 너머로 먼 산이 보이고 그 먼
산 안에 바위 그림자라도 응시하는 것처럼 밀거니 초점의 향방을 모
르겠는 그의 어벙한 시선이었다. 어딘지 모르게 첫눈에도 아웃사이
더의 호젓한 분위기가 감돌아 보이는 이 사람이 나의 가슴속 한 구석
을 울려준 것은 무슨 때문이었을까. 아마도 진 교수에게서 풍기는,
안개에 가린 듯 아리송하고 여러 번 보아도 여전히 낯선 인상이 나에
게 넌지시 알려준 것은 그의 고적한 표정 가운데에서 나 자신에게 숨
겨진 나의 또 다른 모습을 발견했음이 아니었을까.

　사실 진기백 교수는 나와 쉽게 친해질 수도 있었을 사람이었다. 우
리는 단과대학은 다르지만 같은 대학교 출신인데다 같은 학번이었
다. 재학 당시는 서로 얼굴도 모르고 지냈지만, 그 꿈 많던 시절에 4
년씩이나 같은 교문을 드나들었다는 게 아닌가. 1년 전에 전혀 낯선
땅인 제주도에 발령받고 왔을 때 나는 이곳에 있는 여남은 명 대학동
문들과 먼저 친해지려고 했었다. 특히 진기백 교수는 나와는 동갑내
기인데다가, 바로 나 자신이 그렇듯이, 뭔가 가슴 한 구석에 맺힌 것
이 있는 사람처럼 느껴졌기 때문에, 이 지역에서 쌓을 수 있는 우정
관계의 최우선 순위로 생각했었다. 그런데도 내가 그를 만날 때는 언
제나 말 한 마디 건네기가 어렵도록 서먹서먹하였던 것은 무엇 때문
이었을까. 어쩌면 그것은 그를 볼 때마다 내 마음을 엄습하는 일종의
배신감 때문이 아니었을까. 가령, 오래 만나지 못하던 어릴 적 소꿉
친구를 우연히 길바닥에서 만나게 되어 나는 무조건 반가운 마음으

로 덥석 손을 잡았지만 상대방은 내 얼굴을 알아보지 못했을 때 느끼
는 그런 배신감….

생각해 보면 진기백 교수에 대한 나의 배신감은 우리가 만나는 첫
날부터 싹텄던 것 같다. 그것은 아주 작은 일에서 비롯되었다. 내가
이 지방의 **경찰서장으로 발령받고 내려왔을 때 이 지역 거주 대학
동문회 신입회원 환영파티라는 이름으로 어떤 생선횟집에서 여남은
사람이 모여 저녁식사를 마친 다음에 2차 여흥 장소로 정한 무슨 단
란주점인가로 옮겨갈 때 진기백 교수 한 사람만이 일행에서 떨어져
나가 불참한 일이 있었던 것이다. 우린 나이도 동갑인데 노래 점수로
형 아우 가려보지 않을라우, 하면서 내가 그의 손을 잡아끌려고까지
했는데도 그는 뭐라고 분명한 이유도 대지 않고 슬금슬금 못 볼 것
피하듯이 멀어져 갔었다. 솔직히 말해서 그때의 내 기분은 썩 좋은
것이 못되었다. 이 지역에 내려온 것을 환영받는 입장으로서의 나의
존재가 무시당하는 것 같았고, 그때 이후로 몇 번 만날 때에도 이 첫
인상의 섭섭함은 끝내 씻겨지지 못했다.

진기백 교수와의 관계가 이렇게 찜찜한 상태로 끝나서는 안 될 것
이 아닌가 하는 아쉬운 심정에 젖어들고 있을 때 서장실로 전화가 하
나 걸려왔다. 이 지역의 우리 대학동문회 회장을 맡고 있고 무슨 한
약방을 경영한다는 이인식 사장에게서 온 전화였다. 이 사장도 오늘
아침에야 신문을 보고서 전화하는 것이라 하였는데, 그 자신이 진기
백 교수의 실종사건을 걱정하는 말투이기보다는 오히려 걱정할 필요
가 없는 사건인 것처럼 가볍게 넘어가는 말투였다. 그런데, 수화기에
서 들려오는 그의 말 한 마디가 영 분명치 않았다. 그 친구의 실종사
건은 걱정할 게 못된다, 돌아오게 되어있다, 하는 뜻까지는 분명한

것 같은데 마지막에 덧붙인 부분이 애매하였다. 도라여, 도라, 하는 소리 같았는데, 아마도 돌아와요, 돌아와, 하는 소리를 내가 잘못 들었을 것이라고 생각되었다. 나로서는 아직 상황을 잘 모르고 있었기 때문에 뭐라고 당장 대답할 말이 없고 해서 우리의 통화는 곧 끊겼다. 이 사장은 나에게 걱정하지 말라고 했지만, 그에게서부터 전화를 받았다는 사실은 진기백 교수 사건에 대한 나의 관심을 고조시키는 데에는 한몫을 하였다.

경찰서장이 일개 시민의 실종사건 수사에 직접 관여해야 하는 것은 아니었지만 나는 진기백 교수 사건을 수사함에 있어서 나의 직책이 용인하는 한도 안에서 최대한의 노력을 바치기로 작정하였다. 그것은 어쩌면, 한때의 오해로 갈라섰던 오래된 친구에게 화해의 악수를 청하는 의리 같은 것이랄 수도 있을 터이었다. 나는 지체없이 수사과의 김 과장에게 전화를 걸어 진기백 교수 실종사건의 수사 진척 상황에 대해 물어보았다. 그가 전하는 말로는 진기백 교수가 실종된 지는 1주일이 됐지만, 경찰에 신고가 들어온 것은 하루밖에 되지 않았으며, 등산 간다고 집을 나갔다는 부인의 말대로라면 한라산 어딘가에서 실족사 했을 가능성이 제일 유력하고 만약 그랬을 경우에는 마침 오늘 내일 간에 주말 등산객이 많을 것인즉 이들에 의해 시신이 발견되지 않을까 기다리고 있다는 것이었다. 나는 수사과장에게 진 교수와 나 사이가 동년배의 대학동문이라는 각별한 관계임을 밝히고 수사가 진척되는 대로 즉시 보고해 줄 것을 지시하였다. 서장실 컴퓨터에서 조회해 본 결과 진기백 교수의 인적사항은 별다른 특기사항 없이 간단한 내용이었다.

생년월일: 195*년 *월 *일

학력: **대학교 경제학과 졸업, 동 대학에서 박사학위 취득

경력: 198*년부터 **대학교 경제학과에 재직, 현재의 직급 부
교수

본적: 제주도

주소: 제주시 **동 산 *번지, 가족사항: 부인 및 1남 2녀

전과 및 상훈 사항: 없음

사회활동 사항: 한라산자연보호를 위한 시민단체 〈한라산숲지
키기 동우회〉 대표

눈에 띄는 것이라면, 주소의 번지수가 산(山) 몇 번지로 나온 것으로 보아서 시내가 아닌 변두리 어디에 거주한다는 사실이었고, 인상을 보면 그럴 것 같지 않은 사람이 시민운동단체의 지도자로 활동하고 있다는 사실이었다.

나는 혹시나 하는 생각에서 외출을 삼가고 토요일 저녁과 일요일 하루 내내 집에 머물렀다. 가족들을 모두 서울에 두고 온 나는 주말에 홀로 집을 지키는 것이 무료한 일이었지만, 진 교수 사건에 대해 점점 고조되는 관심 때문에 외출할 수가 없었다. 그러나 일요일 저녁 늦게 수사과장한테서 걸려온 전화는 사건수사에 아무런 진전이 없다는 내용이었다. 이번 주말에는 보통보다도 더 많은 등반객들이 한라산을 찾았지만, 진기백 교수의 종적을 알게할 만한 아무런 흔적도 발견되지 않았다는 보고였다. 그리고 진기백 교수의 일요일 산행에서는 그가 대표로 있는 〈한라산숲지키기 동우회〉 일행을 데리고 나가는 것이 상례였는데 지난 일요일에는 날씨가 궂었던 탓인지 이 산행에

함께 나갔다는 회원을 한 사람도 찾아내지 못했음이 확인되었다고 하였다. 이 말은 진기백 교수의 실종이 안고 있는 가능성의 폭이 더욱 넓어지고 있음을 의미하는 것이었다. 정상적인 산행 중의 실족사일 가능성이 줄어드는 반면에 자발적인 가출이나 자살일 가능성도 생각할 수 있었고, 누군가에 의한 납치나 타살일 가능성도 완전히 배제할 수 없는 일이었다.

진기백 교수 실종사건의 수사에 별다른 진전이 없음은 나에게는 오히려 다행이다 싶은 것이 나의 은밀한 심정이었다. 수사기간이 길어짐으로써 나는 이 서먹서먹하던 친구에게로 더 가까이 다가갈 수 있을 것 같았다. 그의 사생활에 대해서 궁금했던 것들을 알아보는 일, 그것은 그동안 그가 나에게 할 듯 할 듯하면서 무슨 이유 때문인지 꺼내지 못했던 이야기를 듣는 일이 될 것이었다. 나는 경찰서장으로서는 월권행위라 할 정도로 이 사건의 수사를 진두지휘하다시피 하였다. 수사의 물리적인 단서가 나오기를 마냥 기다릴 수는 없다고 판단한 나는 진기백 교수의 주변인물들을 통하여 사건배경의 정황을 파악하는 것이 순서라는 결론에 이르렀다. 그의 주변인물 제1호는 물론 그의 부인이었다. 진 교수 부인에 의한 1차조서 제출은 끝난 상태였지만 나는 그네를 경찰서로 소환하여 사건의 정황을 자세히 들어보기로 하고 수사과장에게 필요한 절차를 취하도록 지시하였다.

부인이 경찰서로 찾아왔을 때 나는 서장실에서 그네를 직접 면담하였다. 수사과장만 배석시킨 이 면담에서 나는 부인에게 예의를 갖춰 최대한의 동정심을 보이려고 노력했다. 부인은 진기백 교수의 첫인상에 비하여 매우 화사하고 호감이 가는 여자였다. 짙은 속눈썹 사이로 보이는, 깊은 강물처럼 서늘한 눈매, 그 아래로 도톰하니 안정감 있게 솟은 콧등, 적당히 긴장된 두터운 입술에 다부진 턱, 이 모두가 부인의 감정의 진폭이 무척 넓을 것 같은 인상을 주었다. 보일 듯말 듯 가볍게 떠올리는 입가의 미소가 금세 양쪽 눈자위로 번져가는 듯한, 매우 풍부한 표정의 눈매가 나의 시선을 끌었다. 남편이 실종되어 1주일을 넘긴 아내 치고는 근심 걱정의 내색을 별로 드러내지 않는 이 부인의 담담함이 나의 주의를 끌었지만, 나는 이것을 부인의 몸에 밴 세련된 매너 때문이고, 더구나 경찰서장실의 사무적인 분위기 때문이라고 생각하기로 하였다.

부인의 진술은 두 시간 가까이 행해졌지만, 무슨 결정적인 단서를 제공해 주지는 못하였다. 남편은 오랫동안 일요일 산행을 습관으로 하고 있고 이 산행은 한라산 자연보호활동을 겸하고 있었다는 것, 〈한라산숲지키기 동우회〉라는 단체는 남편이 주동이 되어 그의 제자들을 중심으로 몇 해 전에 결성된 회원 7, 80 명 정도의 시민운동단체인데 매 일요일 아침 정해진 시간에 정해진 장소에서 모여 하루 동안 등산취미를 즐기면서 한라산 숲 속의 자연훼손상태 및 생태계 현황을 조사하고 때로는 산림조성이나 자연상태 복구를 위한 노력봉사를 한다는 것, 지난 일요일 아침에는 남편이 산으로 떠나는 시간에 부인은 잠에서 깨어나지 못했다는 것, 부인은 시청 앞 동네에서 전통찻집을 경영하고 있어서 항상 바쁘기 때문에 남편의 등산가는 날 점심은 자기대로 슈퍼에서 사 갖고 갈 정도로 그의 일요일 산행은 부인의 관심권에서 벗어나고 있었다는 것, 원래 서로 간섭하지 않는 부부생활에 익숙해 있었고 세 자녀가 서울 소재 대학으로 진학한 후에는 그런 경향이 더욱 심해졌지만 남편이 스스로 가출할 만한 별다른 사유는 생각나지 않는다는 것 등등을 얘기해 주었지만, 그네가 진술하는 내용에 대해 수상쩍은 구석은 아직 느껴지지 않았다.

진기백 교수 부인의 진술에서 별다른 낌새를 찾아내지 못한 나는 그가 속했던 대학의 경제학과 교수들의 진술을 듣고 싶었다. 사건수사에 협조해 주기를 요청하는 취지로 소환장 보낼 것을 고려해 보기도 했지만, 까탈스러운 사람들이 대학교수라는 말이 생각나서 망설이던 차에 좋은 생각이 떠올랐다. 대학동문 이인식 사장이 그 학과의 학과장 교수와 친구사이라는 말을 들은 기억이 떠오르자 나는 곧 이 사장에게 전화를 걸어서 사석에서 비공식적으로 모여 얘기할 수 있는 자리를 주선해 달라는 부탁을 하였다. 사교성 있는 이 사장은 지체없이 우리가 만날 수 있는 기회를 만들어 주었는데 모이는 장소는 조용한 시내 음식점으로 하기로 정하였다. 같은 내용의 진술이라도 해석하는 각도가 다를 수 있음을 감안하여 나는 수사과장도 같은 자리에 배석시키는 배려를 잊지 않았다. 우리는 이인식 사장과는 별도로 한 시간 정도 먼저 만나기로 약속하였다. 진기백 교수와는 중고등학교 때부터 선후배 사이인 그에게서도 따로 들을 만한 얘기가 있을 것 같았기 때문이었다.

내가 예상했던 대로 진 교수에 대한 이 사장의 인물평은 별로 좋은 것이 못되었다. 진 교수는 대학시절 무척 어려운 고학생활을 했다는 것, 중학생 때부터 수재로 소문나기는 했지만 원래 활달한 성격이 못되기 때문에 전공이 경제학인데도 대외적인 활동은 부진하다는 것, 중고등학교 총동창회 모임 같은 데에는 나타난 것을 보지 못했다는 것이 이 사장이 들려준 이야기의 요지였다. 그중에서도 특히 나의 흥미를 끈 이야기는 진기백 교수의 기행(奇行)에 관한 것이었다. 이인식 사장은, 진기백 교수하고는 과거에 같은 아파트 이웃 호실에서 살았던 적이 있다면서 그의 신상에 대해 꽤 많은 것을 들려주었다. 진 교수는 그전에도 하루 이틀 정도 어디 다녀온 줄 모르는 일이 가끔 있다고 해서 〈진 도라〉라는 별명을 얻었다는 이야기까지 해주었다. 〈도라〉라는 별명은 없어졌다가 다시 돌아왔다는 뜻에서 붙여졌을 것이라고 하였다. 나는 지난 토요일 날 아침 이 사장이 전화통화로 말한 것 중에 이상하게 들렸던 부분이 생각나서 물어보려는 참이었는데 바로 그때 우리가 기다리던 사람이 들어왔다.

박 교수라고 하는 진기백 교수네 학과장 교수의 진술은 한결 더 실감이 느껴지는 내용들이었다. 술기운 덕분이었는지 박 교수는 열띤 어조로 많은 이야기를 들려주었다. 진기백 교수에 대한 그의 진술은 다소 비판적인 내용이 많았지만, 문제의 인물에 대한 나의 이해에 그만큼 더 큰 도움이 되었다.

그의 진술을 종합해 볼 때 진 교수는 기인(奇人) 정도까지는 안가더라도 꽤 이채로운 사람이라는 생각이 들었다. 나는 그가 열심히 들려준 내용과 이인식 사장 및 진 교수 부인의 진술내용을 토대로 하여 진기백 교수라는 사람이 살고 있을 매우 기이한 세계의 모습을 머릿속에 떠올려 보았다.

그는 그의 재직학교에서 직함이나 이름으로보다는 별명으로 지칭될 때가 많다. 그의 별명은 여러 가지가 있지만, 제일 많이 알려진 것은 〈진 도사〉이다. 그러니까 그는 보통 〈진 교수〉로보다는 〈진 도사〉로 많이 불려진다는 말이다. 도사라는 말이 도를 닦는 사람이나 어떤 일에 도가 트인 사람을 뜻한다고 하지만, 진기백 교수에게 이런 별명이 붙여지게 된 것은 그가 수염을 덥수룩이 기르고 있고 양복 정장

대신에 개량한복을 주로 입고 다니기 때문이라고 생각하는 사람들이 많다. 면도 정도는 하고 교단에 서는 것이 교양 있는 대학교수의 매너가 아니겠느냐는 주변 사람들의 지적에 대해서 그는 〈남자얼굴의 수염을 면도날로 깎아버리는 행위하고 지구의 푸른 숲을 문명의 칼날로 밀어내는 작태하고는 근본적으로 동일한 의식구조의 표현이다〉라는 거대담론을 가지고 응수한 적이 있지만 요즘에는 자신의 수염 얘기가 나오면 그저 빙긋이 웃을 뿐 아무 대답도 하지 않는다. 몇 년 전부터 자신의 복장을 한복 스타일로 바꾼 이유에 대한 그의 자기변명은 이에 비해 매우 미세담론적이라고나 할까. 양복정장을 하면 넥타이를 매야 하고 넥타이를 매면 그 디자인과 색상을 자주 바꿔줘야 되고 넥타이의 디자인과 색상을 바꾸면 그것에 맞춰서 양복 스타일까지도 다시 바꾸어야 하는데 이러한 악순환에 따라 들어가는 시간적 경제적인 낭비가 아깝기 때문이라는 것이니 좀 좀상스러운 말이라 할 수 있지만, 아마도 이것은 농담 삼아 한 말이라고 봐야 할 것이다. 진 교수도 간혹 수염을 깨끗이 면도하고 나올 때가 있는데 그럴 때에 주변 사람들의 코멘트는, 진 도사에게는 역시 수염이 덥수룩한 얼굴이 어울린다는 것이었고 수염을 기른다면 각 지듯이 반듯한 양복보다는 헐렁한 한복이 더 어울린다는 것이었다.

진기백 교수의 도사라는 별명이 지니는 이름값이 이렇게 겉모양 스타일에만 끝나는 것은 물론 아니다. 진 교수의 속마음이 어떤 것인지는 아무도 모르지만, 그의 얼굴표정은 마치 그 번다한 오욕칠정(五慾七情)에서 초탈해 있는 듯이 대체로 담담하고 맑으며, 그가 무엇 때문에 흥분하거나 노여워하는 것을 본 사람이 거의 없다고 할 정도로 그는 세속적인 번잡사에서 벗어나 있는 듯하다. 그러나, 오욕칠정의 존재여부는 그의 머릿속과 가슴속에 들어가 보지 않은 이상 뭐라고 장담할 성질의 것이 아니므로 도사라는 별명의 이름값을 그의 모호한 탈속성(脫俗性)에서 찾을 수는 없다고 하는 사람들이 많다. 이에 반하여, 한라산 숲 속을 배경으로 나타나는 그의 능력의 비범함은 아무도 부인하지 못한다. 그는, 보통사람들에게 다섯 시간 이상 걸리는 백록담 등정을 세 시간이면 너끈히 해낼 수 있다고 알려져 있고, 아무리 어두컴컴한 밤중이라도 험한 산길을 혼자서 오르내리는 괴력의 소유자로도 알려져 있는 것이다.

도사라는 그의 별명에 어울리지 않는 것이 하나 있는데 그것은 그가 평소 출퇴근시에 이용하는 교통수단이 자전거라는 사실이다. 도사에게 어울리는 것은 늠름하고 기품있게 고급자동차 쿠션에 앉아있거나 요요(寥寥)한 산길을 유유히 걸어가는 것일 터이지만, 책가방이 담긴 등산배낭을 짊어진 채로 한복바지를 바람에 펄럭이면서 힘든 자전거 페달을 밟고 씽씽거리며 비탈진 대학 교문을 들어오는 진 교수의 모습은 이 대학의 볼 만한 풍경 가운데에서도 명물에 속한다. 어쩌다가 궂은 날씨가 아닌데도 그가 자전거 대신에 국민차 티코를 몰고 캠퍼스에 나타날 때면, "저봐라, 오늘은 진 도사가 진 독사 되는 날인갑네" 하는 말과 함께 의아스러운 눈으로 바라보는 사람들이 있다. 이것은 진기백 교수가 한라산 고지대로 올라가는 날은 티코차를 몰고 나오기 때문이다.

진기백 교수가 도사라는 부드러운 별명 이외에 독사라는 표독스러운 별명 하나를 더 얻게 된 것은, 그의 유별난 등산취미에서 생긴 우연한 사건에 연유한다는 말이 있다. 진기백 교수가 한라산 등산을 즐기는 방식은 좀 유다른 데가 있어서 종종 세간의 화제에 오른다. 그는 보통 등산객들이 많이 다니는 등산로에서 옆길로 비켜가서 한적하고 괴괴한 깊은 숲 속을 찾을 때가 많은데다 이른 아침이나 저녁 늦은 때에 산에 오를 때도 많기 때문에 다른 사람들이 진기백 교수하고 산속에서 조우하는 시간과 장소가 좀 엉뚱해지기 쉽다는 데에 문제의 소지가 있었던 것이다. 한라산 등산객들 가운데에는 모험적인 산행을 시도하다 길을 잘못 들었거나 해서 엉뚱한 시간대에 낯선 숲 속을 헤매다가 느닷없이 불쑥 나타난 진기백 교수의 얼굴을 보고 화들짝 놀랐다는 사람이 있다는 것인데 실지로 이런 희한한 일을 당한 어떤 입심 좋은 직장동료 한 사람이 다음 날 학교에 나가서 "나 어제 한라산에서 사람만한 독사 만났구만"이라고 말했던 데에서 그만 진기백 교수의 별명이 도사에서 독사로 파생되어 나갔다는 것이다. 하긴 한 번 갖다 붙여 보니까 이 별명이 그럴 듯한 데가 없는 것도 아니라는 중평인데, 그의 꾸부정한 양 어깨와 툭 튀어나온 짱구이마와 가무잡잡한 얼굴색이 독사 모습을 연상케 한다는 얘기이다.

괴괴한 숲 속 오지에 대하여 마치 두고 온 고향처럼 못 잊어한다는 점에서 미상불 진기백 교수는 배암과 상통하는 데가 있다고 말하는 사람들이 있다. 진기백 교수가 얼마 전 교내신문에 이색적인 격문(檄文)을 투고하여 화제가 되었던 때에도 그랬다. 대기오염의 최고 주범인 자동차 배기가스 문제에 대처하여 대학교수들부터 앞장서서 소형 국민차 타기운동을 벌여야한다는 주장을 담은 투고였는데, 어디서 무슨 자료를 봤었는지, 제주도의 자동차 증가가 지금과 같은 추세로 50년만 계속된다면 한라산의 원시림과 그 속의 희귀 동식물은 다 말라죽어 버릴 것이라는 무시무시한 예상을 하고 있었다. 그의 격문이 동료교수들 사이에서 한동안 화제에 잠깐 비쳤을 정도의 효과밖에 보지 못했음은 고속발전을 소리높이 찬양하는 이 지역사회에서 진 교수의 미미한 목소리가 어떻게 받아들여지는지를 증명해 주는 것이었다. 그러나, 누가 뭐래도 한라산 숲의 절대한 힘에 대한 진기백 교수의 믿음에는 흔들림이 없다. 지난 십수 년 이래로 한라산 정상 백록담에서는 질펀한 호수 같았던 예전의 만수(滿水)상태를 볼 수 없게 되었는데 그 원인에 대한 진기백 교수의 색다른 진단만 해도 그렇다. 그에 의하면, 백록담에 물이 급격히 줄어들어 웬만큼의 가뭄에도 바닥이 온통 드러날 정도가 된 것은 한라산의 산림이 훼손되어 토양의 흡수용량이 감소된 데다 사람들이 뽑아 올리는 지하수 사용량이 엄청 많아진 때문이라는 것인데, 이에 대한 명백한 물증이 없으니 누구 하나 그의 주장에 귀를 기울이지 않았다. 진기백 교수는 자기의 주장을 생명주의라는 이름으로 부른다. 지구가 하나의 유기체적인 생명체이듯이 한라산도 살아있는 생명체나 같은 것인데, 몸통에서 물이 말라버릴 적에 정수리에 물도 말라버리는 게 당연하지 않느냐는 것이다.

진기백 교수에게 〈진 도라〉라는 또 하나의 별명이 붙게 된 것도 숲에 관련된 그의 기벽에 유래한다는 게 많은 사람들의 생각이다. 그는 시도 때도 없이 한라산 숲을 찾아가기를 좋아하는데, 어떤 때는 숲속에 들어갔다가 거기에서 하룻밤을 깜빡 새어버리는 수가 있다. 이렇게 산속에서 밤을 홀로 보냈다는 것을 놓고 누군가가, 그 사람은 원래 좀 돌았거든, 하는 말을 했기 때문에 〈진 도라〉가 됐다는 설도 있고, 없어졌다가도 결국은 돌아온다는 말에서부터 〈진 도라〉가 됐다는 설도 있다. 그가 이렇게 입산철야 하는 동안 무엇을 하는지는 아무도 모른다. 단지 시끄러운 인간세상으로부터의 도피를 즐기고 있

는 건지, 요즘 사회 일각에서 유행하는 기(氣) 축적 수련을 하고 있는
건지, 또는 자기만 아는 무슨 암자에 들어가서 입심수도(立心修道)하여
영험스러운 신통력이라도 얻고 있는 것인지는 모르지만, 그가 숲 속
에서 무슨 일을 하고 있든지 간에 다행스러운 것은 그는 이렇게 종적
을 감추었다가도 하루나 이틀이면 별 탈 없이 귀가하여 정상적인 사
회인의 생활로 되돌아간다는 사실이다.

　진기백 교수의 몇 가지 기벽을 놓고 꿈을 먹고 사는 사람이라고 비
아냥거리는 이들도 있지만, 그의 존재가 주위 사람들과 마냥 껄끄러
운 관계인 것은 아니다. 그것이 바로 숲이 베푸는 은덕이라고나 할
까. 진 교수의 많지 않은 지기들 중에도 영묘한 숲 속의 정기를 못 잊
어서 산을 찾는 사람들이 없는 것이 아니다. 그들은 깊은 숲 속의 청
량한 공기를 취하듯이 들이마시면서 마치 달고 다니던 혹을 떼어버
린 듯이 전신이 가뿐해지고, 본의 아니게 토로하지 못했던 섭섭함을
고백해버림으로써 잃었던 우정을 회복할 때처럼 마음이 푸근해지는
데, 숲 속의 이런 감화력을 느껴본 이라면 산과 숲에 미친 사람은 미
쳐도 옳게 미쳤을 것이라는 믿음을 갖게 되는 것이다. 진 교수의 경
우에는 산과 숲의 감화력을 배가시키는 매개물이 하나 있다. 진 교수
를 마뜩치 않게 보던 사람들 가운데 어떤 이들은 한라산 등산을 갔다
가 지친 다리를 꺾고 앉아 편히 쉬고 있는 아늑한 잔디밭이나 그 주
변 공한지에 다발로 피어있는 난데없는 꽃밭을 보고 저절로 한 마디
찬사를 던졌는데 알고보니 그게 바로 진기백 교수와 그의 산악활동
동료들의 수고로 이루어진 〈한라산국립공원내 공한지에 잔디씨와 꽃
씨 뿌리기 계획〉의 결과여서 슬그머니 무안해진 적이 있었다는 것이
다.

한라산국립공원 내 공한지에 잔디씨와 꽃씨를 뿌림으로써 토사유실을 막고 등산객들에게 좋은 풍치를 선사한다는 사실을 부인하는 사람은 없지만, 이런 일이 정작 진 도사에게는 어울리지 않는다는 말을 하는 사람도 있다. 도사는 도사답게 적요한 숲 속 컴컴한 곳에 묻혀 있을 일이지 잔디밭과 꽃밭을 가꿈으로써 수많은 사람들을 산으로 끌어들여 놓고 어쩌겠느냐는 이야기인데 어찌 들으면 진 도사를 아끼는 말 같기도 하고 또 어쩌면 그의 이중성을 빈정거리는 말 같기도 하다. 진 도사, 아니 진 교수는 이렇게 이중적인 데가 있다. 그의 인사성과 붙임성도 그렇다고 할 수 있다. 캠퍼스 안을 걸어가다 누구를 만난다 할 때에 어떤 경우에는 먼발치에서부터 큰 소리로 말을 걸면서 악수를 청하는가 하면, 어떤 경우에는 바로 옆을 스쳐가면서도 마치 눈에 전혀 띄지 않는 것처럼 묵묵히 그냥 지나쳐 버릴 때도 있기 때문에 사람들의 공연한 의심을 사기도 하는 것이다. 사람들이 진기백 교수를 만날 때에는 동떨어진 두 종류의 인물 가운데 어느 쪽의 진 교수가 나타난 것인지 헷갈린다는 말이 있는데, 이 두 종류의 인물이란 다시 말해서 숲 속에 들어갈 때의 진 교수와 숲 바깥에 나올 때의 진 교수를 가리키고 있는 것이다.

진기백 교수의 도사라는 별명과 잘 어울리는 것은 그의 식사습관이다. 그는 술, 청량음료, 과자 같은 현대식 공장제품에 대해서는 아예 구미를 못 느끼며, 그는 또한 자칭 채식주의자인 것이다. 그가 표방하는 채식주의 대의명분은 자못 거대담론적이다. 그에게 있어서 채식주의를 채택하는 문제는, 지구상의 동물생명체에 대한 존중이라는 윤리적인 차원이나, 동물의 시체는 썩어서 독이 되지만 식물은 썩어서 발효식품이 된다는 생화학적 고려에 국한된 게 아니다. 소 한

마리를 기르는 목초지는 얼추 열 사람을 먹여 살릴 수 있는 농장을 잠식한다는, 어딘가에서 얻어들은 자료를 토대로 그가 주장하는 바로는 인류가 미래에 살아남기 위한 길이 채식주의에 있다는 것이다.

진기백 교수는 학생들과의 관계에서도 동료교수들과의 것처럼 명암이 엇갈리고 있다. 그는 흔히 고지식한 원칙주의자로 알려져 있을 정도로 여간해서는 시간표상의 강의를 빼먹거나 강의시간에 늦는 일이 없지만, 한참 늦게 수업시간에 나타남으로써 학생들을 당황케 할 때도 없지 않다. 그의 강의시간 내용도 그의 생활스타일의 돌출적인 면을 보여준다. 그는 강의시간을 경제학 이야기로만 꽉 채울 때가 있는가 하면, 그 상당부분을 경제학 아닌 다른 화제들로 채울 때도 많다. 물질적인 욕구충족이라는 경제문제를 인간의 본능, 의지, 상상력, 영혼과 같은 문제들과 관련시켜 풀이하고 싶어하는 게 그의 특징이다. 그의 강의가 취직시험 준비에 효과적이지 못하다는 것을 학생들이 모르지 않겠지만, 그런데도 그의 강의에는 수많은 학생들이 몰려온다. 아마도 그들은, 딱딱한 경제학 공부에 휴식시간을 원하는 경제학과 학생들과, 무슨 강의든지 재미있는 내용을 찾아 수강신청하는 다른 학과 학생들일 것이다. 그의 강의는 경제학 문제를 심리학이나 철학 등 타분야의 화제와 그럴싸하게 관련시켜 풀어나가는 독특한 매력으로 정평이 나 있다. 그의 강의시간에 잘 나오는 화두는 대개 이런 것이다. 〈욕망이 활기찬 인생의 동력이 되지 못하고 고뇌의 뿌리가 되는 분기점은 어디인가〉 〈과식, 과잉표현, 과잉생산 등 과잉욕구는 문화창조의 기본요인인가〉 〈인류역사상 경제적 욕구와 문화적 욕구의 표출 사이에는 어떤 상관관계가 있었는가〉.

그는 시험문제를 좀 엉뚱하게 내는 것으로도 유명한데, 그의 엉뚱한 출제 가운데에는 이런 것이 있었다. 몇 가지 가상적인 경우를 예거한 다음에 그 각각의 경우에 대한 인간욕망의 갈등상황 여하를 추론해보라는 문제였다. 첫째의 경우란 열매가 많이 달린 사과나무 과수원에 거주하면서 하루 동안 사과를 하나도 따먹지 못할 때이고, 둘째는 열매가 많이 달린 같은 과수원에서 하루에 사과를 딱 하나만 따먹을 수 있는 경우, 셋째는 같은 과수원에서 사과를 마음대로 따먹을 수 있는 경우, 넷째는 사과가 딱 하나만 열려있는 과수원에서 따먹을 수 있는 사과도 딱 하나인 경우, 이렇게 네 가지 경우를 예거하였는데, 학생들은 그들 자신의 사고력을 구사함에서보다는 담당교수의 의중을 탐색함에서부터 답안의 아이디어를 찾으려 했다고 한다. 그리하여, 단순 소박한 취향의 진 교수가 평소에 자본주의 사회의 무한 경쟁적인 욕구 재생산을 노상 질타했던 점을 감안한 대다수의 학생들이, 사과 열매는 많은데 하나밖에 따먹지 못하는 두 번째의 경우가 최대의 갈등상황이라고 써냈다고 한다. 그러나 알려진 바로는, 인간욕망의 복잡다단함과 환경요인의 복합성을 감안하면 어느 한 경우의 상황이 꼭 최대의 갈등을 야기한다고 볼 수는 없다는 것이 진기백 교수의 결론이었다. 사과를 마음대로 따먹지 못할 경우에도 그것이 예측불가능한 운명 탓이냐, 각자에 대한 공정한 능력 평가의 결과이냐, 비인간적인 규제나 압박 때문이냐, 하는 등의 갖가지 변수에 따라서 갈등의 양상이 달라지기 때문에 학생들 답안지는, 어떤 갈등상황에 대한 결론적인 단정 여부가 아니라 추론과정의 타당성 여하에 따라서 평가하였다는 얘기이다.

진기백 교수네 학과장 박 교수는 마치 내가 원하는 진술내용이 어떤 것인지를 잘 알고 있는 사람처럼 진 교수의 인간적인 특징을 여러 각도에서 잘 말해 주었다. 그의 말을 듣는 동안 나는, 진 교수가 살고 있는 세계가 나의 세계와는 크게 동떨어져 있다는 느낌이 들었지만, 그의 이색적인 세계의 어느 면이 나의 가슴 한 구석을 뜨끔하게 찌르는 것도 사실이었다.

박 교수의 변설은 어느 사이엔지 경제학 문제에 대한 논쟁으로 들어가고 있었다. 이 방면에 대해 별로 유식하지 못한 나에게 그런 문제가 얼마나 중요한 것인지는 알 수 없었지만, 화제의 주인공이 지금 경찰에 실종신고 상태라는 사실을 깜빡 잊은 사람처럼 열을 내서 학문적인 논쟁을 벌이는 것이 이상할 정도였다. 나는 박 교수의 말을 듣는 동안에 진기백 교수가 그의 소속학과 교수들로부터 호의적인 평가를 받고 있지 못했다는 것을 직감할 수 있었다. 아니, 박 교수의 말은 그 정도에 그치지 않고 진기백 교수에 대한 비난의 어조까지 띠고 있었다고 해야 할 것이다. 박 교수의 주장에 따르면, 진기백 교수는 명색이 경제학자이면서도 경제학에 대한 기본개념부터 착각하고 있었으며, 그가 물질적인 풍요에 대한 인간의 욕망 자체를 부정하는 것은 경제현상 연구의 기본전제를 부정하는 자가당착이라는 것이었다.

"경제학자가 경제현상의 중요성을 부정한다는 것은 명백한 자기모순이지요."

경제학 학문론을 펼치는 박 교수의 표정은 자못 열기를 띠어가고 있었다.

"그 문제에 대한 진 교수 자신의 자기변명이 있었을 것 같은데요."

잠자코 듣고 있던 수사과장이 박 교수의 말에 끼어들었다. 직장동료에 대해 까놓고 비판하는 것이 무안스러워졌는지 박 교수는 얘기하는 동안 시선을 줄곧 우리 쪽 방향으로는 주지 않고 이인식 사장의 얼굴로 향하고 있었는데, 그것이 우리에게는 오히려 마음편한 일이었음이 사실이다.

"그 양반 논리는 이랬지요. 경제학이라고 해서 경제현상에 대한 절대적 신봉을 전제로 하지는 않는다, 돈으로 환산되는 경제적 가치가 다른 모든 가치를 종속화시키는 자본주의를 버리고 인간욕망의 절제와 순화를 추구하는 생명주의 경제학을 하겠다, 이건데요, 그건 한마디로 해서, 경제학이 아니라 윤리학이 되어버리는 거죠. 말이야 고상하지요. 자본주의는 맹목적인 이윤추구와 자본증식을 지상의 목표로 하기 때문에 본래적인 인간욕망은 놔두고 비본래적인, 그러니까 별로 중요하지도 않고 절실하지도 않은 욕망만을 재창조할 뿐이다, 이건데요, 우리라고 할 말이 없는 줄 아십니까? 문제는 인간 본래적인 욕망의 정의가 뭐냐 이겁니다. 석기시대 인간들의 욕망, 생물학적인 욕망만 본래적이고 21세기 자본주의 사회, 이 지구촌 세계화 시대에 부자나라 미국사람들의 괄시 안 받고 살고 싶은 것은 본래적인 욕망이 아니냐 이겁니다."

박 교수는 이야기가 너무 전문적인 방향으로 흘렀다고 생각되었는지 잠시 뜸을 들였다가 말을 이었다.

"아실지 모르지만, 요즘 제주도 발전계획에 관한 세미나가 열렸다 하면 개발론자와 보존론자 양 진영으로 쫙 갈라질 때가 많은데요, 그 중에 대표적인 보존론자가 바로 진기백 교수인 거죠. 이 양반은 그러니까, 경제개발이나 소득증대보다는 본래적인 욕망, 욕망의 순화, 삶의 방식의 역사적인 연속성, 이런 구름 같은 화두를 가지고 나온다는 거지요. 한마디로 답답한 일이지요.”

“그게 간단한 문제가 아닐 것 같단 말입니다. 경제발전이 되면서 욕구수준이 계속 올라만 가니까요. 거 무슨 행복지수라는 게 있는 모양인데, 전에 신문에 난 걸 보니까 국민소득이 한참 뒤떨어진 방글라데시 국민들의 행복지수가 일본보다도 높다는 거 아닙니까?”

진지하게 듣고 있던 수사과장이 한 마디 던지자 박 교수는 자기의 변설에 더욱 신이 나는 것 같았다.

“그 행복지수라는 것도 조사방법에 따라 결과가 달라지는 것이라서 단순비교가 어렵다는 것이지요. 문제는 행복의 질이 아니겠습니까? 자본주의 선진국 경제학자라면 자기네 나라의 낮은 행복지수가 방글라데시의 높은 행복지수보다 더 인간적인 생활을 보장한다거나 내실이 있다고 말하겠지요.”

박 교수는 자신이 펼치는 열띤 주장에 박차를 가하기 위함인지 앞에 놓인 소주잔을 단숨에 비운 다음에 말을 이었다.

“자본주의 경제는 말이죠, 브레이크 없이 달리는 기관차 같은 거예요. 아무리 달려도 어느 지점에 딱 멈출 수 없고 무한궤도를 계속 달려야 되는 것이지요. 케인즈라는 현대 경제학의 대가가 말한 것인데요, 그전에는 경제문제가 상품의 공급을 어떻게 원활하게 대느냐에 의해 해결되었는데 현대사회의 경제는 공급이 문제가 아니라 수요가 문제라는 것이지요. 수요를 먼저 창출해야 공급이 그 뒤를 따라온다는 것인데요, 수요를 창출한다는 말은 곧 욕망을 창출한다는 말이지요. 소비자들의 욕망에 따라가는 정도가 아니라 욕망 그 자체를 개발해 내야만 경쟁에서 이기는 것이 자본주의 경제인 것입니다. 계속 새로운 욕망을 만들어주고 소비자들의 구매심리를 자극해야 상품수요가 생기는 것이지, 본래적인 욕망이라야 한다느니 어떠느니 해서 욕망을 억제하면 자본주의 경제는 멈추는 것이고, 경제가 멈춘다는 것은 뭐이겠습니까, 별 수 없죠, 국제경쟁에서 낙오자가 되는 것이고 낙오자가 되는 것은 압박과 설움을 당하는 것이지요."

"경제학이라고 해서 모두 자본주의 경제학만 있는 것은 아니지 않는가요?"

나는 박 교수의 입에서 나온 학문용어들이 생경하여 거부감을 느끼면서도 한 마디 끼어들었다.

"물론 사회주의 경제학도 있고, 불교경제학이란 것을 말하는 사람도 있지만 그런 용어는 보편적으로 통용되지 못하고 있지요. 진기백 교수 이 양반은 자기가 하려는 경제학이 자본주의 경제학이 아니라 생명주의 경제학이라고 하지요."

"생명주의 경제학이요?"

이번에는 김 과장이 물었다.

"지구덩이도 생명체이고, 한라산도 생명체인 것처럼 경제주체도 하나의 생명체다, 이런 주장이지요. 그 사람 얘기는 경제학이란 건 머리로 하는 게 아니라 가슴으로 한다는 것인데 이거 답답한 일 아닙니까."

박 교수는 정말로 가슴이 답답해 오는지 오른손으로 왼쪽 가슴을 툭툭 치는 시늉을 하였다. 그러면서 우리 얼굴을 둘러본 그는 우리가 알쏭달쏭한 경제학 이야기에 지루함을 느끼고 있음을 눈치 챘는지 술 한 잔을 더 비운 다음에 화제를 바꾸었는데, 그가 가볍게 덧붙인 말이 나의 몽롱해져 오던 의식을 단번에 일깨워주었다. 그의 전언에 의하면, 진 교수는 신문보도상으로 등산을 떠났다고 되어있는 일요일보다 하루 앞선 토요일 날 오전부터 밤 늦게까지 학과의 연례행사인 여름방학 중 엠티(MT) 캠핑에 함께 있었으며, 그 엠티가 중산간 마을 이농현상으로 생긴 유휴 초등학교 건물에서 있었으므로 진 교수는 등산복 차림으로 거기에 나왔었고, 그날 밤은 그곳에서 일부 동료 교수들과 함께 밤을 지내고나서 다음 날에는 집에 다시 들리는 일 없이 같은 차림으로 등산을 가겠노라고 했었는데 어느 틈엔지 아무도 모르게 종적을 감추어서 이상하게 생각하고 있었다는 것이다. 수사관으로서의 나의 추리력은 바로 이 부분을 놓칠 수가 없었다. 진 교수 부인의 진술로는 남편이 분명히 일요일 아침에 집을 나갔다고 했는데 이 학과장 교수의 말에 의하면 토요일 아침에 집을 나왔다는 것이 아닌가. 한 가지가 미심쩍어지기 시작하자 이상한 일이 하나 둘이 아니었다. 부인의 진술은, 자신의 남편이 습관적인 등산을 간 것인지 학교행사에 나간 것인지도 몰랐다는 얘기인데 그 점이 수상쩍었고, 그러고 보니 남편이 실종된 지 거의 일 주일이 지나고 나서야 경찰에 신고했다는 것도 미상불 이상한 일이 아닐 수 없었다.

내가 이런 생각에 열중하고 있을 동안, 수사과장은 나에게는 엉뚱하다 싶은 문제에 대하여 질문을 넣고 있었다.

"그 부분에 대해서 알고 싶은데 말예요, 진 교수가 그렇게 깜쪽같이 사라지기 직전에 교수님들이 나눈 얘기는 어떤 것이었지요?"

박 교수는 기억을 되살리면서 천천히 말을 이었다.

"그땐 진 교수만 빼고 우리 모두가 술이 어지간히 취해 있었기 때문에 얘기하는 것이 중구난방이었던 것 같아요. 아, 그렇군요, 그때 마침 우리 일행 중 한 사람이 진 교수에 대한 굿 뉴스 하나를 어디서 들어다가 풀어놓았기 때문에 그 애기가 한동안 우리 좌중의 화제였지요."

"그 굿 뉴스가 어떤 것이었는데요?"

수사과장은 무슨 생각에서였는지 꼬치꼬치 캐물었다.

"진 교수가 무슨 환경운동 관련 월간지에서 〈올해의 환경인물〉로 뽑힌다는 뉴스였지요. 그 월간지에서는 해마다 전국에서 한 사람씩 모범적인 환경운동 실천자를 뽑아서 발표하는데 여기에 뽑히면 그 인물의 환경보호에 관련된 생활내용을 특집기사로 하여 자세히 보도한다는 것이었어요. 아마도 진 교수의 독특한 생활방식과 한라산 자연보호활동이 그 월간지 사람들에게 알려져서 그곳 기자가 우리 대학 학장에게 사실 여부를 확인하러 왔다 갔다는 소문이 무슨 틈새로 새어나간 모양입니다."

"진 교수는 그 뉴스에 대해 어떤 반응을 보이던가요?"

"본인은 그때까지도 그런 사실을 모르고 있었던 것 같았어요. 자기는 금시초문이라는 듯이 깜짝 놀라는 표정을 지으면서 그런 소문이 나오게 된 경위를 물었으니까요. 하여간 진 교수는 잠자코 우리들 얘기를 듣는 것 같더니만 얼마 후에는 온다 간다 아무 기척도 없이 사라져 버렸던 거지요."

수사과장은 학과장 교수에게 〈올해의 환경인물〉이라는 것에 대하여 더 물어보았지만 이 점에 대해서는 아는 것이 별로 없었는지, 알고 있는 것도 말하고 싶지 않았는지, 그는 어물어물 대답을 회피하였다.

저녁식사에다 술잔을 곁들이면서 그럭저럭 세 시간 이상이나 끄는 동안 나의 관심에 없는 말들도 더러 나왔지만 그런대로 유익한 정보를 많이 얻을 수 있는 자리였다. 이들과 음식점에서 만나자고 한 것이 잘한 일이라 여겨졌다. 이 사장과 박 교수가 하는 말들은 진기백 교수에 대해 결코 호의적인 것이 아니었다. 진기백 교수에 대한 그들의 노골적인 비판을 듣는 나의 심정은 매우 착잡하였다. 물론 진기백 교수에 대한 나 자신의 인상도 좋은 것은 아니었지만, 막상 진 교수가 이런 지경에 이르자 그에 대한 나의 인상 자체가 객관화되면서 새로운 동지의식이 싹트는 것이었다. 그것은 굳이 말하자면, 집안에서 장난감을 놓고 서로 다투던 형제간의 아이들이 집밖에 나가 다른 집 아이들을 만날 때에는, 자신들의 관계가 어쩔 수 없는 형제애로써 단단히 묶여져 있음을 확인하는 경우와도 흡사하다 할 것이었다.

진 교수 부인의 1차면담 내용에 의문을 갖게 된 나는 그네를 경찰서로 재차 소환하여 조사하지 않을 수 없었다. 소환장 발급을 생략한 전화 요청만으로도 부인은 곧 출두하여 주었다. 이번에도 서장실에서의 면담에 수사과장을 동석시키기는 하였지만, 나는 부인과의 대화를 거의 독점하다시피 할 정도로 열성을 갖고 있었다. 우리 수사관들 사이에서 전해지는 상식으로서 가정 내의 범행사건에 대한 증언 청취를 할 때에는, 부모의 증언이 가장 믿을 만하고 그 다음 순서는 자식과 형제의 증언이며 배우자의 증언은 가족들의 증언 중에서 그 신빙성이 가장 떨어진다는 말이 나의 뇌리에 맴돌고 있었다. 내 면전에 있는 여자의 진술에 어떤 음모가 숨겨져 있다는 선입견을 갖고 보게 되자 그네의 표정 하나 하나가 거짓된 꾸밈 같았다. 우리가 따로 입수한 정보와의 어긋남을 지적하면서 나는 부인에게 진 교수가 산행을 떠난 날짜의 수상쩍음에 대하여 다그쳐 물었다. 아니나 다를까 부인은 흠칫 놀라는 표정을 감추지 못하였다. 잠시 입술을 지그시 깨물면서 괴로운 표정을 짓던 부인이 꺼낸 말은, 남편이 등산복 차림으로 나간 것이 토요일 아침인 것은 맞은 말이지만, 자기가 남편이 집 나간 날짜를 토요일에서 일요일 날로 바꾸어 신고하게 된 이유는, 원래 남편은 습관상 일요일에 등산을 했었는 데다가, 지난 토요일 밤에 남편이 집에 들어왔는지 어땠는지를 모르고 있었기 때문이라는 것이었다.

"부인된 사람으로서 남편이 집에서 잤는지 안 잤는지를 몰랐다는 게 말이 됩니까?"

나는 짐짓 엄한 표정을 지으면서 언성을 높여 물었다.

"제 자신이 그날 토요일 밤엔 집에 들어가지 않고 가게에서 잤기 때문이에요."

잠시 머뭇거리다가 힘들게 말을 꺼내는 부인에게서 당황하는 기색을 읽을 수 있었다. 부인이 하필이면 문제의 토요일 밤에 집에서 자지 않았다는 말이 수상쩍지 않으냐는 나의 지적에 대해 그네는 또 한 번 금지된 장난을 들킨 어린애 같이 당황하는 표정을 잠시 짓더니 금요일 저녁에 자기들 부부는 심한 다툼을 벌였다는 얘기를 털어놓았다. 나는, 바로 이제부터 사건의 핵심 내용이 나오겠구나 하는 생각이 들면서 나직하면서도 위엄 있는 어조로 물었다.

"그렇다면 말이죠, 금요일 밤 다툰 것이 진 교수의 실종하고 관련이 있을 거라는 말씀이신가요?"

"……."

입을 열지 못하는 부인의 표정이 애처로워 보였다.

"그때 무슨 일로 다투었는지 사실대로 말씀해 주실 수 없겠습니까? 성의껏 대답해 주시는 게 부인의 신상에 좋다는 거 아시죠."

나는 이 대목에서 무슨 중요한 단서가 나오지 않을까 조마조마하였다. 나의 머리에 집히던 예감이 차츰 그 윤곽을 잡아가고 있는 것이 아닌가 생각되었다. 인간욕망의 비극적 종말을 경고하는 금욕주의 경제학자가 성숙한 욕망 덩어리와도 같은 중년 부인과 잠자리를 같이하기도 거부하고, 각자의 나아갈 길이 확연히 다르다고 인식한 부부 사이에서 대화의 통로가 끊겨져 가더니 하룻밤쯤 외박을 하는 것은 예사로 여길 정도가 되고….

"이건 말씀드리기 쑥스러운 저희 집안일인데…."

"사실대로 말씀해 주세요. 결국은 다 밝혀지게 마련이니까요."

부인은 잠시 미적거리다가 큰 결심이라도 한 듯이 시선을 내리깐 채로 입을 열었다.

"남편이 주식에 손댔다가 큰돈을 잃었대요…."

부인에게서 부부간의 미묘한 애정관계에 대한 언급을 기대하고 있던 나에게는 다소 뜻밖의 말이었다. 부인의 추측으로는 남편은 주식투자에 실패한 일에 대해 자기가 너무 야박하게 닦아세웠기 때문에 낙심하여 집을 나간 것 같다는 것이었다. 주식투자 때문에 파산을 당한 것도 아닌데 그럴 리가 있겠느냐고 위로삼아 한 마디 했더니 부인은 또 예상 밖의 말을 들려주었다. 몇 년 전에 남편은 단 돈 200만원을 주식시장에 넣었다가 몇십 만 원 떼인 것을 가지고 잠을 못 이룰 정도로 상심했었는데 이번에는 투자 금액이 억대를 넘었다는 것이고, 남편에 대한 평소의 불만이 쌓였던 참이라서 자신이 남편을 윽박지르는 말을 너무 야속하게 한 것을 생각하면, 집을 나간 행동도 그 때문인 것 같다는 말이었다. 이제까지 잠자코 듣고만 있던 수사과장이 이 대목에서 끼어들었다. 평소의 생활방식으로 보아서 진 교수가 주식에 손댔다는 것이 이상하다는 수사과장의 말에, 남편이 당한 일은 정말 운명의 장난 같은 것이고 견물생심이라는 세상법칙이 만들어낸 사건이라는 게 부인의 설명이었다.

부인이 말하는 것을 들어보니 운명이니 세상법칙이니 하는 말이 나올 만도 한 일이었다. 진교수네는 1년 전까지 시내 아파트 단지에 살다가 중산간 벽지로 거처를 옮기면서 2억 원 정도의 큰돈을 손에 쥐게 되었는데, 거처로 정한 시골 농가를 구입하고도 1억이 넘는 돈이 남았고 때마침 그 시골집 가까이에 경관 좋은 과수원 매물이 나왔는데 땅주인이 재일교포 부재지주여서 그 사람의 귀국을 기다리는 동안 계약금만 걸어놓고 있다가 잔금은 반년 뒤에 치르기로 약정이 된 결과 억대의 큰돈을 보통예금에 넣기가 아까워서 때마침 뜨겁게 달아오르던 주식시장에다 덜컥 집어넣었다는 것이다. 부인은 남편의 전공과목이 다른 것도 아닌 경제학이어서 유휴자금으로 주식투자하는 것을 알고서도 크게 걱정하지 않았고 더구나 부부간에 대화가 별로 없었던 탓에 주가가 갑자기 폭락장세로 돌아섰다는 뉴스를 듣고도 뭐라고 타박하지 않고 있다가 지난 주 금요일 날 밤 다툴 때에는 1억이 넘는 돈이 반 토막났다는 남편의 말에 대판 싸움이 나지 않을 수 없었다는 얘기였다.

"부인께서는 부부간에 그런 다툼이 있었던 게 진 교수 실종사건과 관계가 있다고 보시는 건가요? 돈 많이 잃었다고 해서 집에 다시 들어오지 말라는 막말을 하신 건 아니잖아요."

나는 이들 부부간의 갈등 원인이 나의 추측과는 거리가 멀었다는 점에서 생각이 헷갈리는 가운데 질문을 던져 보았다.

"어린앤가요? 자기 여편네가 집 나가라고 한마디 한다고 해서 그렇게 하겠어요?"

부인이 대답하는 것이 내 말에 대한 긍정인지 부정인지 분명하지 않았지만 그네가 남편의 불상사에 대해 어떤 식의 공박을 가했고 어느 정도 수위의 야박한 언사를 썼는지 꼬치꼬치 심문해 볼 수도 없는 일이었다.

부부싸움에 대한 부인의 고백이 뜻밖의 것이었음은 나에게나 옆자리에 앉았던 수사과장에게나 마찬가지였다. 부인을 귀가시킨 다음에 우리는 이 사건의 새로운 국면에 대해 잠시 협의 시간을 가졌다. 초동단계의 가설이었던 〈산행 중 실족사〉 가능성은 아직도 유효한 상태이나, 〈10년 넘어 단련된 산악인에게 생기게 마련인 위기대처의 감각과 체력〉이라는, 개연성이 더 많은 사실은 이 가설을 부정하고 있었다. 이제 새롭게 떠오른 또 하나의 가설은 〈주식투자에 실패한 대학교수가 아내로부터 구박을 받고 상심한 결과 가출을 하였다〉는 것이다. 그러나 이 가설은 〈부부간에 애정관계를 포기한 지 오래 되는 남편은 교수로서의 직업생활 이외에 열성적인 사회봉사활동과 취미활동을 통하여 정신력의 균형과 정서적인 건강을 잃지 않았다〉는 보다 더 확실성 있는 사실과 부합되지 않고 있었다. 하여간에 현재로서진 교수가 한라산으로 들어갔을 개연성을 전적으로 부정할 수는 없는 이상 한라산 등산코스를 중심으로 수색작업을 대대적으로 벌일 필요성이 있다는 데에 의견을 모았다. 한라산 산악안전대는 제주도 전체로 수십 개가 된다는 산악회 소속 회원들로 조직되어 있어서 비상연락망을 가동시키는 등의 소요일자를 2일로 잡고 3일 후에 한라산 일대에 대한 일제수색작업을 펴기로 하는 한편, 그의 학교내의 연구실과 자택내의 서재도 수색하여 혹시 나타날 수 있는 수사자료를 수집하기로 하였다.

진 교수 부인과의 면담이 있었던 다음 날 오후 다섯 시가 가까워지자 나는 하던 일을 대강 접어두고 서장실 의자에 몸을 깊숙이 앉힌 채 수사과장이 들어오기를 기다리고 있었다. 오늘 이 시간에 그는 사건 수사의 진행상황을 중간보고하러 오기로 되어 있었던 것이다. 나는 조용히 눈을 감고 이 사건의 주인공 진기백 교수의 독특한 성격과 생활방식에 대해 곰곰이 생각해 보았다. 그가 평소에 생활의 중심으로 삼고 있던 신념이나 습관에서부터 그의 실종의 원인을 찾아야 할 것 같았던 것이다. 나는 경찰관 생활을 시작한 이후 다종다양한 사건들에 부딪쳐야 했고 이들 사건을 설명할 기본적인 원리 같은 것의 필요성을 느낀 결과 내 나름의 이른바 〈인간행동의 역학(力學)〉을 정립하고 있었다. 이것은 물리적인 운동역학의 법칙을 사회심리적인 역학 구조 속에 존재하는 인간행동의 원리로까지 확대해석하는 것인데, 수사대상으로 떠오른 사건 주인공들의 행동원인을 추론하고 분석할 때마다 이 법칙을 적용해 보는 것이 나의 버릇이었다. 운동법칙들 중에서도 관성(慣性)의 법칙이 제일 그럴 듯해 보였다. 현재의 인간행동을 지배하는 과거습관의 힘을 설명해 주기 때문이다. 그 다음에 만유인력(萬有引力)의 법칙, 즉 〈두 물체 사이의 인력은 그 물체들의 질량에 비례하고 그 물체들 사이의 거리에 반비례한다〉는 원리에 있어서는, 물체 대신에 인간을 대입하고 질량 대신에 인간적인 매력이나 장점을 대입하고 물리적인 인력을 심리적인 욕망이나 사랑으로 바꾸어 해석하면 물체가 아닌 인간의 행동법칙이 되는 것이었다. 이렇게 되면, 모든 인간관계는 밀고 당기는 욕망의 밧줄로 설명되고, 욕망의 대상이 인간 이외의 사물일 경우에는 욕망의 밧줄 끌어당기는 게 쌍방향이 아니고 일방적이라는 점이 다르게 될 터이었다. 인간세계에 뜻밖의 불행과 헛수고가 많은 것은 이 욕망의 밧줄 가운데에 오래 못 가는 썩은 밧줄이 있는 줄 모르고 기를 쓰고 당기다가 금세 줄이 끊기고 엉덩방아를 찧는 수가 많기 때문이라는 게 내 생각이었다.

운동역학의 법칙들 중에서도 특히 어떤 행동을 일으키는 동기유발의 강도를 설명할 수 있는 것으로서 위치에너지에 관한 법칙이 있있다. 〈물이 높은 데서 낮은 데로 떨어질 때 생기는 위치에너지는 고수면과 저수면 사이의 낙차(落差)에 따라 결정된다〉는 것이다. 댐을 만들어 수력발전을 일으키는 경우 고수면과 저수면 사이에 높낮이의 낙차가 있어야 에너지가 생기듯이, 인간이 무엇을 얻으려는 욕구는 존재하는데 그 욕구의 대상을 소유하지 못한다는 욕구불만이 있어야 동기유발의 추진력이 생긴다는 생각이었다. 배고픈 마라톤 선수의 헝그리정신이나 부잣집 아이들의 신통치 않은 음식맛도 이로써 설명될 수 있을 터이었다.

나는 나 자신의 강한 성취동기도 이 같은 위치에너지의 원리로 설명하려고 했다. 어릴 때부터 맛보았던 밑바닥 인생의 한 맺힌 설움과 그것이 심어준 옹골찬 입신출세 욕구, 중학생 시절 문학백일장 장원의 영광이 안겨준 작가의 꿈을 접어두고 경찰직 방향으로 결심을 굳히게 만든 선친의 때 아닌 죽음…. 일찍이 경찰계에 투신했던 선친이 무궁화 하나짜리 경위(警衛) 계급장에 걸었던 꿈을 이루지 못하고 현재의 내 나이에 타계해버린 집안 역사를 곱씹으며 사회적 신분의 수직상승 지름길인 고시공부에 매달렸던 나의 성취동기는 대단한 것이었다. 내가 고등고시에 합격하고서도 판검사나 변호사의 길을 마다하고 경찰직을 원했던 이유는 이렇게 선친의 꿈과 관련된 가문의 비원을 담고 있었다. 지금 나의 경찰서장 유니폼 어깨에 부착되어 있는 무궁화 네 개짜리 총경 계급장을 지긋이 바라볼 때의 나의 뿌듯한 심정은 내 인생의 자존심을 쌓는 주춧돌 같은 것이라고 할 수 있는 것이었다. 욕구불만 없이 잘사는 집 자제들이 힘든 고시공부에 오래 배겨내지 못하는 것을 보았을 때 나는 낙차가 적은 땜에 수력발전이 나오지 않는 모습을 연상하였다. 이 같은 욕망의 역학원리에 의하면, 무궁화 네 개짜리 계급장을 회심의 미소로 바라보는 나의 남다른 감회의 배경에는 관성 법칙과 낙차 원리의 결합이라고 하는 고단위 역학현상이 있었던 것이다.

나는 내가 상상해 본 인간욕망의 역학관계라는 것이 진기백 교수의 실종사건에 대해 어떻게 적용될 것인지 곰곰이 생각해 보았다. 진교수가 자의에 의하여 가출을 하거나 세상을 등지고자 했다면 그것은 가정이나 세상으로부터의 인력, 그러니까 인간세계에 대한 욕망과 사랑이 약한 탓이다. 그러나, 여기에 한 가지 의문이 생긴다. 이제까지 전해들은 것으로 봐서, 진기백 교수가 시끄러운 가정이나 인간세상을 떠나 이끌려 간 곳은 한라산 숲 속이고 숲 속에서 그가 키운 것은 생명주의라는 사상이었다. 그의 생명주의란 무엇인가. 결국은 인간을 비롯한 모든 생명체들을 사랑하자는 것이 아닌가. 이 논리대로 하면, 그의 가출은 언젠가 있을 그의 귀가를 예비하는 일이 아닌가. 과연 그럴까. 그러나, 그렇지 않을 수도 있다. 비록 그의 생명주의가 생명을 사랑하자는 것일지라도, 그의 가정이나 세상에 생명사랑의 가능성이 없다고 생각되면 그곳을 버릴 수도 있지 않은가. 이럴 경우 무단가출 같은 것도 가능해진다. 그렇지만 이 모든 가상은 그가 정상적인 의지력과 판단력을 견지했을 경우의 이야기이고, 그러지 못했을 경우에는 그의 부인의 짐작대로 부부싸움이 야기한 낙담과

실의로 인해 자살을 했을 수도 있지 않은가. 어쩌면 그가 숲 속을 잘 찾아다니던 기행(奇行)은 그의 절망과 자살을 예고하는 것은 아니었을까. 정말 그럴 수도 있을까.

눈을 감고 생각에 골몰하던 나는 노크 소리와 함께 수사과장이 들어오고 나서야 눈을 뜨고 그를 바라보았다. 뭔가 큰 발견을 했는지 그의 표정은 어딘지 모르게 활기를 띠고 있었다. 나의 맞은편 의자에 털썩 몸을 앉히는 그의 모습이나, 앉자마자 준비됐던 얘기를 털어놓기 시작하는 그의 어조에도 어딘가 자신감이 넘치고 있음이 느껴졌다.

"이 사람을 찾으러 갈 곳은 아무래도 산이 아니라 바다인 것 같습니다."

"뭔 소리여? 진 교수가 바다로 갔다는 무슨 증거라도 나왔단 말인가?"

나는 거두절미한 그의 말에 어리둥절하여 물었다.

"도시에서 살지 못하겠다는 사람이 산 속으로 가지 못하면 갈 곳은 바다밖에 없지 않겠습니까."

수사과장의 말은 너무 엉뚱한 것이라서 나는 잠시 그의 입을 쳐다볼 뿐이었다. 그는, 어리둥절해 하는 나를 진정시키고 나서, 진 교수 서재의 컴퓨터에 내장된 그의 기록을 검색해 봄으로써 그가 근래에 겪었을 정신적 고통에 대한 추론의 단서를 잡게 되었음을 보고하였다. 그의 추론에 의하면, 진기백 교수는 한때 주식투자에 빠졌던 자신의 행동 자체에 대해 심한 자괴감을 느끼고 집을 나갔다고 생각된다는 것이고, 부인의 말처럼 큰돈을 잃었다는 이유로 상심이 되어 가출했다고 생각될 만한 근거는 컴퓨터 기록물에 보이지 않으며, 그들의 부부싸움이 진 교수의 가출동기가 되지 않았음은 그들의 다툼이 있던 다음 날에는 별다른 동요 없이 정상 출근했다는 사실에 의해서도 증명된다는 것이 그의 설명이었다. 수사과장은 컴퓨터를 검색해 보고 뽑아온 프린트물을 내 눈앞에 펼쳐 보여주면서 말을 이었다.

"이걸 찾느라고 한참 고생했구만요. 진 교수는 일기장 비슷하게 자신의 괴로운 심정을 기록해 두었던 모양입니다. 이 부분을 보십시오, 〈자본과 기술의 마취제로 세계지배를 획책하는 탐욕의 마왕 자본주의, 이 자본주의의 거센 물결에 맞설 것을 표방하던 나의 당당한 생명주의 철학은 어디로 갔는가. 내가 그렇게 혐오하고 매도하던 자본주의 경제체제의 검은 마수에 내 발로 걸려들다니…. 개개인의 능력과 노력에 따라 보상이 주어지는 자본주의의 꽃이 주식시장이라는 말을 내가 믿었단 말인가, 자멸적인 욕망 재창조의 논리를 제도화한 허울 좋은 자유경쟁시장이 주식시장임을 내가 몰랐던가, 아아 허영의 시장, 탐욕의 난투장, 약육강식 사기꾼들의 한탕주의 경연장…. 인간본래적인 욕망에 자족하는 인간주의 경제체제가 살길이다, 자연보호운동이 시대적 사명이고 나의 삶의 보람이다, 이렇게 세상사람들에게 큰소리치던 나는 완전히 사이비 휴머니스트가 되었고, 나의 비장한 반자본주의 거대담론은 허튼소리 잠꼬대가 되어버렸다〉. 이렇게 쓴 것을 보니 진 교수는 주식시장에 손댔던 일에 대해 굉장한 자책감을 느꼈던 모양입니다."

"그 양반, 딱하기도 하지. 주식투자하는 것이 뭐 그렇게 비난받을 일이라고. 그것도 그렇지만, 진 교수라는 사람이 주식투자를 하는지 뭘를 하는지 세상사람들이 다 알게 신문에라도 났단 말인가. 원 참…."

"그 점에 대해선 저도 한참 생각해 봤는데요, 아마도 그 월간 환경 잡지에서 진 교수를 〈올해의 환경인물〉로 선정한다는 소식을 듣고 과민반응을 한 게 아닌가 합니다. 접때 그 경제학과 학과장 교수의 말이 그랬지 않습니까. 학과 엠티 행사 도중에 그 굿 뉴스를 듣고는 온데간데없이 사라져 버렸다고 말입니다. 자신의 말과 행동이 일치하지 못한 것이 그 환경잡지의 기사를 통해서 세상에 알려지는 걸로 생각했던 모양입니다."

"나 참, 별 사람 다 있지, 환경운동 하는 거 하고 주식투자하는 것하고가 그렇게 모순된다니 난 잘 이해가 안 가네."

"주식시장이라는 데가 워낙 험악한 곳이라서 진 교수의 여린 마음으로 미쳐 감당할 준비가 안 되었던 모양입니다. 일단 주식투자에 돈을 넣으면 자기 돈 불어나기를 바라지 않을 수 없고 자본시장의 논리에 맞추어 돈을 굴리지 않을 수 없게 되는 것인데 그것이 진 교수의 기질과는 맞지 않았던 것이겠지요. 그건 여기 이 부분을 읽어보시면 짐작되실 것 같습니다."

수사과장은 진 교수의 행적에 대해 심사숙고를 거친 끝에 자기 나름대로는 어느 정도 논리적인 설명을 이끌어낸 모양이었지만, 나는 그러한 논리를 내 자신이 선뜻 수용하기에는 어딘가 미흡한 감이 느껴졌다. 나는 그가 가리키는 컴퓨터 출력물을 훑어보면서도 그 내용이 머릿속으로 잘 들어오지 않았다. 다행히 수사과장은 프린트물 중요한 곳에다 밑줄을 쳐 놓았기 때문에 그 부분을 대충 읽어봄으로써 어느 정도의 이해나마 할 수 있었다.

〈…나의 치욕적인 행동을 어떻게 설명할까. 반자본주의 생명운동의 그 고고했던 논리는 어디로 가고, 이 시대의 폭군적 지배자 대기

업의 치부수단에 함께 놀아나다니. 이 사회에서는 수단방법의 정의
로움과 타당함은 불문에 부치고 최대의 이윤 창출만이 성공의 척도
이다…. 내가 가진 주식의 대주주들이 어떤 정체의 족속들인지는 안
중에 없고 탐욕의 화신 대재벌의 검은 마수 한 틈서리에서 찌꺼기 떨
어진 것을 주우려고 기웃거리는 치졸한 나의 모습, 그들이 소비자의
무지함을 이용하고 우롱하든, 부당경쟁 부당수익에다 탈법과 불법을
자행하든, 기업이윤 극대화라는 대량생산체제의 결과 자연훼손과 생
태질서 파괴가 일어나든 말든, 그들의 치부논리에 편승하여 내 소유
주식의 가격만 오르면 된다는 심보, 도둑놈 심보가 아닌가. 자존심을
유보하는 수치의 세월, 반년이 넘는다. 내가 왜 주식시장을 떠나지
못하는가. 주가가 좀 오르면 이번이 본전 뽑을 기회다, 하루만 기다
리자 하다가 못 팔고, 주가가 떨어지면 본전이 아까워서 못 팔고….
드디어 내가 가진 주식 전부를 처분한 요즘, 나의 이 어김없는 도둑
놈 심보라니, 내가 팔아버린 주식의 가격이 폭락하여 나라가 결딴나
든 남이야 어찌되든 나의 주식처분이 잘한 짓이었기를 바라는 한심
한 이기주의….〉

　"주식투자 실패에 대해서 그렇게까지 과민반응한 것도 이상하지
만, 그것을 인정한다고 해도 진 교수가 산으로 간 게 아니라 바다로
갔을 것이라는 말은 어떻게 나올 수 있지?"

　"일종의 자격지심이겠지요. 진 교수 입장에서는 자신이 자연보호
운동가라는 것이 위선자처럼 생각되었던 것 같습니다. 그런 심정을
가지고는 그 양반의 자연보호운동의 현장인 한라산으로 들어갈 수
없었을 것 같습니다. 한라산에 들어가면 그가 아는 환경보호운동가
들이나 산악회원들이 쫙 깔렸는데 어떻게 그들의 얼굴 앞에 떳떳이

나타나겠느냐 하는 생각이 들지 않겠습니까? 그러니까 남은 곳은 뻔하지 않습니까? 도시도 싫고 산도 싫고, 그런 사람에게 바다밖에 갈 곳이 어디 있겠느냐 하는 것입니다."

"진 교수가 컴퓨터에다 이런 반성문 같은 글을 써놓게 된 동기는 뭐일까? 일기장으로 써놓은 것도 아니고 말야."

"같은 문제에 대해서 쓴 기록이 파일 하나에만 들어있는 걸 보면 진 교수가 그동안 이 문제에 대해 깊이 고민했던 걸 알 것 같습니다. 포인트는 이 마지막 부분이라고 봅니다. 자책감이 고조되는 이 부분 말입니다. 무단가출을 하거나 자살을 하는 경우에도 어떤 식으로든 자기 심정을 변호하는 기록을 남기는 예가 흔하니까요."

"김 과장은 어느 쪽 생각이요? 단순 실족사냐? 고의적인 가출이냐? 아니면, 자살이라도…."

"저는 자살 쪽에 무게를 두고 싶습니다."

"자살할 정도로 그렇게 마음에 갈등이 컸다는 말인가? 대학교수라는 사람이 그 정도 일 가지고 말야."

"자살이란 게 흔히 그렇지 않습니까? 말짱한 맑은 정신으로 하는 게 아니라 일종의 정신착란 상태에서 자살이 이루어지고, 만약에 그 순간만 무사히 지났더라면 자살할 엄두는 다시 내지 못했을 거라는 식으로 말이지요. 마음에 갈등이 심해져서 심리적인 공황상태가 되면 평소의 판단력이 마비되어 순간적인 유혹에도 자살을 결행할 수가 있다는 거지요. 진 교수의 경우에도 자살이라는 말이 어울리지 않으면, 정신착란사 정도는 되지 않을까 하는 생각입니다."

나는 수사과장의 추론에 전적으로 동의하지는 못하면서도 그의 논리전개가 나의 것보다 훨씬 고수준이라고 생각되었다. 나보다 여섯 살이나 연하이고 학력은 방송통신대 졸업밖에 되지 않으면서도 그의 세상을 보는 안목은 나보다 더 심층적이고 균형잡힌 것처럼 느껴지는 때가 이전부터 있었는데, 이 날 이 순간에 나의 느낌이 바로 그런 것이었다. 그의 안목이 나보다 앞서가게 된 것은, 내가 10년 가까운 세월을 고시공부에 바치면서 두뇌회전이 굳어지고 무슨 법칙이나 원론 같은 것을 먼저 생각하는 반면에, 그는 내가 육법전서 책들과 씨름하던 바로 그 세월만큼이나 일찌감치 경찰직에 투신하여 세상의 온갖 사건사고와 온몸으로 부딪치면서 삶의 경륜을 착실히 쌓았기 때문이라는 게 내 나름대로의 설명이었기는 하다. 그러나, 나는 나보다 하위직인 그의 면전에서 그의 뛰어난 추리력에 찬사를 보내고 내가 그의 수사방향을 마냥 따라가는 형국으로 놔둘 수는 없는 노릇이었다. 나는 그의 의견제시에 대해 찬반간에 논평을 보류한 채로 화제의 방향을 우회시켰다.

"그런데, 이런 기록이 쓰여진 날짜는 어떻게 나와 있었지?"

"이 기록물이 쓰여진 마지막 날짜는 진 교수가 실종되기 전날 밤으로 되어있었습니다. 그러니까 지난 토요일 밤 진 교수가 자기 학과 교수들과 함께 있다가 빠져나온 다음에는 일단 자택으로 돌아가서 일박을 했다는 게 확실해졌습니다."

"김 과장은 진 교수의 인간성에 대해 너무 한 방향으로만 생각하는 것 같다니까. 사람 마음이란 게 얼마나 복잡미묘하고 심오한 것인데 그래. 실종된 사람이 일주일이 넘게 나타나지 않는데 외적인 가해요인은 없다, 심적인 고통이 큰 사람이다, 그러니까 자살일 수밖에 없다, 이건 너무 세상을 단순하게 보는 게 아닌가 이거지. 김 과장 말대로라면, 이렇게 맑은 정신을 가지고 논리적인 작문까지 할 수 있던 사람이 불과 몇 시간 만에 죽으러 집을 나갈 정도로 정신착란 상태가 되었다는 거 아니냐고."

"물론 저의 추론은 진 교수의 성격에 대한 선입견을 전제로 한 것입니다. 진 교수처럼 순수하고 엄격한 신념의 소유자니까 그렇게 철저한 자기비판이 나왔을 것이고 그렇게 심한 충격을 당했을 거라고 보는 것이지요."

"김 과장 말대로 진 교수가 산으로 간 게 아니라 바다로 갔다 하더라도 실종되거나 사망할 수 있는 방식은 여러 가지가 있을 것 같거든. 혼자 바닷물에 뛰어들어 헤엄치다가 익사할 수도 있고, 외진 곳 바닷가에서 미끄러운 바위 같은 데를 혼자 걸어다니다가 쓰러져서 파도에 휩쓸려 갈 수도 있고, 썰물일 때 바닷물 가운데 드러난 바위섬 같은 데에 올라가서 시간가는 줄 모르게 명상에 잠겼다가 밀물이 차올라서 몸 둘 곳이 없어지고 어찌어찌하다가 죽을 수도 있고, 그렇지 않은가?"

수사과장의 추론이 진기백 교수의 성격과 사건 정황에 대한 면밀한 검토와 분석에 기초한 것인 반면에 나의 반박은 피상적인 추론에 의존한 것이었기 때문에 그 어조에 힘이 들어가기가 어려웠다. 박 과장은 강변으로 나오지 않는 나의 말을 가지고 구태여 이의를 제기하지는 않았고 한라산 일대 수색작업은 기왕에 세워진 계획대로 추진키로 하였다.

나는 수사과장을 돌려보낸 후 그가 두고 간 진 교수의 컴퓨터 기록물을 다시 훑어보았다. 그것은 A4 용지 석 장이 거의 다 찰 정도의 분량이었는데 진 교수가 반년여에 걸쳐 주식투자하던 기간 중에 겪었던 마음의 갈등을 기술한 것이었다. 그의 기록을 종합해 볼 때, 그가 당한 실패의 주요 원인은 그의 적절치 못한 시장 대응에도 있었지만, 우선 시운이 따라주지 못한 때문이었다. 초기 몇 달 동안에는 침체일로에 있었던 거래소 시장에 투자하다가 뒤늦게 코스닥시장 쪽으로 방향을 바꾼 다음에는 얄궂게도 투기성 짙은 이 바닥이 된서리를 맞게 된 탓이었으며, 끝판에 와서도 종합주가가 최저점에 이르렀을 때에 이르러서 계약금 걸어놓았던 과수원 매수 잔금의 지불기한이 닥치게 되었다는 최악의 타이밍 때문이었다.

진기백 교수의 행방에 대한 수사과장의 추측은 나의 지지를 받지는 못하였으나 그의 추리력의 탁월성이 현실로 증명된 것은 하루의 시간도 지나지 않은 다음 날 정오 무렵이었다. 그가 산보다 바다 쪽을 수색할 필요성을 제기한 바로 다음 날 아침 진기백 교수의 시체가 제주도 서북방 해안 외진 곳 어디에서 발견되었다는 보고가 들어 온 것이다. 경찰 수사팀과 검시담당 의사가 진 교수의 시체가 발견된 현장으로 급거 파견되었고 경찰서장인 나도 수사팀의 뒤를 이어 현장에 도착하여 뭍으로 옮겨 눕혀진 그의 시체를 직접 확인하였다.

진기백 교수의 시체에서는 별다른 상처가 발견되지 않았으며, 그가 짊어지고 다니는 등산배낭만 보이지 않았을 뿐 입었던 등산복 차림에도 별다른 손상이 가 있지 않았다. 전문의사가 내린 판정으로는 해수(海水) 과다흡입에 의한 익사라고만 할 뿐 그것이 자의(自意)에 의한 것인지 불의(不意)의 자연력에 의한 것인지는 가려내지 못하였다. 검시담당 의사의 판정에 대하여 다른 사람들은 아무런 토를 달지 않았는데 유독 수사과장만은 스스로의 의지에 따른 익사일 것이라는 이제까지의 추정을 굽히지 않았다. 그렇게 생각하는 물리적인 근거로서 그는 진기백 교수의 호주머니에 손수건을 제외하고는 다른 휴

대품들이 거의 모두 없어진 사실을 들었는데, 그의 주장으로는 만약에 자의의 개입이 없는 죽음이었다면 호주머니 속이 그렇게 텅 비었겠느냐는 것이었다. 그러나, 그를 제외한 다른 사람들의 의견은, 사람의 시체가 여러 날 파도에 떠밀려 다니는 동안 무게가 나가는 소지품은 밖으로 빠져 나올 가능성이 많다는 등의 이유를 내세워 자의에 의한 익사가 가능성의 전부는 아니라는 것이었다.

명확한 사인은 밝혀지지 않은 가운데 진기백 교수의 장례절차가 진행되었다. 진기백 교수가 속했던 경제학과 교수들은 고인에 대한 생전의 불편한 관계에도 불구하고 남 보기에 서운치 않을 정도로 성의 있는 조의표시를 해주는 것 같았다. 또한, 고인이 생전에 가졌던 지면관계의 폭이 넓지 못했을 것임을 감안하면 그의 빈소에 찾아준 조문객들은 수적으로나 그들의 얼굴표정으로나 진 교수의 삶의 근실성을 말해주기에 손색이 없는 것으로 생각되었다. 나는 여러 날 동안 나의 마음을 점령하던 사람의 일이었는 데다가, 또 이 지역에 얼마 안 되는 대학동문들간의 유대관계도 있고 하여서 장지에까지 직접 가서 진 교수의 시신이 흙 속에 묻히는 하관식에도 참례하였다.

진기백 교수의 장례가 있던 다음날 늦은 아침 시간에 수사과장이 작성한 진 교수 변사사건 보고서가 나의 책상 위로 올라왔다. 진기백 교수의 실종신고서가 접수된 이후 5일간의 수사경위가 간략히 적혀 있었는데 다른 것들은 내가 보아도 별다른 이의사항이 없었지만, 진기백 교수의 익사원인에 대해서는 〈…자살로 추정됨〉이라고 끝나 있음이 나의 마음에 켕겨왔다. 나는 즉각 전화를 걸어 이 문제에 대해 한마디 해주려고 수화기를 집어들다가 도로 내려놓았다. 이 문제에서 그가 이토록 고집을 꺾지 않는 것은 내가 그에게 너무 물렁하게 보인 탓이 아닌가 하는 생각도 들었지만 이것 때문에 우리 두 사람 간에 감정이 상하게 될까 저어하는 마음으로 나중에 적당한 기회를 이용하기로 하였다.

같은 날 오후 늦게 진 교수의 부인이 서장실로 나를 방문하였다. 남편의 장례 때문에 여러 날 밀린 일들을 처리하려고 시내에 나왔다가 잠깐 들린 것이라 하였다. 부인의 넓은 이마 위로 다보록하게 흘러내린 머리숱에 땀방울이 배어 있었고, 아직 심신의 피로가 풀리지 않았는지 양쪽 눈자위에 잔주름이 유난히 표가 난다 싶었으나, 부인의 표정은 의외로 밝고 명랑한 빛을 보여주었다. 이런 저런 의례적인 이야기 끝에 부인은 말을 꺼내기가 매우 송구스러운 듯 주저주저하다가 입을 열었다. 듣고 보니 그네로서는 하기 어려운 말이라는 것이 나로서는 오히려 나의 난처한 미해결문제를 쉽게 풀어주는 것이어서 오히려 반가워할 만한 것이었다. 부인이 어려운 청탁이나 들이듯이 꺼낸 말인즉, 진 교수 이름으로 생명보험에 가입한 것이 하나 있었는데, 그의 사망에 대한 가족보상금 지급신청서를 내러 방금 전에 보험회사에 들렸지만, 남편의 사망이 자의(自意)에 의한 것이 아니었느냐를 놓고 한참 옥신각신하다가 경찰에서 발급하는 사망확인서를 첨부하는 조건으로 해서 사고사(事故死) 처리를 해 주기로 했다는 것이었다. 내가 알기로는 이 문제는 간단한 것이었다. 검시담당 의사의 판정으로 〈해수 과다흡입으로 인한 익사〉로만 나와 있는 사망경위에 대해서 수사과장 한 사람만 〈자연력에 의한 사고사〉라고 몇 글자 덧붙여 적어주면 이에 반대할 사람은 없을 것이라 생각되었던 것이다. 나는 부인의 요망사항을 쾌히 수락하였으며, 마음 속으로도 그네의 형편에 도움되는 일을 해주고 싶었다. 그동안 부인의 사생활에 대하여

부질없는 의심을 품었던 것이 새삼 미안스러웠고, 서로간의 끝마무리를 좋은 인상으로 남기고 싶었던 것이다.

나는 부인이 서장실을 나가는 즉시 수사과장에게 전화를 걸어보았으나 부재중이었다. 이동전화로 호출했더니 시내출장을 나가 있다는 응답이었다. 긴요하게 말할 게 있으니 출장 용건이 끝나는 내로 나를 한 번 만나달라는 당부를 한 후 전화를 끊었다. 진 교수 부인의 보험금 신청 요건에 관한 일을 당부하기 위하여 수사과장과 직접 만나기로 마음을 정했다. 얼굴을 마주해서 인간적인 차원의 재고를 요청하면 고집스러운 수사과장도 거절하기 어려울 것이라고 생각되었던 것이다. 다만, 남편의 장례식이 있은 바로 다음 날에 생명 보험금을 신청한다는 사실에 대해 수사과장이 어떻게 해석할지 걱정이 되었지만, 이 문제는 나 자신이 중간에서 말을 전하기 나름이라 생각되었다. 하여간에 진기백 교수에게서 자살이라는 딱지를 떼어주어야만 그에 대한 나의 마지막 의리를 다하는 일이 될 것 같았던 것이다.

진 교수의 부인을 보내고 난 후 나는 한숨을 길게 몰아쉬었다. 그들 부부에 대한 내 쓸쓸한 감정의 잔영이 어떤 것으로 남아있든 이들의 사건은 마침내 내 손에서 완전히 놓여나는구나 생각하니 멀고 힘든 여행을 드디어 마친 것 같은 심정이 되었다. 잠시 이런 안도감에 젖어있는 나에게 나의 전속 운전기사가 전화를 걸어왔다. 오늘 오후 다섯 시부터 있을 〈제주시 5일시장 이전기념 시민노래마당〉에 나갈 시간이 되었다는 것이었다. 제주시의 신시가지 조성계획에 따라서 재래식 5일시장의 부지를, 더 넓고 편리한 변두리 지역으로 옮기는 것을 기념하는 행사였다. 그 넓은 5일시장 새 용지(用地)에서 있게될 노래마당 행사가 만만치 않은 규모가 될 것이어서 오늘 하루의 치안 문제도 신경을 써야하지만, 이번 행사에 즈음하여 5일장터에서 앞으로 있을 인구이동 상황과 교통체증문제를 미리 가늠해 보는 것이 내가 오늘 이곳을 찾아가는 공식적인 목적이었고, 이런 구실로 모인 다음에는 5일시장 상인들이 차려주는 만찬에 시장(市長) 일행과 합석하기로 되어 있었다.

나는 5일시장으로 향하는 차에 오르면서 매우 경쾌한 기분이 되고 있었다. 여러 날 동안 부대끼던 어려운 문제로부터 해방된다는 느낌이었다. 5일장터에는 예상대로 수많은 인파가 밀리고 있었고, 입구에서부터 자동차 출입이 금지되어 있었다. 차를 내린 나는 붐비는 사람들을 헤치면서 걸어가야만 되었다. 일기예보와는 달리 비는 오지 않고 흐리기만 한 것이 다행한 일이었지만, 등으로 자꾸 흘러내리는 땀방울들이 고온다습한 날씨임을 알려 왔다. 짜증나기 쉬운 날씨임에도 아랑곳하지 않고 찾아온 많은 인파가 세월의 태평함을 증명하는 것이 아닐는지, 나는 가볍게 심호흡을 하면서 걸음을 옮겼다. 저만치 장터 안쪽에 보이는 노래마당 공연장 공중에 펄럭이는 형형색색의 만국기들과 요소요소에 걸려있는 시장 이전 경축 현수막들이 축제분위기를 한결 북돋워주고 있었으며, 멀리까지 울려 퍼지는 북이며 꽹과리의 우렁찬 소리는 듣는 사람의 마음을 들뜨게 만들기에 충분하였다. 장터 입구에서부터 공연장까지의 도로변에는 여러 종류의 간이음식점이며 과일전들이 빽빽이 연이어 있었고 이제는 고풍스러운 역사의 유물이 되어가고 있는 엿장수 가위소리와 각설이 타령꾼이 잔치마당 같은 재래식 5일시장 특유의 흥취를 고조시켜주고 있었다.

오랜만에 와보는 5일시장 풍경에서 지난 시절에 대한 향수를 되살리던 나는 계절의 풍미가 가장 풍성하게 느껴지는 과일전 앞에서 걸

음을 멈추었다. 그곳에는 수박, 참외, 토마토, 자두, 복숭아, 사과, 포
도 등 국산과일 뿐만 아니라 바나나, 메론, 오렌지 등 수입 농산물들
도 무더기로 쌓여있었고, 그것들은 하나같이 군침이 돌 정도로 먹음
직스러웠다. 요즘에는 농산물의 품종개량이 워낙 잘 되어서 보기에
탐스럽지 않거나 맛이 떨어진 과일들은 아예 시장에 내놓을 엄두도
못 낸다는 말을 실감할 수 있었다. 여기 과일전에서도 군데군데에
〈꿀수박〉〈꿀참외〉〈설탕복숭아〉〈시지 않은 풋사과〉 등 맛을 강조하
는 말을 써넣거나 여러 개를 살 경우의 할인된 가격이나 이름 있는
원산지명을 써넣은 광고푯말을 꽂아놓고 손님들의 시선을 끌어당기
고 있었다. 이렇게 나날이 달라지는 유통시장의 발전이 맛좋은 과일
의 경쟁적인 공급을 촉진시킴으로써, 갈수록 풍부해지는 과일 공급
이 사람들의 미각을 고급화시키고 미각의 고급화가 풍부한 과일공급
을 불가피하게 만드는 끝없는 순환은 어디까지 갈 것인지, 나는 하늘
을 향해 끝없이 솟아오른 사다리를 올려다보는 것 같은 아득함이 느
껴졌다.

　네이블오렌지에 시선이 가 닿자, 요즘 제주도에서도 심심치 않게
눈에 띄는 배꼽티 아가씨들의 짜릿한 모습이 연상되었다. 그러고 보
니 이 오렌지의 물컹한 속살에서 느꼈던 맛도 짜릿하고 상큼한 것이
었다는 기억이 떠올랐다. 좌우를 둘러보던 나는 여기 있는 과일들의
모습을 무궁무진한 욕망의 심볼과도 같은 여체의 여러 부분들과 비
교해보고 싶은 엉뚱한 생각이 들었다. 항아리 같이 커다란 수박덩이
는 사랑의 뱃심 두둑한 여인의 풍만한 둔부이고, 복숭아의 연분홍 빛
깔은 온탕에서 갓 나온 건강한 여자의 볼그스레 상기된 양 볼의 색깔
이고, 살짝 골이 패인 통통한 참외는 알맞은 탄력으로 살이 오른 여

자의 어깻죽지이고, 잘 익은 자두의 진홍색 빛깔은 찐한 사랑 받고
싶다는 듯 립스틱 짙게 바른 입술 색깔이고, 빵빵하게 속이 여문 메
론은 가멸진 유액(乳液)이 끝없이 흘러나올 것 같이 부풀은 여자가슴
이고…. 유니폼 입은 경찰관에게 어울리지 않는 상상인 것 같아 쓴웃
음이 나오면서 문득 어떤 여권론자가 방송토론 시간에서 한 말이 생
각났다. 여성을 욕망의 대상으로 보던 시대는 지났다고 했든가. 그러
나, 욕망의 대상이 된 여성들의 분노보다는 욕망의 대상이 되지 못한
여성들의 슬픔이 더 진득한 것은 아닐까 싶었다.

맛깔스러운 과일들 앞에 서있으려니까 먹는 행위야말로 밀고 당기
는 욕망의 역학관계를 현시하는 가장 보편적인 예일 것이라는 생각
이 들었다. 먹지 않고 다섯 시간만 지나면 온몸의 피가 먹을 것이 있
는 방향으로 흐르는 것 같지 않은가. 문제는, 내 쪽에서 먼저 먹고 싶
은 욕망이 생겨서 내 몸의 피가 먹을 것이 있는 방향으로 흐르는 것
이 아니라, 내 쪽은 가만히 있는데 먹을 것 가진 쪽에서 먼저 충동질
하여 나의 피 흐르는 방향을 그쪽으로 돌려놓는 데에 있다는 말이지.
오늘 여기에서 과일을 산 사람들 중에는 무엇을 사먹겠다는 생각을
처음부터 갖고서 온 사람이 몇이나 되겠는가 싶었다. 과일전에서 발
길을 돌린 나는 저만치 안쪽 풍물패 꽹과리 소리가 나는 노래마당 공
연장으로 향하였다. 공연장까지 가는 길 양쪽 켠에는 주로 노년층 부
인네들이 지켜 앉아 있는 채소전과 곡물전, 그리고 이에 비해 훨씬
젊은 층 상인들이 팔고 있는 의류전이 있었는데 나이 많은 이들이 오
히려 손님을 끌어당기는 데에 더 맹렬적임이 나의 주의를 끌었다. 채
소나 곡물 같은 이문이 박한 물건을 취급하는 이들이 나이든 층인 것
은 이해가 가는데 이들 노년층 상인들의 극성이 더한 것은 무슨 연유

일까. 그것은 이들 세대가 더 살기 어려운 시대를 살았던 것과 무슨 관계가 있을 것이 아닌가 생각해 보았다.

나는 물건 사라고 외치는 소리와 흥정하는 소리들로 시끌벅적한 시장바닥을 둘러보면서 노래마당 공연장 쪽으로 발걸음을 옮겼다. 5일시장만 해도 시골 잔칫집 같이 흥겹고 소박하던 옛날 모습이 낳이 사라지고 점점 영악하고 모질어진 세태를 느낄 수 있었다. 시대변화의 물결이 비켜가는 곳은 있을 수 없다는 엄연한 현실의 확인이었다. 예술도 사상도 심지어는 사랑까지도 상품화하는 비정한 시대, 이 상품들이 소비자의 마음을 끌어당기는 인간욕망의 역학관계를 사실적으로 현상(現像)할 수 있는 고성능 카메라가 있다면 그것에서 찍혀 나온 도면표시는 어떠한 모양의 것이 될까. 그것은 분명히 물리현상의 동력학(動力學) 다이어그램에서 보는 직선 모양은 아닐 터이었다. 그것은 직선이 아니라 곡선일 터이며, 그 밀고 당기는 것이 어느 쪽 방향인지도 불분명하고, 단선이 아니라 이중, 삼중 혹은 그 이상의 복선임이 분명하며, 그것도 시시각각 변하는 유동체 모양일 것이었다. 이제 와서 보면 인간심리의 역학을 물리학의 그것처럼 도식화하려던 나의 생각은 터무니없는 것이었다 싶었다. 물체의 경우에는 균일하게 계산되는 질량의 단위가 있고, 어느 시점에서의 객관적인 위치가 있어서 두 물체간 운동의 방향과 그 강도를 예측할 수 있다고 하지만, 인간의 경우에는 제각기의 개성에 따라서 욕망을 끌어당기는 사물의 종류가 다르지 않은가. 한 인간이 어떤 다른 인간의 힘에 끌리든, 어떤 사물의 힘에 끌리든, 끌어당기는 힘의 소재지부터가 분명치 않고 심지어는 있지도 않는 허상(虛像)을 실재로 오인하여 썩은 밧줄을 잡아당기듯이 헛수고를 하는 판에 어떻게 일률적인 역학법칙을 운위할 수가 있겠는가. 진 교수네 부부를 보라, 그들은 거의 반대라 할 정도로 다른 방향의 인력에 이끌려 가지 않았는가. 그러고 보면, 내가 그려봤던 인간욕망의 역학법칙은 아직 드러나지 않은 인간행동의 방향을 추론하는 데에는 별로 쓸모가 없고, 다만 결과로서의 행동을 보고 개연성 있는 설명을 덧붙이게 하는 정도밖에 안될 터이었다.

노래마당 공연장에서는 아직 본 프로그램이 시작되지 않았는지 사물놀이패 여남은 명만이 공연 마당을 차지하여 열띤 동작의 회전무(回轉舞)를 보여주고 있었다. 사물놀이패의 풍물 두드리는 소리가 마치 자지러지듯 외쳐대는 발악소리처럼 들렸다. 우리 몸 어딘가에 갇혔던 오만 가지 욕망이 터져 나올 때 소리가 난다면 저 같은 소리가 아닐까 싶었다. 풍물패의 선두에 서서 이리저리 비틀거리듯이 돌아가는 상모꾼은 고개를 좌우로 기우뚱 흔들 때마다 벌쭉벌쭉 웃으면서 흥에 겨운 시늉을 지어보이고 있었다. 그의 검은색 벙거지 꼭대기에서부터 하늘로 치솟았다가 좌우로 번갈아 바퀴를 그리며 끝없이 회전하는 상모는 마치 미친 듯이 돌아가는 하얀 색 실뱀의 공중무도와도 같았다. 지금도 산자락 풀밭을 지날 때면, 훔칠훔칠 놀라도록 그 징그러운 모습을 보여주는 뱀, 그동안 한 번도 그 끔찍한 독아의 위해를 당해보지 않았으면서 뱀의 스멀거리듯 기어가는 몸뚱어리는 왜 그렇게 혐오스러웠을까. 상모꾼의 벙거지에 달라붙은 채로 신나게 공중을 휘젓고 돌아가는 바퀴 모양의 하얀 끈은, 몽환 속의 어느 괴이한 기억 속에서, 아무리 달아나 보아도 떨구어지지 않고 독 오른 뱀처럼 잽싸게 뒤쫓아오는 자신의 그림자를 연상시키는 것이었다.

문득 인도기행 TV 프로그램에서 보았던 장면이 생각났다. 인도 자이나교의 영겁회귀 상징물이 바로 뱀이었다. 이 종교에서는 영원히

순환하는 시간을 바퀴로 나타내고 이 영원한 순환의 바퀴에 달린 두 개의 바퀴살이 뱀 형상이라고 했는데, 순환의 리듬역할을 하는 뱀 모양의 바퀴살을 움직이려면 뱀 같이 음험한 본능과 욕망이 시간의 바퀴를 돌리는 에너지원이 되는 게 불가피할 듯 싶었다. 진 교수의 경우 이 욕망의 수레바퀴가 제 페이스를 지키지 못하고 박살이 난 이유는 무엇일까. 나는 상모꾼의 머리에 꽂혀있으면서 공중을 휘젓고 있는 뱀 모양의 바퀴들이 너무도 격렬하여 이제 금방 끊겨져 나가는 것은 아닌가 불안해지기 시작하였다. 그것은 마치 진 교수가 오랫동안 헤매던 욕망의 미로를 공중에 그리고 있는 것처럼 느껴졌다. 풍물패 노는 모습을 지켜보던 나는 드디어 무슨 요사한 물건을 본 것처럼 눈길을 돌려 버리고 다른 구경꺼리를 찾아 발길을 돌이켰다. 본 프로그램이라고 해봐야 그렇고그런 초청가수의 과잉연기 같은 노래와 초청 개그맨의 억지웃음 게임 같은 원맨쇼가 있고 나서 자유경쟁 노래자랑과 풍물패 농악놀이 정도가 있을 예정임을 나는 알고 있었다.

어디로 가볼까 망설이는 나의 면전에 수사과장의 웃는 얼굴이 불쑥 나타났다. 내가 5일장터에 온 줄 미리 알고 나를 찾고 있었다는 것이었다. 우리는, 편히 앉아 쉴 만한 곳을 찾아가는 얼마 동안 오늘 행사의 진행상황과 옮겨진 5일시장의 입지적 특징, 보안상 문제점 등에 관하여 얘기를 나누었다. 5일시장을 이전하면서 갑절이나 더 많은 유통물량을 수용할 수 있게 된다는 것이 제주시장의 자랑 섞인 설명이었다는 내 얘기를 듣고 난 수사과장은 좀 색다른 의견을 제시하였다. 이렇게 시장이 커지면 자연히 시대의 각광을 받는 대기업체 인기상품이 판을 치게 마련이다, 현대적인 기업체에서보다는 재래식 가내수공이나 농어촌 일손에 의해 만들어지고 지방색이 살아있는 지역

생산품을 보호하기 위해서는 오히려 5일시장의 규모를 적당한 선에서 억제하는 것이 좋다, 이 지역의 풍토와 역사가 깃들어 있는 상품들이야말로 지방문화의 보호 차원에서 의미 있는 일이고 문화관광의 귀중한 자원이 될 수가 있다⋯. 듣고 있던 나는 수사과장의 세상 보는 안목에 다시 한 번 감탄하지 않을 수 없었다.

먹거리 골목에 이르러 우리는 걸음을 멈추었다. 우리는 리어카 목로주점으로 들어갈까 하다가 그보다는 건너편에 있는 시원한 수박가게로 가기로 했다. 더운 날씨에 오래 노출됐던 탓으로 땀에 젖은 속옷이 찐득거려 왔지만, 우리 앞에 놓여진 시원한 수박덩이를 보자 금세 상쾌한 입맛이 살아났다. 수박 한 조각을 집어들고 내가 먼저 입을 열었다. 진 교수의 사인(死因)이 자의(自意)에 의한 것이냐 아니냐 하는 문제가 유가족의 보험금 수령조건에 관련된다는 얘기를 나는 아주 조심스럽게 꺼냈다. 아니나 다를까 수사과장은 장례식 다음 날에 생명보험금 신청은 너무 한 것이 아니냐는 반응이었다.

"그 부인이 좀 너무 하는 거 아닐까요? 보험금 타는 게 그렇게 급하다니 말입니다."

"아, 너무 고깝게 생각할 건 아니고. 부인이 먼저 보험금 타는 걱정을 말했다는 건 아니니까. 나한테 그동안의 노고에 감사 인사하러 들렀다가 저절로 나온 얘기였네. 나하고 이것저것 얘기하다보니까 그런 보험에 가입한 게 있었다는 거라. 그러다 보니까 얘기가 자연히 보험금 수령조건에 관한 문제로 넘어가드만. 자살한 사람에 대해선 사망보상이 없다는 거야 상식이니까. 그리고, 내가 그 관계는 걱정하지 말라고 해버렸으니 내 얼굴을 봐서라도 김 과장이 좀 도와줘야겠네."

"그러셨군요."

이렇게 한마디 대답하고 나서도 수사과장은 혼자만의 무슨 생각에 잠긴 표정으로 한참이나 나의 얼굴을 쳐다보다가 말을 꺼냈다.

"서장님이 그렇게까지 말씀하시는데 제가 이 양반에게 자연사 딱지 붙여주는 것은 어려운 일이 아닙니다. 사실 저로서도 그 양반이 자살했다는 데에 대해 무슨 확실한 심증이 있는 것도 아니었으니까요."

"그럼 …?"

나는 의아스러운 표정으로 그의 눈을 빤히 노려보았다.

"결국은 제 심정에 관한 문제였던 거지요. 뭐랄까요, 저는 진기백 교수를 주인공으로 하는 우리 시대의 장엄한 드라마, 그런 걸 그려봤던 겁니다."

"뭐 장엄한 드라마?"

"우리 시대에도 진짜 장엄한 드라마가 존재하려면, 진 교수처럼 열정과 순수성을 지니고 그 열정과 순수성 때문에 비장한 최후를 당하는 주인공이 있어야 할 게 아닌가 하는 생각을 했던 겁니다."

"진 교수가 비장한 최후의 주인공이라고?"

"그렇습니다. 이 시대에 잘난 사람들은 열정 대신에 욕망만 있으면 되고, 우직한 순수성 대신에 약삭빠른 술수만 있으면 되는 것 아닙니까? 만약에 말이죠, 만약에 진기백 교수에게 자살할 정도의 열정과 순수성과 고뇌가 없었다고 한다면 우리는 이 시대의 비극적인 영웅 한 사람을 잃어버리는 것이다, 이렇게 생각한 겁니다."

내가 뭐라고 대답할 말을 찾지 못하는 사이에 수사과장이 다시 입을 열었다. 이번에는 어이없다는 듯이 한숨을 크게 몰아쉬는 품이 무슨 뜻밖의 일이 있었던 모양이었다.

"오늘은 참 저에게는 맥 빠지는 날이네요. 방금 서장님 말씀 한 마디 때문에 진기백 교수 드라마의 테마가 바뀌면서 장엄한 비극에서 진부한 멜로드라마로 전락해 버렸고 저는 그걸 수용하기로 했습니다마는, 사실은 오늘 낮에도 맥 빠지는 뉴스가 하나 있었습니다. 이 뉴스가 있음으로 해서 진기백 드라마의 비극적 성격이 좀 달라진 것 같다는 겁니다. 비극이 좀 허망하게 끝나버려서, 뭐랄까, 비극적인 비극이던 것이 희극적인 비극으로 변해버렸다고나 할까요."

"뭔 얘기여. 뭔 뉴스가 그리 복잡한 게 다 있노."

"궁금하시죠, 서장님. 이것이 굿 뉴스인지 노굿 뉴스인지 모르겠다니깐요. 거, 서장님도 기억하실 겁니다마는, 진 교수가 그 뭔가 하는 환경잡지에서 〈올해의 환경인물〉 후보로 올랐다는 얘기 있었잖습니까. 이 양반은 결국 후보까지만 올라갔었나 봅니다. 오늘 제가 어떤 통신사 기자한테서 들었는데요, 요즘 나온 그 잡지에 다른 인물이 선정된 걸로 발표되었답니다. 서장님, 어떻게 생각하십니까? 이 뉴스가 열흘 전에만 알려졌어도…."

"그것 참 묘하게 됐군 그래. 그 뉴스가 열흘 전에 알려졌다면 진 교수가 영웅 될 기회는 아주 놓쳐버리는 거란 말이지? 적어도 김 과장에겐 말야."

문득 나의 머리에는 나의 이른바 인간행동의 역학법칙이 떠올랐고, 나는 욕망의 밧줄 썩었던 것 하나가 끊겨져 나가는 모습을 그려보았다. 멍하니 딴 생각에 잠긴 나에게 수사과장의 질문이 들려오고 있었다.

"그런데요, 진 교수의 모순된 행동을 어떻게 설명하지요? 솔직히 말씀드려서 저는 진작부터 그 양반을 존경해 왔었는데요, 그 생각을 하면 저의 존경심에 칼로 벤 듯한 상처가 나는 것 같아요. 그 양반이 주식으로 돈을 벌려고 했다니, 그게 이상하단 말예요.”

“자본주의 경제 비판하는 사람이 주식투자한다는 게 모순된단 말을 하는 건가? 그것이 뭐 그리 이상한 일이야. 경제학자기 현장실습 삼아 주식투자할 수도 있는 거 아녀?”

“이건 좀 다른 얘긴데요. 며칠 전 신문에서 본 미국의 어떤 사회운동가가 진 교수하고 비슷한 케이스일 것 같아요. 이 사람은 미국에서 소비자보호운동의 기수로 알려졌을 정도로 오랫동안 대기업의 부당이득과 이를 옹호하는 정부정책을 비판해 왔었다는 겁니다. 현대의 성공적인 기업가들은 소비자의 최대 만족이 제일목표인 것처럼 떠들어대지만, 결국 맹목적인 소비심리와 구매욕구를 무한창출 하는 데에 혈안이 된 모략꾼 집단이다, 이렇게 경고하던 사람이었는데 이런 사람이 알고 보니까 유명한 첨단기업체의 주식을 엄청 많이 갖고 있었다는 겁니다. 기자들에게서 그럴 수가 있느냐, 호된 추궁을 받은 이 사람은 그래도 할 말이 있었습니다. 소비자보호운동 하는 데에도 돈이 필요하더라 이겁니다. 그렇지만, 진기백 교수는 이런 명분도 없지 않습니까. 이 양반이 무슨 돈 들어가는 사회운동 했던 것도 아닌데 왜 그렇게 돈 욕심을 부렸을까 하는 겁니다.”

“거, 왜, 진 교수도 자연보호활동하면서 돈 꽤 들어갔을걸. 회원들 관리도 해야 되고, 한라산 숲 지키기 활동에도 어디서 지원금 받아 썼을까. 그런데 난 그런 것 말고도 진 교수의 돈 욕심 자체를 이렇게 설명하고 싶다니까. 그거 말이야, 그 관성의 법칙이란 게 있잖은가. 진 교수네 집이 원래 찢어지게 가난했다잖아. 어릴 때부터 돈에 한이

맺혀본 사람은 장성해서도 돈의 위력이란 걸 잊지 못하는 거거든. 의지나 의식 이전의 영역, 그러니까 자기도 모르는 어떤 힘에 이끌려 가는 수가 있지 왜.”

“아하 그렇군요. 그렇게도 설명이 되는군요. 역시 인생선배님 생각이 한 수 위이신 것 같습니다.”

“인생선배 되어봐야 어디 직장선배 따라가겠나. 오십보백보지 뭐, 헛허.”

나는 짧지만 싫지 않은 웃음이 절로 나왔다. 별로 뜻하지 않았던 말로 만만치 않은 휘하 수사관의 승복을 얻은 것이 다행으로 생각되는 것이었다.

바로 그때 우리들 앞에 놓인 수박덩이 위로 긴 그림자를 드리우면서 느닷없이 나타난 사람이 있었다. 고개를 들어 쳐다보았더니 이인식 사장이 빙긋이 웃으며 서 있었다. 그의 이마에도 몇 줄기 땀방울이 흐르고 있었다. 우리는 그에게 자리를 만들어 주면서 수박을 권하였다. 한약방을 경영하는 이 사장은 한약재 구입을 위해서 5일시장 시골상인들과도 거래를 하기 때문에 이렇게 나와본 것이라고 하였다. 몇 마디 5일시장 이전에 관한 이야기가 오간 후 세 사람 사이에는 자연히 진기백 교수에 대한 화제가 등장하였다. 진 교수의 금년 운수가 좋지 못하다는 수사과장의 말을 내가 받았다.

“그러니까 옛날부터 이사갈 때에는 성주풀이 굿을 했던 모양이라. 진 교수네 집안에 불행도 따지고 보면 아파트를 팔고 시골로 집을 옮기면서 생긴 거니까. 아파트 팔면서 유휴자금이 생기지 않았으면 진 교수가 주식투자 같은 유혹에 빠지지 않았을 거 아닌가. 아무래도 이사 가는 방향을 잘못 잡았던 것이여.”

별다른 뜻도 없이 던진 내 말을 꼬투리로 하여 이인식 사장이 들려준 진 교수네 집안의 내력은 나를 잠시 어안이 벙벙하게 만들었다. 그의 말에 의하면, 진 교수가 당한 불행은 그 사람 자신의 머리가 한동안 헷가닥했기 때문이지만 거처를 시골로 옮긴 것 자체는 그들 부부가 심사숙고한 결과 도달한 뛰어난 명안이었다는 것이다. 이인식 사장의 부인과 진 교수의 부인은 그 전에 아파트 이웃 호실에 살았던 관계로 지금도 가까이 지내기 때문에 이 사장은 주로 그의 부인을 통하여 진 교수네 집안일을 알 수 있었다고 하였지만 얻어들은 이야기에 대한 해석은 이 사장 자신의 것임에 틀림이 없었다.

"요즘에야 우리 집사람한테서 들은 얘긴데, 진 교수네 부부는 사실상의 별거상태에 들어간 지가 오래 된다는구만. 그러니까 형식상으로만 부부였던 거라. 막말로 한다면야 이런 사람들이 한 지붕 안에 살아야 할 이유가 없는 거 아냐. 남편은 남편대로 산 좋아하는 사람이니 중산간 마을에 사는 게 좋고, 여편네는 여편네대로 만나보나 마나 한 남편 있는 곳으로 매일 밤 기어들어 갈 필요 없이 딴 데서 자유생활을 만끽할 수 있고말야. 그 부인이 한다는 전통찻집 있잖아, 그곳에 아예 딴 살림을 차렸대요. 어차피 그 친구 성격으로 부부간에 오순도순 붙어사는 재미도 모르는데 차라리 멀찌거니 거리를 두고 사는 게 백번 나을 거구만."

"그럴려면 뭐 하러 부부관계로 있을까요, 깨끗이 갈라지지 않고 말예요?"

귀담아 듣고 있던 수사과장이 하는 말이었다.

"이혼이란 게 그리 간단한 일이 아니잖소. 그것도 그렇지만, 이번 같은 불상사만 없었어도 이들 부부는, 뭐랄까 좀 역설적인 의미로 말해서, 천생연분으로 만난 한 쌍 같았다니까. 가정 유지하는 문제부터가 그래요, 부인이 버는 거 없이는 그 많은 자녀 교육비는 어떻게 댔겠냐고. 삼 남매를 서울에 대학 보냈는데, 그 중에 딸 둘은 음악 전공이라는 거요. 진 교수 그 친군 월급 말고는 한 푼 벌어오는 거 없었을 텐데 대학교수 월급 갖고 그 아이들 교육비 대기 어려울걸. 2억 원짜리 아파트, 그것도 그래요. 진 교수 월급 갖고는 몇 년을 쓰지 않고 모아야 하는데 그래. 원래 경제학과 교수들에겐 두둑한 프로젝트 과제 같은 것들도 많은데 이 사람은 자본주의 반대론자라서 그런 것에도 한축 끼지 못하니까 들어오는 건 달랑 월급봉투 하나였다 이거라. 저번에 그 경제학과 학과장 박 교수 말예요, 그 양반이 허는 얘긴데, 진 교수의 그런 사상 가지곤 무슨 지역개발정책 연구과제 같은 거 따오지도 못하고 대학 내에 무슨 보직 같은 것도 나올 수 없다는구만. 시대가 그런 걸 어떡하냐는 거라. 경제개발, 교육개발, 관광개발, 지역개발, 이렇게 세상이 온통 개발최고시대인데 도사나 도라 같은 이가 뭘 하겠냐 이거라. 그러니까 진 교수는 마누라 덕분에 지가 원하는 반자본주의니 자연보호운동이니 하는 걸 맘 놓고 할 수 있었다고 볼 수가 있어요. 그런 마누라 없었으면 돈 버는 사람 부럽고 보직 받는 교수들 부러워서라도 도사 이름 같은 건 반납했을 거라 이거요.”

“그렇지만 말이죠, 그것과는 반대로 생각할 수도 있을 것 같은데요. 이 사장님은, 진 교수가 부인이 돈을 벌어다 준 덕분에 돈 걱정에서 해방되어 자본주의 반대론을 맘껏 펼칠 수 있었다는 말씀이신데, 거꾸로 생각해서요, 진 교수는 돈만 아는 부인의 비정한 모습을 보았기 때문에 자본주의의 망조에 대해 절망하게 된 것은 아닌가 하는 생각은 안 드십니까?”

수사과장이 집요하게 묻고 있었다.

"글쎄요, 경제학자인 진 교수가 절망할 모델을 찾는다면야 자기 부인 한 사람만 있을라고. 진 교수 부인이 우리 사회에서 예외적인 케이스는 아닐 거니까…."

"그럼 진 교수의 전공이 경제학이었다는 게 일종의 함정이었단 얘기 아녜요. 다른 전공을 택했더라면, 경제발전 문제에 대해 그렇게 심각하게 생각하지 않았을 것 아닌가 말입니다."

나는 점차 드러나는 진 교수네 부부의 내막에 대해 흥미를 느끼면서 한마디 끼어들었다.

"그런 점이 없지 않아요. 그런데 묘한 건, 진 교수가 대학 진학시에 경제학을 택한 이유가 어린 시절에 돈 때문에 너무 설움을 받았기 때문이었다는구만그래."

"그건 그렇다 치고, 부인은 그럼 그런 남편을 좋아했단 말인가요? 돈도 벌어오지 못하지, 따뜻하게 사랑해주지도 않지, 별로 미남도 아니지, 요즘 세상에 그렇게 멋없는 남편을 좋아할 여자가 어디 있느냐 말이죠."

이들 부부의 애정관계에 관심이 많았던 나의 질문이었다.

"그 점에 대해서 내 생각은 이래요. 솔직히 말해서, 이 부인이 보통 미인이 아니잖아요. 이런 미인의 입장에서 말예요, 뭐랄까 한 남성의 사랑 대신에 뭇 남성의 사랑을 택한다, 이런 게 있었지 않을까 하는 거요. 하여간 진 교수는 여성의 자유나 남녀평등 같은 면에선 진보주의도 최선봉 진보주의였으니까."

"그래도 여자란 남편에게 어떤 식으로든 의지하고픈 데가 있을 것 같은데 말이죠."

"에, 또, 그 점에서도 이들 부부는 잘 어울리는 데가 있었다는 거요. 대학교수 부인이라는 타이틀 자체가 여자가 사업 하는 데에는 괜찮은 타이틀이지만, 진 교수 부인의 경우엔 남편 제자들의 후광이 대단하다는 거요. 진 교수 소속이 경제학과 아녜요? 지금 제주도청이나 제주시청에 경제관련 부서는 진 교수 제자들이 상당수 깔려있다 이거요. 그 부인이 하는 전통찻집, 이곳이 유명하게 된 게 다 그들의 후광을 업었기 때문이라는 거예요. 제주시청 앞 동네 요지에 있는데 글쎄, 이곳이 진 교수 제자들의 아지트가 될 정도로 인기 있다는 거요. 이 모든 게 무슨 의미인줄 알아요?"

잠시 숨을 돌이킨 다음에 이인식 사장은 말을 이었다. 또릿또릿한 그의 어조에는, 세상 돌아가는 통속에 대해서는 경찰관보다 사업가가 밝을 것이라는 믿음이 차있는 것 같았다.

"요즘 같은 정보시대에 경제관계 공무원들 오다가다 하는 말 한마디가 다 돈이 될 수 있다는 거 아니오. 이 부인이 진 교수네 빈털터리 집안 재산을 그 정도나마 일군 것도 다 그 덕분이었다 이거요. 아까 얘기했던 아파트 판 일, 그것도 그렇단 말이지. 농산물수입자유화다 뭐다 해서 요즘 제주도 밀감 과수원 값 폭락하는 거, 어디 어디 땅이 유망한 위치라는 거, 이 부인은 이런 정보에 빠삭하다는 거요. 그러니까 돈을 벌지 않고 배겨?"

이 사장의 전언에 의하면, 진 교수네가 시골마을로 이사 가면서 팔았던 아파트 대금 중 1억여 원을 가지고 중산간지역의 밀감과수원 하나를 사게 된 것은, 바로 그 인근의 토지가 어느 발전일로의 전문대학 이전 예정지이며 중산간 개발을 위한 간선도로 건설 예정지라는 것을 이 똑똑한 부인이 알아냈기 때문이라는 것이고, 진 교수가 그

과수원 매입대금을 가지고 주식투자에 손대어 손해 본 금액보다도 훨씬 더 많은 시세차익이 그 과수원 매입으로 떨어졌을 것이라는 이야기였다. 나는 이 부분에 대하여 그 부인이 나에게 진술했던 내용을 상기해 보았다. 그동안의 정황으로 보아서 이 부인은 밀감과수원 매입이라는 고단수 부동산 축재방법에 대하여 남편에게 귀띔해주지 않은 게 분명했고, 부인이 언급했던 부부싸움에서도 주식투자 실패를 두고 남편을 닦아세우기만 한 게 아닌가. 희비가 엇갈렸던 이 집안의 이재(理財)수단을 가지고 부부간의 대화 통로를 더 넓게 트이게 할 수는 없는 일이었는지, 부인의 야박함을 탓해야 할지, 남편의 주변 없음을 안쓰러워해야 할지, 내가 이들 부부와 최후의 작별을 고하는 뒷맛은 못내 씁쓸한 것이었다.

잠시 말이 빈틈에 시계를 봤더니 여섯 시가 다 되고 있었다. 5일시장 관리사무실에서 시장과 만나고 초대받은 만찬장으로 가야할 시간이 되었던 것이다. 우리는 자리를 털고 일어섰다. 김 과장과 이 사장을 떼어놓는 것이 미안한 일이었지만 초청자 측이 5일시장 상인들이었기 때문에 내 마음대로 할 수 없는 일이었다. 나는 이들과 갈라서서 5일시장 안쪽 방향에 있는 관리사무실로 향하였다. 오늘 하루 나의 마음을 당혹케 하던 생각의 갈래들이 서서히 가닥 잡히면서 정리되는 것도 같고 다른 한편으로는 더 복잡하게 뒤얽혀버린 것도 같았다. 한 가지 분명한 것은 내가 가는 길은 진기백 교수가 가던 길과는 한참 멀리 동떨어져 있다는 사실이었다. 자본주의 유통시장 발전을 경축하는 만찬장으로 가는 나의 길은 진 교수가 찾던 한라산 숲과는 같은 방향의 것이 될 수가 없음이었다. 그가 나에게 말을 쉽게 걸어오지 않았던 것은 역시 어쩔 수 없는 일이었고, 그가 다시 이 세상에 나타나 준다고 해도 우리 사이에 무슨 할 말이 많이 있을 것인지, 자신이 서지 않을 것 같았다.

나는 초여름의 비를 머금은 흐린 하늘을 올려다보았다. 후덥지근한 가운데 한 줄기 서늘한 기운이 느껴지는 건 비가 올 징조일 터이었다. 한바탕 시원하게 비가 내려주었으면 좋겠다고 생각하다가 제발 앞으로 서너 시간만 참아주었으면 하고 바라는 마음이 되었다. 이 수많은 군중이 아무 사고 없이 귀가하는 일이 한 사람의 기분문제보다 중요하다는 생각을 하면서 주위를 둘러보았다. 이제는 막물 장의 풍경이었다. 좌판가게들 중에는 이미 철수한 곳들도 있는 것 같았다. 그렇게 요란하게 들려오던 물건 흥정하는 소리와 손님 끄는 소리들도 기울어가는 해와 더불어 서서히 잦아들면서 둔탁하고 나른한 소리로 변하고 있었다. 이같이 둔탁한 소리를 배경음으로 하여 어디선가 바람결처럼 경쾌한 소리가 들려왔다. 제주 5일시장의 발전을 위해 먼 곳에서 왕림한 초청가수의 노랫소리였다. 확성기에 실려서 멀리까지 울려 퍼지던 초청가수의 구성진 노랫가락은, 끝물 5일장터의 어수선한 소리들을 빨아들여 삼켜버리는 것 같더니, 청중들이 내는 한바탕 우렁찬 박수소리를 신호로 하여, 떠들썩한 시장바닥, 가없는 소리의 대해(大海)속으로 잠겨 들 듯 가라앉고 있었다.

그들의 부자유친(父子有親)

양영수 소설집

1

개는 상수를 향해 눈을 한두 번 껌뻑일 뿐이다. 꼬리를 치기는커녕 땅바닥에 착 갖다 붙인 고개를 꿈쩍도 하지 않는다. 먹이 그릇은 아직도 입을 대보지 않은 그대로이다. 아내가 주는 먹이를 제법 잘 받아먹던 녀석이 이제 다시 그에게 낯가림을 시작하여 오늘이 벌써 사흘째이다. 말귀 알아듣는 사람들 사이에서도 속마음 알아보기가 그렇게 어려웠거늘 말 모르는 짐승을 탓할 수는 없는 일이었다. 새 주인에게 낯가림하기를 닷새를 넘기다니 징한 짐승이라고 옹알거리던 아내의 목소리가 아직도 귀에 선하다. 골든리트리버라는 희귀품종의 소피아는 원래 주인에게 대한 충성이 자별한 개인데다 새끼를 가진 지가 한 달이 넘어서 낯선 사람에 대한 경계심이 더 클 것이라는 박 과장 부인의 말이 없었다면 벌써 내던졌을 일이었다.

상수는 멀거니 쭈그리고 앉아서 개를 바라볼 뿐이다. 그렇게 영리한 개라면 상황판단을 좀 더 그럴싸하게 할 일이 아닌가. 아내에게 낯가림한 것도 5일간이었다고는 하나 그것은 이 집에 와서 첫 대면한 사람과의 일이지 않은가. 그 5일 동안 소피아에게 먹이 주는 일을 맡아서 한 사람이 아내인 것은 사실이시만, 그동안 상수의 모습이 집 안팎을 무시로 들락거리고 있었으니까 똑똑한 개라면 그가 낯선 사람이 아니라는 걸 알아볼 만도 한 일이었다. 아내가 준 먹이는 받아 먹었는데 그가 준 것은 거부하다니, 소피아가 아내만을 이 집 주인으로 인정하는 것 같아서 야속한 생각까지 든다.

야속하기로는 아내 역시 마찬가지였다. 그렇게 애쓴 끝에 소피아에게 먹이를 먹게 하고 꼬리까지 치게 만들어 놓은 다음에 달아나버린 심보는 도대체 어떤 것일까. 소피아를 자기가 맡아서 기를 것처럼 데려다 놓았다가 그렇게 훌쩍 사라질 수 있다니 아내는 그렇게 통이 큰 여자였던가. 하기는 30년 가까이 같이 살던 남자를 버리고 떠날 적에 개 한 마리 정도 가지고 마음 쓸 리는 없는 일이기도 하다. 아내의 가출이유는 무엇일까. 그녀는 대관절 어떤 남모를 꿍꿍이를 갖고 있었길래 남편이 이틀 동안 서울 나들이를 갔다 오는 동안에 무슨 미스터리극처럼 그렇게 홀연히 사라져버렸을까. 더구나 아내는 남편이 며칠 후면 중국으로 떠날 예정이었음을 잘 알고 있었지 않은가. 상수는 아내를 가출하게 만든 것이 무엇일지, 자신의 어떤 지긋지긋한 남편됨이 아내로 하여금 그렇게 독한 마음을 품게 하였을 것인지 곰곰이 생각해 보았지만 별로 떠오르는 것이 없었다.

남겨놓은 쪽지에는 자기를 찾지 말아달라고 분명히 쓰여 있었지만 그 말을 정말로 믿고 가만히 있는 것이 잘하는 일인지, 상수는 도무지 갈피를 잡을 수 없다. 낯선 땅 중국으로 부친을 찾아나서는 불확실한 일보다 가출한 아내를 찾아보는 것이 더 중요한 일 같기도 하지만, 막상 아내를 어디서 찾는다 해도 이미 마음이 돌아서 버린 여자를 찾아내서 어떻게 할 셈인지도 결심이 서지 않는다. 더구나 아내가 가출해주기를 그가 바라고 있었음도 사실이고 아내가 감쪽같이 사라져버린 것이 오히려 천만다행이라는 생각도 없는 게 아니다. 그녀도 남편의 속마음을 어떻게 꿰뚫어 보았는지 그가 단 이틀 집을 나가있던 동안에 자기 물건들만 간단히 챙겨가지고 종적을 감추면서 그에게는 미리 한마디도 귀띔을 하지 않았다. 뭐라고 남편에게 운을 떼다 보면 그동안 고락을 같이해온 인정을 차마 뿌리치고 떠나지 못할 거라고 생각했음일까. 세상이 뭐라든 자기 뜻대로 살아가는 암팡진 여자라고 할까, 아니면 그의 마음 깊은 데를 잘 양찰해주는 웅숭깊고 곰살맞은 여자라고 할까.

앞에 쭈그리고 앉은 사람을 거들떠보지도 않는 개를 보면서 상수의 마음은 문득 외로움이 치밀어 온다. 영리한 개는 한 집안 식구들의 권력관계까지 파악하기 때문에 발언권 센 사람에게 더 강한 충성을 보인다는 말이 생각난다. 별것을 다 걱정한다고 피식 웃으면서도 뭔지 모를 무력감이 전신에 스며드는 것 같다. 아내가 없으면 개 한 마리조차 기를 수 없다니, 눈도 꿈쩍하지 않고 웅크려 앉은 개의 모습은 마치 최상수라는 남자의 외로움을 알은 체하지 않는 세상 사람들을 한 몸으로 보여주는 것 같다. 손을 털고 집안으로 들어온 그는 중국행으로 준비한 여장을 정리한다. 아무래도 아내를 찾으러 나서는 것이 막연한 부친 상봉보다 더 중요하고 시급한 일이라고 생각되는 것이다. 이렇게 불편한 심기를 가지고 떠난다고 할 때 부친을 상봉한다는 미심쩍은 일이 잘 될 것 같지도 않다.

장장 27년을 이어온 부부생활이었다. 헤어지고 싶기로는 상수 쪽도 마찬가지였다. 깨끗이 이혼한 다음에 같이 살 여자도 벌써 점찍어 놓고 있는 터이었다. 두 쌍의 남녀가 갈라서고 맺어지는 헤쳐모여의 애정드라마를 머릿속으로는 수십 번 엮었으면서도 언제 한 번 딱 부러지게 이혼이라는 말을 꺼내본 적이 없었던 게 그래도 다행이었다 싶다. 하기는 오고가는 말이 없다는 게 탈이기도 하였다. 헤어지는 행동은 앞서고 그것을 설명할 말은 없었다니 아내의 무정함도 너무했다 싶다. 가출한 행위는 자신의 진짜 본심이 아니어서 홀연히 사라졌던 것처럼 언젠가는 그렇게 다시 나타날 수도 있는 꼬투리를 만들어두자는 것일까. 아니면, 가출의사를 밝혔을 경우에 헤어지자는 자신의 말을 거절하지 못할 남편의 속마음을 다 들여다보았고, 떠나는 아내를 붙잡지 않았던 일로 나중에 오래두고 고통스러워할 그의 양심을 배려했기 때문이었을까. 사랑보다 더 질긴 게 정이라고 하듯이, 우리가 언제 대판으로 싸워본 적이 없고 이 여자가 그렇게 꽉 막힌 사람이 아니니까 만나서 솔직히 얘기하다보면 통하지 않을까. 이제 50대 중반 나이에 가면 어디로 간다는 말인가.

상수는 박 과장 부인에게 전화를 걸어 물어보았다. 아내의 행방을 제일 잘 알 것 같은 이가 이 부인이었고 그의 짐작은 적중하였다. 아내는 일본 오사카로 가볼 일이 있어서 출국준비를 하고 있다는 말을 며칠 전 박 과장 부인에게 하였다는 것이다. 정확한 출발 날짜를 모르더라도 목적지를 알면 아내를 찾아내기는 어려운 일이 아닐 터이었다. 아내는 자기 친정쪽 친척들이 많이 살고 있는 일본 오사카를 말년의 도피처로 택했음이 분명하고 상수가 익히 알고 있는 처가쪽 사람들을 통해 아내의 행방을 아는 것도 어려운 일이 아닐 터이었다. 그러고 보면 일본 도피는 아내가 오랫동안 꿈꾸어 온 일인 듯도 하였다. 20년 전 공무원직에서 쫓겨난 그가 농사일을 시작한 지 몇 해를 넘기지 못했을 때 일본 관광객 상대의 고급요정을 따로 차리고서 부지런히 돈을 벌어온 그녀였다. 그렇다면 아내는 그동안 일본으로의 가출을 계획하고 있었다는 말인가. 애초부터 흙을 상대하기보다 사람을 상대하는 것이 그녀의 성질에 맞는다는 것을 상수 자신이 잘 알고 있던 터이라 남편의 농장 일에 함께하지 않음을 그는 원망하지 않았다. 흙에 묻혀 살기로 굳게 결심한 남편과 더불어 백년해로하기가 어려울 것은 충분히 헤아릴 만한 일이지만, 이제 벌써 50대 중반에 접어든 나이이고 자기 몸으로 낳은 건강한 아들까지 하나 있는 터수에 아내가 가출을 감행한다는 것은 정말 예상치 못한 일이었다.

아내의 마음이 결정적으로 돌아선 것은 언제부터였을까. 아내의 가출 결심이 이루어진 시기에 의문이 가면서 그의 머리에 얼핏 떠오르는 것이 있었다. 세태변화에 뒤쳐진다는 이유로 일본관광객 상대 요식업을 그만둔 아내가 두어 달 전인 작년 가을에 사업정리 기념여행으로 두 주일간 일본을 다녀온 다음에는 얼굴에 기색이 달라진 것 같았다는 것이다. 그녀의 표정은 요 몇 달 동안 뭐랄까 전보다 더 엄숙해진 것 같았고 말없이 무슨 생각에 잠겨서 물끄러미 그의 얼굴을 바라보기도 하였음이 상기되는 것이었다. 그렇다면 그때 일본에 가 있는 동안 무슨 얘기를 들어서 중대결심에 이르게 된 것일까. 그러고 보니 그에게 뭔가 집히는 게 있었다. 어쩌면 아내는 일본에서 자기 친정아버지의 북한 왕래에 대한 어떤 소식, 상수 자신은 여러 해 전에 이미 들은 적이 있는 소식을 들었는지도 모른다는 생각이었다. 그

소식은 아내에게 매우 민감한 반응을 가져올 요소를 내포하고 있기 때문에 그는 자기 혼자서만 알고 지내려고 마음먹고 있는 터이었다. 아니 그것은 자기 혼자서만 알고 있기에도 찝찔하고 맥 풀리는 기분이 되기 때문에 누구한테 말하기는커녕 혼자서 생각하고 싶지도 않고 더 알고 싶지도 않은 그런 사실이었다. 상수가 그 사실을 전해들은 것도 일본 방문 중이었다. 4, 5년 전 상수가 농협 지원 프로그램으로 일본 생태농업 시찰여행을 갔을 때 공식일정을 마친 후 제주 출신이 많이 모여 사는 오사카 이꾸노꾸에서 며칠간 머물며 동향인들과 어울려서 지나간 시대 애기를 하던 중 그의 공무원 생활에 종지부를 찍었던 북한으로부터의 괴문서 사건에 그의 장인이 직접 개입되어 있다는 것을 알게 되었던 것이다. 80년대 초 신군부 정권의 고위 관리였던 장인이 공무원 숙정대상에 걸려들어 갑자기 파직당하고서 일본에 밀입국해 있다가 남한에서 몰락한 운세에 대한 반항심에서였는지 조총련에 가입한 후 일본과 북한을 왕래하던 중 6 · 25전쟁 중에 북한으로 넘어갔던 상수 부친을 만나게 되었고, 이것이 발단이 되어 상수 부친은 사돈을 통하여 일본국 발신처로 된 서신을 아들에게 보냈다가 국가정보기관에 의한 국제우편 괴문서 검열에 걸리게 되었었는데 상수는 바로 이 서신을 수령한 것이 빌미가 되어 사상범 딱지를 얻게 됨으로써 비교적 순탄하던 공무원 출세가도를 미끄러져 내리게 되었었다. 만약에 아내가 일본여행 중에 이 같은 사실을 전해 들었다면 남편에게 면목 없다고 느꼈을 것이고 이것이 이제까지 부부관계에서 느끼던 껄끄러움과 합쳐져서 가출을 결행하게 된 것이 아닐까 하는 것이다.

아내가 가출하기 전후의 동정을 곰곰이 돌이켜 보던 상수는 자신의 추론에 앞뒤가 맞지 않는 데가 있다는 생각이 들었다. 작년 말에 아내가 일본을 다녀오면서 가출을 결심했었다면 바로 열흘 전에 박 과장네 집에서 저 골든리트리버 종의 소피아를 데려다가 기르려고 했을 리가 없을 것이 아닌가. 자기가 기를 마음도 없으면서 저렇게 크고 값나가는 개를 덜컥 집안에 들여놓고 사라진다는 건 사소한 일 까지도 계획성 있게 준비하는 아내의 성격으로 보아 도무지 있을 수 없는 일이었다. 상수는 이런 생각에 이르자 소피아의 동정이 다시 궁 금해져서 밖으로 나가 보았다. 녀석은 아직도 먹이 그릇을 비우지 않 은 채로 있었다. 먹이를 끊은 지가 3일째이니 배가 고플 터이고, 더 구나 뱃속에 든 새끼들도 있으니 얼마나 시장할까 싶지만 녀석의 고 집은 끝날 기미가 보이지 않는다. 그는 앞으로 엎드린 개 앞으로 다 가가 앉으면서 하릴없이 고개를 끄덕여 보았다. 녀석은 이번에는 어 떻게 된 셈인지 그를 향하여 슬쩍 고개를 돌리는 품이 이전하고 좀 달라보였다. 그는 답답한 마음에서 개에게로 가까이 다가가 조심스 럽게 개의 등을 살살 쓸어주어 보았다. 그러자 개는 전에 없이 꼬리 를 가볍게 몇 번 흔들어 보이는 것이었다. 그는 용하다 싶어서 이번 에는 다섯 손가락에 힘을 넣어서 개의 모가지 부분을 어루만져 주었 다. 개는 눈을 몇 번 껌뻑이더니 꼬리를 더 힘있게 흔들면서 하체로 부터 몸을 슬그머니 일으키는 것이었다. 그는 대견스러운 마음에 부 드러운 소리로 소피아―, 소피아―를 연발하면서 먹이 그릇을 개의 앞자락으로 가까이 밀어주었다. 개의 반응은 이제 확연히 달라졌다. 먹이 그릇으로 입을 갖다대더니 뿌드득 뿌드득 소리 내면서 순식간 에 그릇 속의 사료를 깨끗이 다 먹어치우는 것이 아닌가. 상수는 후 우―하고 한숨을 내쉬었다. 개는 그동안 자기 몸을 어루만져 주기를 기다리면서 먹는 것도 참아왔다는 말이 아닌가.

　사료를 더 갖다 주었더니 개는 그것마저 먹기 시작한다. 이제 제법 탐스럽게 입을 놀리고 있는 개의 모습을 물끄러미 바라보던 상수는 불현듯 또 하나의 생각이 떠오른다. 아내는 어쩌면 5일간의 끈질긴 구애 끝에 이 말 모르는 짐승의 어려운 응낙을 받아내면서 남편과 헤어질 결심을 한 것은 아닐까. 개가 새 주인의 사랑을 확인하느라고 먹이를 거절하는 닷새 동안 그는 한 번도 그 가까이로 다가가서 잠깐 거들떠볼 줄을 몰랐던 것이다. 한 생명이 다른 생명과 만나 뭔가를 함께 공유한다는 것이 어떤 것인지 도통 관심을 주지 않는 남편이 실망스러웠을 것이다. 27년 동안 남편으로서의 간단한 감정표현에도 인색하면서 겉으로만 맴돌던 아내와의 관계가 바로 방금 전까지 하나의 장면 속에 변형되고 압축되어 나타난 것 같다. 이제야 머리에 떠오르는 것이, 아내가 소피아에게 먹이를 줄 때는 목과 등과 배를 열심히 쓰다듬어 주던 모습이다. 이와 더불어 자기를 지그시 바라보던 아내의 엄숙한 얼굴 모습이 떠오른다. 아내는 시들지 않는 동백꽃마냥 싱싱한 자신의 육체를 밤마다 어루만지면서 텔레파시가 통하지 않는 얼치기 남편을 조소하였을까, 원망하였을까. 노상 굳어져 있던 아내의 얼굴 표정이 눈앞에 보이면서 상수는 문득 부끄러워진다. 상수는 자신의 얼치기 같은 남편됨이 갑자기 부끄러워졌지만, 그런 느낌이 들수록 아내의 가출이 못내 서운하다. 알고서 짓는 죄가 모르고 짓는 죄보다 더 잔인한 게 아닌가. 아내는 자기가 슬쩍 사라져버려야 남편이 이 말 모르는 짐승하고 살면서 자기의 진가를 알고 생명의 만남의 비밀을 알 것이라고 넘겨짚었던 게 아닐까. 그러나 최상수와 유지숙의 만남은 역시 어긋난 운명이라는 게 판명된 셈이다. 자신의 운명이 어긋나기 시작한 틈서리가 그의 뇌리에 어른거리는 듯하다. 그녀와의 관계가 삐걱거린다 싶을 때마다 늘 그러하였다. 서른 살을 바라보는 방황하던 그 시절, 그들 두 남녀가 만나도록 만들어준 여자의 부친의 우람한 그림자와 북녘 하늘 아래 있을 상수의 부친의 아리송한 그림자. 그러나 이들 그림자와 함께 그의 뇌리에 무시로 떠오르는 또 다른 여자가 있었다. 어릴 적부터 그리움의 대상이었기 때문에 아직도 강렬한 모습으로 떠올려지지만 지금은 딴 남자의 아내가 되어버린 그 여자의 얼굴….

상수는 다시 손을 털고 집안으로 들어온다. 이제는 단호하게 중국행 여장을 준비해야겠다는 다짐을 둔다. 중국행 항공권 예약을 취소하지 않았던 게 천만다행이었다 싶다. 운전중인 자동차 바퀴에 걸렸던 장애물이 치워졌을 때처럼 부친을 찾아나서는 상수의 행동은 이제 전에 없던 힘과 속도를 얻는 것 같다. 한번 뒤로 물러났던 주먹을 앞으로 내밀 때처럼 반동의 힘을 얻은 것도 같다. 출국 예정 날짜는 이제 이틀 앞으로 다가와 있다. 중국 체류기간을 20일간으로 예약해 두었지만 넉넉잡고 30일간으로 연장하기로 마음먹는다. 부친의 중국 체류에 대해 전해들은 약간의 소식이란 것이 얼마나 신빙성 있고 정확한 것인지 장담할 수 없는 일이었다.

다음에는 소피아 돌보는 일이 걱정이었다. 이제 그가 주는 먹이를 받아먹게 되었으니 자기의 새 주인을 인정한 셈이지만, 당장 해결해야 할 것이 앞으로 한 달 동안의 소피아 급식문제였다. 상수는 할 수 없이 다시 전화를 걸어 박 과장에게 통사정 이야기를 털어놓았다. 딱한 사정을 듣고난 박 과장은 잠시 전화를 끊고 부인과 상의하고 나서 다시 전화를 걸어오더니 그가 중국 갔다오는 동안 소피아의 급식문제는 자기네가 알아서 해결해주겠다고 나섰다. 그러지 않아도 그의 부인은 아끼던 개를 남의 집에 보내고는 꿈에까지 그 모습이 나타날 정도로 못 잊어 하고 있다는 것이고, 상수의 출타기간 중에는 소피아와의 마지막 정떼기의 단계로 생각하고 별로 멀지 않은 두 집 사이를 아침저녁으로 왔다갔다하며 먹이도 주고 같이 놀아주기도 하겠으니 중국에 갔다 온 다음에는 소피아의 분만을 잘 돌봐주고 확실한 주인이 되어달라는 얘기였다. 박 과장은 상수의 옛날 도청 공무원 시절에 같은 부서 동료여서 두 집안의 부부는 서로 가까이 지내던 관계였지만, 그의 퇴직 후 지난 20여년 왕래를 계속하기로는 두 부인네끼리가 남편들 사이보다 더 친밀한 관계였다. 단독주택에서 오랫동안 살아오던 박 과장네가 아파트로 이사 가면서 기를 수 없게 된 값비싼 개를 상수네에게 넘겨준 것도 두 부인네들이 오랫동안 쌓아온 정분을 보여주는 일이었다.

가버린 여자를 찾아 나설 생각을 일단 포기하기로 하니 상수의 마음은 단박에 유쾌해지는 것 같다. 이제는 더 이상 누구 때문에 노심초사하고 전전긍긍해야할 필요가 아주 없어져버린 것이다. 마당 안을 휘둘러볼 때의 솔직한 심정으로 말하면, 그녀가 없는 집안이 허전하기보다는 오히려 안온하게 느껴지기까지 한다. 좀 더 일찍 떠나버려야 할 여자였다는 생각까지 든다. 정말이지 꿈에 그리던 부친을 가슴 조이면서 만나러 가는 이 마당에 그녀가 속 시원히 떠나버린 것은 백번 잘된 일이다 싶다. 혼자서 생각을 거듭하다가 1주일쯤 전에 부자 상봉을 위한 연변행 나들이 얘기를 처음 내놨을 때 상수는 아내가 어떤 반응을 보일지 몹시 궁금하였었다. 아내가 남편과 동행하겠다고 나설까봐 조마조마하기까지 하였다. 낯선 땅 연변에서 부친 앞에

서게 되는 자리는 마땅히 지난 반세기 그의 삶에 대한 보고를 상신하는 의미가 있을 것이며 그 보고에 대한 부친의 한마디 말에 경청하는 자리가 돼야할 터이었다. 상수의 중국행 계획에 대해 아내는 묵묵히 듣기만 하더니 부친은 나이가 정확히 몇 살이며 북한에서의 직업은 무엇이었고 부친네가 남한에 오면 누구와 함께 살게 되는지, 그로서도 대번에 대답하기 어려운 질문들을 건네었는데, 며느리 될 여자로서는 꽤나 자상한 관심의 표시라고 생각되어 싫지는 않았었다. 그러나 아직은 그런 질문을 할 단계는 아니라는 게 상수의 생각이었다.

상수는 한 달 전에 만났던 연변 조선족 젊은이의 말이 다시 머리에 떠올랐다. 한 고교시절 친구가 경영하는 여관에 제주도에 일자리 구하러 들어온 연변 조선족들이 몇 명 묵고 있다는 말을 듣고 일부러 찾아갔다가 들은 말이었다. 상수는 그중의 한 청년에게서 뜻밖에도 그의 행방불명되었던 부친의 소식을 듣게 됨으로써 그동안 망각 속에 묻혀가던 부친의 과거행적들이 다시 의식의 표면 위로 떠오르게 되었던 것이다.

상수는 혹시 더 들을 만한 얘기가 있을지도 모른다는 생각이 들어서 친구네 여관에 다시 전화를 넣어보았다. 그러나 며칠 전에 부친의 소식을 전해주었던 그 조선족 손님은 한번 나간 다음에 다시 들어오지 않는다는 것이 친구의 대답이었다. 하기는 전번에 들었던 정보만 가지고도 연길시의 부친 거처를 찾아가는 데에는 충분하리라는 것이 상수의 생각이었다. 연길시 서시장(西市場) 북쪽 동네에서 제일 큰 보신탕 식당인 〈해란강구육관(狗肉館)〉에 탈북자 신분을 숨긴 가운데 개백정 노역을 맡고 있는 북한 젊은이들 다섯 명이 있고 그들 일행 중에 밖으로 얼굴을 잘 내밀지 않는 노인이 한 사람 있었다고 했는데 바로 그 노인이 그의 부친일 것이라는 믿음이 갔던 것이다. 남한에 돈 벌러 들어오는 기회를 엿보고 있었던 그 조선족 청년은 자신처럼 남한행 루트를 알아보고 있던 그 탈북청년들에게 관심을 가지고 여러 번 그곳에 들락거리다가 그 노인을 만났다고 하였다. 젊은이들이 보신탕 식당을 비우고 외출중일 때에 그 노인을 두어 번 만나 본 것이 전부였으므로 많은 얘기를 나누었던 것은 아니었지만, 그 노인이 80세 안팎으로 보였다니까 상수 부친의 나이에 해당된다는 점, 전쟁의 소용돌이에 휘말려 북한 사람이 되었다는 점, 특히 귀가 번쩍 뜨이는 것은 고향이 제주도라는 것이었다. 서귀포 동쪽 바닷가 조그만 마을이 고향이라는 데에야 의심의 여지가 없다는 게 그의 생각이었다. 그 조선족 청년의 말대로라면 부친 일행은 연길시에 친족방문 명목으로 머물면서 일방으로는 돈을 벌고 일방으로는 탈북자들의 남한행 브로커를 접선하는 중이었다고 한다. 연로한 부친이 젊은이들 일행 중에 끼어있다는 게 이상한 일로 여겨졌지만 아마도 그럴 만한 무슨 사정이 있을 것 같았다. 북한에서 새로 일군 가족이 일행 중에 끼어있었는지도 모를 일이었다. 부친이 전에 묵고 있던 곳에 아직도 남아 있느냐 하는 것이 문제였지만, 반년 정도는 더 돈벌이를 해야 브로커에게 줄 커미션을 조달할 것이라는 말을 들은 때가 작년 가을이라 했으니 아직도 그곳에 체류 중일 것으로 생각할 수 있었다.

　상수는 중국여행을 앞둔 이틀 동안 처리해야 할 일들을 하나하나 점검해 보았다. 서울에 대학 공부하러 가 있는 아들에게 겨울방학 남은 기간에 고향집에 와 있을 수 있는지 전화로 물어보았지만 취직시험 준비로 딴전 피울 여유가 없다는 대답이었다. 네 할아버지 만나러 간다는 말을 할까 하다가 그만두고 중국여행 떠난다는 말만 해두었다. 그전에도 해외여행을 다녀온 적이 몇 번 있었으니까 아들도 별로 이상하게 여기지 않는 말투였다.

그전 같으면 2월 늦겨울이라고 해도 농장 일이 한가하지 않았지만 이제 당분간 농사를 쉬기로 한 때이라 한 달 정도의 출타는 괜찮은 형편이다. 아내가 요식업을 시작한 이후로는 고급요정이나 특급호텔 뷔페 등 고급식당에서 쓰는 유기농 청정 농산물을 납품하는 일로 재미를 보아온 터이었으나 얼마 전에 중국행 비행기를 예약함과 더불어 식당관련 납품계약들을 모두 해지시켜버렸던 것이다. 애초에 공무원 직장을 그만두고 농사일을 시작할 때에는 남들이 하는 감귤 과수원을 몇 년 해봤지만, 과잉생산으로 인한 가격 폭락 현상을 보면서 감귤생산을 과감하게 포기하고 제주도의 유수한 고급식당들과 계약 납품을 시작한 이후로 다른 농가에 비해 꽤 수지맞는 농가로 알려져 왔다. 이 과정에서 고급요정을 운영하는 아내의 사교적 영향력이 많이 작용하였다. 웬만하면 아내의 영향력의 그늘에서 벗어나고 싶은 심정이 굴뚝 같았지만 사업의 수익성에 직결된 문제라 주어진 현실을 감수하기로 하였던 것이다. 공무원 재직시에는 장인의 후광을 입어서 인기 부서로만 발령이 났고 농사일을 한 다음에는 아내의 수완에 의지하여 고수익을 올린다고 남들의 부러움을 샀었다. 상수로서는 사업상의 부부간 협력관계가 아내와의 사랑 없음을 슬퍼하지 않기 위한 최소한의 안전판이었다. 그러나, 아내 덕을 보고 산다는 불편한 심기를 생각하면 차라리 고달픈 다수의 편에 서고 싶은 심정이 떠날 날이 없었다. 이제 그런 아내도 사라지고 난 마당에 그는 비로소 자유의 몸이 된 것 같았다. 그동안 모아둔 현금이나 부동산이 상당한 정도에 이르러서 이제는 돈벌이를 위한 농사보다는 즐기기 위한 농사를 시작할 참이었다.

중국으로 떠나는 날 상수는 거울 앞에서 몇 번씩이나 옷을 갈아입어 보았다. 처음에는 해외여행 차림이라는 생각에서 말쑥하게 고급 옷으로 골라 입었다가 이내 생각을 바꾸었다. 중국 연변지방에서 왔다는 막벌이 노동자들, 꾀죄죄한 옷차림에 겁에 질린 듯 눈을 동그랗게 뜬 얼굴들이 떠올라서 그들 수준에 맞추려면 수수한 평상복 차림이 옳을 것 같았던 것이다. 그러나, 이런 생각도 얼마 못 가서 바뀌었다. 옷 잘 입기로 유명한 한국인인데 너무 허술한 옷차림을 하고 가면 연변지방 동포들이 정말로 빈민 취급을 할 염려가 있을 것 같아서 너무 화려하지도 않고 너무 초라하지도 않는 차림으로 갈아입었다.

집이 제주시의 동쪽 외곽지대에 있지만 제주공항까지 가는 데에는 자동차로 3, 40분 정도이면 충분하다. 이전에 공항으로 갈 때 그랬던 것처럼 집에서부터 택시를 부르지 않고 자가용차로 공항 가까운 신제주 시가지 이면도로까지 가서 주차를 시킨 다음에 택시를 타기로 하였다. 그런데 오늘은 공항으로 가기 전에 어디를 잠깐 둘러보고 가려는 것이 어제 저녁부터 생각해온 상수의 계획이다. 둘러보고 갈 곳은 시내에서 동남쪽 방향으로 꽤 멀리 떨어져있는 중산간 마을이어서 공항과는 반대방면이지만, 비행기 탑승 시간이 많이 남아있기 때문에 바쁠 것이 없기도 하였다.

중산간 마을로 차를 몰면서 그의 마음은 매우 착잡하다. 그냥 마을 안 풍경을 잠깐 둘러보고 나올 것인지, 아니면 그가 찾아가는 마음속의 그 사람들을 만나보고 인사말 한마디라도 건네고 나올 것인지, 이것조차 결심이 안 된 상태로 차를 몰고 있다. 그러나 이에 대한 상수의 결심이 그다지 필요치 않게 된 것은, 그가 마을 안길로 얼마쯤 들어섰을 때 바로 그의 마음속에 있던 인물 두 사람이 자기 집 입구에서 걸어 나와 한길에 정차중인 농사용 트럭에 올라타려고 하고 있었기 때문이었다. 상수가 미처 무슨 결심을 할 겨를도 없이 그네들 두 사람은 그냥 아무것도 모른 채로 차에 올라타더니 어디론가 휙 사라져 버린다. 그러고 나서야 그는 그들을 만나보지 않은 것이 결국 잘된 일이었다는 생각에 이른다. 그러면서도 이 마을을 둘러보러 나온 것이 공연한 헛걸음은 아니었다 싶다. 나란히 걸어 나오는 두 사람 모습에서 행복감에 가득 찬 얼굴들을 확인하는 것만으로도 오늘 여기 찾아온 일은 무의미하지 않다는 심정이 된다. 그의 어린 시절에 가족을 제외하고는 제일 친밀하게 지냈던 이들, 초로의 주름살이 잡혀가는 그들의 얼굴을 이렇게 잠깐만 보아도 소꿉친구 시절의 아련한 기억들이 주마등처럼 떠오르고 그때마다 그의 마음은 고요할 수가 없다.

효선에 대한 상수의 사랑은 안개 같은 어릴 적 추억으로 거슬러 올라간다. 작은 시골마을에서 같은 초등학교에 다니는 동갑내기 사이에 애정이 싹텄다면 언제 어떻게 좋아하기 시작했는지 아리송할 수밖에 없는 노릇이다. 편모슬하에서 외롭게 사는 그녀의 처지에 대해 동병상련을 느꼈음인지 그녀의 말없이 다소곳한 모습이 그렇게 예쁘게만 보였었다. 두 사람이 좀 더 큰 이웃마을에서 중학교를 다니고 더 큰 먼 읍내에서 고등학교를 다닐 때에도 줄곧 동급생이 되어 사람 안팎 사정을 죄다 알고 있었으니 상수와 효선과의 관계는 정색을 하고 애정고백을 한다는 것이 오히려 어색할 정도가 되어 버린 것이었다. 적어도 상수는 그렇게 생각해 버렸다는 데에 문제가 있었다. 이 여자와 초중고를 같이 다닌 남학생은 불과 서넛 밖에 없고 그중에서 자기는 단연 뛰어난 우등생이었으니 자기한테 당연히 우선권이 있다고 짐짓 단정해 버렸지만 사랑의 승부라는 것은 그런 것 가지고 결정되는 것이 결코 아니라는 것을 그때까지도 몰랐던 것이다. 고등학교 시절에도 상수는 졸업 후 서울 명문대학에 합격하고 와서 어떤 드라마틱한 방법으로 자신의 미래 포부를 밝힐 것인지 하는 문제에만 골몰하였다. 졸업반이 된 후에도 입시공부에만 전념하기 위하여 마음 속의 여자와 얼굴 마주하는 일조차 소홀하게 된 것이 잘못이었다. 막상 서울 명문대 합격의 낭보를 안고 돌아왔지만 이미 애정 고백할 상대가 없어져 버렸음을 알았을 때 상수는 아연하였다. 상수와 마찬가지로 초중고 동창생 관계인 강효선 최철영 커플이 고등학교 졸업식 날까지도 기다리지 못하고 어디론가 사랑의 줄행랑을 놓았다는 소식 앞에서 그는 속수무책이었다. 반년 후에 돌아온 이들의 품안에는 떡 두꺼비 같은 아이까지 하나 안겨져 있었다는 말을 상수는 서울에서 전해 들었지만 당장 바다 건너 제주도 고향 마을로 달려갈 만큼의 엄두는 내지 못하였던 것이다.

언제나 비교는 불화의 시작이었다. 아내 유지숙과의 불화의 밑바닥에는 그녀와 그의 첫사랑의 여인 강효선과를 비교하는 마음이 도사리고 있었다. 강효선이 같은 여자라면 남편의 직업의 종류를 문제 삼거나 남편의 말문을 가로막는 일이 없었을 것이라는 둥 아내에 대한 그의 불만은 대개 가상의 비교 대상자를 동반하고 있었던 것이다. 그 강효선을 일찌감치 한 남자의 엄연한 배우자로 자리매김함으로써 어느덧 운명처럼 공고해진 두 쌍의 남녀의 짝짓기 구도를 감히 뒤엎을 엄두를 내본 적은 없었다 하나, 아내 유지숙하고의 30년 가까운 결혼생활은 정말이지 물에 뜬 기름처럼 헛바퀴 도는 세월이었다.

상수는 유지숙과의 결혼 내력을 생각할 때마다 어떤 운명의 힘 같은 것을 느낀다. 세칭 명문대학 국문학과를 졸업하고서도 취직자리를 얻지 못한 그는 서울에 남아있으면서 막연한 실업자 생활로 세월을 까먹고 있었다. 작가지망생이던 그는 따로 취직준비를 하지 않았던 것이다. 신춘문예 소설부문에 응모한 것에 혹시나 하고 기대하고 있다가 고배를 마신 그는 대학 졸업 후 1년을 더 서울에 머물면서 싹수 안 보이는 습작생활을 계속하고 있었는데 이것이 시골 고향 사람들에게는 고시공부 하는 것으로 알려지게 되었다. 그 당시에 그의 거처가 고등고시 준비하는 법대생들의 집단합숙소인 무슨 고시원으로 되어있었다는 것 말고는 다른 이유가 없었지만, 그는 고향집 조부모를 안심시키기 위해 '최상수 고시준비중' 이라는 낭설을 구태여 부정하지 않고 내버려두었는데 이것이 그만 그가 유지숙하고 결혼하게 되는 운명을 낳고 말았던 것이다. 아마도 그즈음에 이웃 마을의 유지숙은 다른 남자하고 결혼하는 것으로 소문이 파다하게 나있다가 파혼을 당하는 바람에 당혹스러운 처지에 있었고 그 파혼의 이유가 여자쪽의 경박한 실수 때문이었기 때문에 더욱 암담한 미래를 예감하고 있던 차에 마침 고향마을에 내려간 상수의 그럴싸한 처지가 지체 높은 그 집 사모님에게 대견스럽게 비쳤을 것이라는 게 그의 추측이었지만, 그는 그동안의 경위를 꼬치꼬치 따지려 하지 않았다. 시골 벽지로서는 보기 드물게 서울의 명문대학에 입학하였다고 해서 이웃 마을에까지 소문이 나있던 수재였는데다가 지금 고등고시 준비중이라는 사실이 도청의 고위직에 있던 유지숙의 부친에게도 유망한 사윗감으로 비쳤던 모양이었다. 상수는 작가지망이라는 자신의 뜬구름 잡는 미래상이 갑자기 막막해옴을 느끼면서 보다 확실한 장래를 보장할 것 같은 정략결혼의 길을 택하여 하루 만에 전격적인 약혼선언을 결행하였고, 1년여의 불철주야 공부 끝에 지방공무원 시험에 합격하고 나서 화려한 결혼식을 올렸다. 그동안 그의 장인이 중앙부처로 영전하여 올라간 덕분에 힘입어서 자칭 약골 인생이던 최상수의 공무원 직장생활만은 순탄하게 유지될 수 있었다. 처음부터 사랑의 환상이 없었던 결혼이거늘 적어도 들통난 사랑부재의 환멸은 없을 게 아니냐는 자기변명의 논리로 위로를 삼았고, 사랑 없는 결혼을 후회하지 않기 위해서라도 적어도 세속적인 생활의 안정만은 확실하게 해두자는 차돌 같은 결심과 노력이 있었던 것이다.

상수는 강효선을 놓쳐버린 것이 자신의 애정부족 때문이기보다는 우유부단한 결단력 때문인 것만 같아서 그 일 생각만 하면 심사가 서글퍼진다. 그러나 다른 남자가 아닌 최철영이가 강효선과 맺어진다 할 때에는 말릴 수도 없고 원망할 수도 없는 판국이었다는 것이 오래전의 이 일에 대한 상수의 솔직한 심정이다. 최철영이는 최상수와 이복형제간일 것이라는 게 그 마을 어른들 사이에 돌고 있던 추측이었고 그런 추측이 나오게 된 데에는 그럴 만한 근거가 있는 것도 사실이었다. 출신지도 불분명하고 남편도 없는 최철영의 모친이 아들 하나를 낳아서 기르고 있었는데 상수의 부친이 그 아이를 상수와 동일한 부모의 소생으로 입적시킨 사실은 부친이 전쟁에 출정한 이후에야 뒤늦게 밝혀졌었다. 또한 상수 부친은 최철영 모친의 집에 자주 들려서 사고무친의 이들 모자를 잘 돌봐주었고 그 당시 거의 내버려다시피했던 중산간 마을의 밭뙈기 하나, 지금 최철영 강효선 부부가 살고 있는 땅을 이들 불쌍한 가족에게 떼어주기도 했다는 얘기였다. 그 당시는 4 · 3사건과 6 · 25전쟁 등 하도 혼란한 시국이어서 누가 어디서 무슨 일을 벌이는지 주변 사람들이 알아차리지 못한 채 세월이 흘러간 뒤 여러 가지 정황을 마을 사람들이 종합하여 본 결과가 이 같은 혈연관계 사연이었으나 그때는 이미 상수 부친의 종적이 사라진 뒤여서 누구 하나 이런 사실을 확인하려 들 수가 없는 형편이 되고 말았다. 더구나 상수가 마을친구들의 가족관계를 눈치 챌 나이에 이르렀을 때에는 최철영이네 모자는 어떤 중년 나이의 남자하고 줄곧 같은 집에 동거하고 있어서 그는 이들 세 식구가 온전한 혈연관계인 것으로만 믿었었다. 최철영의 부친인 줄로 알았던 이 남자가 어느 날 갑자기 어디론가 사라져 버린 다음에야 이들 사이는 부자관계가 아닌 것을 알게 되었고 바로 그 즈음에 그 친구의 호적상 부친이 바로 자기 부친으로 되어있음을 알고 한동안 밤잠을 설치기까지 한 적이 있었다.

부친이 벌여놓았다는 복잡한 가족관계를 마을사람들로부터 귓속말로 전해들은 것은 상수가 중학교에 들어갈 무렵이었다. 뜻밖의 새로운 사실에 놀란 상수는 최철영과 자신의 신체에서 어떤 유사점이 있을까 남몰래 살피기도 하였으며 어릴 적부터 같은 시골학교 동급생이었던 이 친구에게는 미묘한 친밀감과 저항감을 동시에 느낀 것이 사실이었다. 최철영으로부터 강효선의 사랑을 가로채기 당한 일이 있은 후로 상수는 때때로 이 용기 있는 친구의 로맨틱 드라마 기질이 어디서부터 온 것일까 풀이해 보느라고 별별 공상에 빠질 때가 많았다. 세상의 비난성이 뭐라고 하든지 말든지 사랑의 승부에다 일생을 거는 함포사격 같은 원격 돌파력, 내가 갖지 못한 그 뚝심은 어디서 나왔을까, 흉흉한 시국 속에서도 로맨틱 기질을 발휘했던 부친으로부터의 대물림인가, 아니면 나처럼 떳떳한 가문의 이름을 거명해보지 못한 설움의 반작용이었을까. 그러나 이보다도 상수가 보기에 가장 그럴듯한 풀이는, 최철영이가 철이 들 나이에 10년 가까이 같이 동거했던 중년남자의 감화력과 영향력으로 인하여 그의 대담한 여성 장악력이 생겨났다는 설명이었다. 남자가 한 여자의 욕망을 어떻게 추스르고 다스리느냐 하는 고도로 기술적이고 직관적인 능력은 지식이나 논리를 떠나서 생활환경과 체험을 통하여 얻어지는 것이라고 생각되었던 것이다. 어쨌거나 최철영의 성장기 동태에 대한 이 모든 상상은 그의 사랑 가로채기 줄행랑에 대해 관용하는 마음을 만들어주었다는 것이 상수의 자기성찰이었으며, 그들 부부가 어디선가 오순도순 살고 있음이 생각날 때마다 상수의 뇌리에 떠오르는 것은 어디선가 살아있을지도 모르는 부친의 아리송한 모습이었다.

2

공항 가까운 곳에 자가용차를 세운 다음에 택시를 잡아타고 공항으로 들어가는 동안, 이어서 탑승 수속을 한 다음에 비행기 좌석에 앉고 나서까지도 상수의 뇌리에는 최철영 강효선 부부의 모습이 어른거렸다. 과거의 사연들에 얽힌 그들의 모습만이 아니었다. 이제 중국 땅에 들어가서 꿈에 그리던 부친 앞에 서게 될 때 그는 최철영의 출생의 비밀에 대해서도 결정적인 말 한마디를 듣게 될 것이며 그렇게 되면 이제까지 그의 뇌리에 애매하게 따라다니던 이들 부부의 모습은 멀지 않아 좀 더 확실한 것으로 바뀔 터이었다. 그동안 어정쩡했던 최철영과의 관계가 부친의 한마디 말에 의해 분명하게 밝혀지면 혼자서 차지하고 있는 최씨 가문의 유산을 얼마간 나눠줄 수도 있고 그들이 죽고나면 가족묘지를 함께 쓰도록 할 수도 있는 문제였다.

최철영이가 세상에 있는 유일한 남자인 양 그의 팔에 바짝 기대어 걷고 있던 강효선의 모습, 아마도 그녀는 한평생 자기 남편 말고는 다른 남자의 품을 그리워해보지 않았을 것이다. 그들 부부는 몸담고 사는 중산간 마을 밖으로 나가서 넓은 세상 구경을 해본 일도 별로 없었을 것이다. 변하는 세상 모습을 아는지 모르는지, 그들이 짓는 농사는 옛날식 그대로 척박한 자갈밭을 일구는 감자나 마늘, 당근 등속의 재래작물 재배여서, 일년 수확이라야 물밖 나들이할 돈이 나오지 않을 터이었다. 딱한 사람들, 흐르지 않는 물은 고여서 썩는 이치를 그들은 모르고 있는 것 같아 안타깝고 안쓰럽다. 그들은 열혈 청년시절 세상을 놀라게 했던 스캔들이 부끄러웠는지 결혼식도 생략하고 중산간 마을에 묻혀서 평생을 지내고 있다. 자기들 두 사람 인구 몫의 의무완수에 의미부여를 했다는 것인지 딸 둘을 낳아서 출가시킨 다음에는 다시 단둘의 단출한 가정을 이어가고 있다. 부친 없이 자라난 그녀는 남자 마음의 약한 구석을 몰랐을 것이므로 남편을 지배하려 들지도 않을 터이었다.

상수는 최철영의 낭만주의 러브스토리와 자신의 세속주의 결혼생활을 소재로 하여 그 나름의 색다른 판타지를 그려볼 때가 있다. 그 판타지는 원래 한 몸으로 태어날 남자가 최상수와 최철영이라는 두 남자로 분리되어 태어나는 이야기로 시작된다. 한 남성이 여성을 욕망의 대상으로 취함에 있어서 대개는 낭만적인 사랑과 세속적인 사랑 사이를 오가면서 한 몸의 인생을 가지고 양쪽 욕구를 모두 충족시키고 싶어하지만 그러다 보니 어느 한쪽 욕구에 철저하게 따르지를 못하는 것이 상례인데 최상수-최철영의 경우에는 아예 두 개의 몸으로 갈라져 태어남으로써 딴 남자들과는 다른 별종 패턴의 사랑이란 걸 취할 수가 있었다는 것이다.

　최상수라는 남자가 유지숙이라는 여자와 맺어질 때 낭만적인 사랑을 헌신짝처럼 버리고 철저하게 세속적인 정략결혼을 감행할 수 있었던 것은 자신의 분신으로서의 최철영이가 철저한 낭만주의 사랑을 실현해주었기 때문이라는 얘기였다. 이 같은 분신적 사랑의 판타지가 그럴듯하게 보이는 순간에라야 상수에게는 자신의 치사한 정략결혼이 그 나름의 변명할 구실과 정당성을 얻게 되고 자신의 양심에 대한 부끄러움도 한결 덜어지는 것이었다. 부친을 직접 만나봄으로써 최철영의 출생의 비밀이 밝혀지고 자신의 판타지 드라마의 사실적 근거가 확인되는 순간을 그려보는 상수의 마음은 비행기가 이륙하여 제주공항에서 멀어져 갈수록 조바심을 더해가고 있었다.

　상수는 인천 국제공항에서 수화물을 부친 다음에 아들 녀석 찬석이에게 전화를 걸어보았다. 녀석을 만나본 지가 1년을 넘고 있지만 연변으로 가고 있다는 말 이상으로 더 이상 할 수가 없었다. 한 달씩이나 오래 가 있을 것이라는 애비의 말을 들으면 아들쪽에서도 어떤 식의 관심을 표시해와야 이쪽에서도 의미 있는 말이 나올 텐데 영 그런 낌새가 없으니 답답할 뿐이다. 취직시험 공부에 여념이 없을 아이한테 딴 이야기를 하는 것이 미안한 일이기도 하고, 이야기를 하려면야 잠간 동안의 전화 통화로 될 일이 아니었다. 에미의 가출 사건에 대해서는 아직 말해줄 시기가 안 되었다 싶지만, 그 밖의 집안 내력 이야기도 들려주고 싶은 것이 많았다.

　아들의 진로문제만 해도 그랬다. 상수는 아들이 고향인 제주도로 내려와서 살아주기를 바라지만, 본인은 중국행 취직을 희망하고 있다. 중국행 미래에 대한 아들의 꿈은 제딴에는 자못 웅대하다. 중국에서의

한국인 발전 가능성은 무궁무진하다, 극동3국은 문화적인 뿌리에서
동질적인데도 상호협력에서 오는 엄청난 잠재력을 과소평가하고 서로
질시하려고만 한다, 이런 말을 하면서 중국 진출 대기업 입사시험을
준비 중인 아들에게 뭐라고 설득할 말이 궁하다. 애비로서 하고 싶은
말도 없는 게 아닌데 아들은 도통 들어주려고 하지 않는다. 제주도 안
에서도 할일은 많다, 독특한 생활문화에다 천혜의 자연환경과 극동3
국의 절묘한 한복판이라는 위치까지 제주의 무한한 발전 잠재력을 들
려주려고 해도 막무가내이다. 세계적인 관광 선진국에서는 모두 관광
기념품으로 굉장한 수입을 올리고 있는데, 제주도의 관광기념품 사업
은 그 초보단계나마 거의 모두 서울사람들에게 내주고 있다고 말하면,
관광제주의 발전은 우선 수많은 관광객이 찾아오도록 유형무형의 인
프라를 구축하는 게 더 중요한 일이지 관광기념품 사기 위하여 제주를
찾는 사람이 어디 있겠느냐, 이렇게 응수한다.

　집안 애기는 더욱 하기 어렵다. 내가 가진 재산도 적지 않은데 그
걸 너 말고 누가 이용한단 말이냐, 더구나 너는 외아들인 나의 외아
들이 아니냐, 어린 시절부터 누구하고 단란하게 정을 나눠본 적이 없
는 이 애비가 아들 하나 바라보면서 말년의 고독을 달래보려고 했는
데 꼭 딴 나라로 떠나야만 하겠느냐, 풀어놓기 시작하면 끝이 없을
회포로 가슴이 가득 차 있다. 속 시원히 열어보이지는 못하고 이리저
리 만지작거리고만 있는 얘기 보따리였지만, 잘못하면 부자간에 감
정이 상하기나 하고 더욱 수습 못할 지경이 되어버릴 수 있다는 염려
때문에 어쩔 수가 없는 것이었다.

　비행기 탑승 수속을 밟기에는 아직도 시간 여유가 넉넉함을 본 상수
는 주위를 둘러보다가 인터넷 검색 코너가 눈에 띄자 그 쪽으로 걸어

갔다. 요 며칠 동안 집에서 정신없이 지내다보니 인터넷 들여다볼 시간도 없었다는 생각이 떠올랐던 것이다. 평소 습관처럼 생태농업 관련 사이트로 들어가려다가 그 대신에 탈북자 단체에서 만들어 놓은 인터넷 카페로 들어가 보았다. 그는 신문에 나는 탈북자 관련 기사를 관심 있게 읽고 있지만, 탈북자들의 정황을 알려주는 인터넷 카페를 알게 된 다음에는 이곳을 방문할 때가 많아졌다. 갖가지 사연을 안고 들어오는 모든 탈북자들의 입국소식이 나올 리는 없지만, 그래도 이들에 관한 다양하고 생생한 뉴스와 남한 정착에 관한 체험담과 회원들 상호간의 공지사항 등 볼 만한 내용이 많은 카페이다. 작년 말에 파악된 탈북자의 숫자는 5천명을 넘었다는 보도가 나와 있었고, 탈북자 대신에 쓰기로 한 새터민이라는 말에 어울리지 않게 정부의 정착지원금 감축에 따른 생활난에 대해 몇 가지 사례가 보고되어 있었다.

　대강 훑어보고 나오려던 참에 그의 눈에 번쩍 뜨이는 기사가 있었다. 제주도 출신 탈북자를 소개한 기사였다. 탈북자의 개인신상에 대한 소개로는 보기 드물게 자세한 내용이 나와 있었다. 유철수라는 이름의 50대 중반의 탈북자가 4인이나 되는 처자를 데리고 지난 1월초에 입국하였다는 것인데 이들 가족의 기구한 떠돌이 역사가 그의 관심을 끌었다. 유철수 씨의 부친은 제주도 4·3사건 때 입산무장대의 지도자로 군경의 추격을 피하여 일본으로 잠행했던 사람이었다. 일본으로 피신한 4·3사건 연루자들은 일본에서 불법 체류자가 되었기 때문에 정상적인 직업생활에 장애가 많았으면서도 한국 땅으로 들어오면 빨갱이로 잡혀 들어가는 진퇴양난 속에서 울며 겨자 먹기로 북한입국을 자진하여 택하였다는 것인데 이 같은 사실은 상수도 진작부터 들어서 알고 있던 바였다. 1950년대 말에서부터 장장 20여년에 걸쳐서 이루어진 재일교포 북송에서 무려 10만 명에 가까운 조총련 계 교포들이 대거 북한행을 택했는데, 후세인들이 믿기 어려운 이런 일들이 일어났을 만큼 그 당시에는 남한보다 북한의 정치적 위상이 우월했을 뿐더러 일자리와 주거지를 보장한다는 북한의 선전에 귀가 솔깃할 만큼 재일교포들의 생활고가 심했다는 말을 들었었다.

더 자세히 보기 위하여 카페의 기사를 두 번째 읽어 내려가던 상수 는 컴퓨터 키를 두드리던 양손을 거두고 자기도 모르게 음—하는 소 리를 지르고 말았다. 유철수 씨는 그의 아내 유지숙의 사촌임에 분명 하다는 생각이 번쩍하고 떠올랐던 것이다. 유철수 씨의 부친 이름은 유좌필로 나와 있었는데 유지숙의 부친 이름 유좌영과 같은 항렬을 이룬다. 원래의 고향이 제주도 서귀포의 인근 마을로 나와 있는 것도 유좌영 씨와 동향이란 말이 아닌가. 유철수 씨의 나이와 유지숙의 나 이가 엇비슷한데 이들 남녀가 모두 장남이고 장녀라는 점에서 볼 때 이들의 부친들도 형제간 나이일 것이라는 추정이 가능했다.

장인의 친형이 4·3사건에 연루되어 일본으로 도피해서 조총련에 속해 있다가 재일교포 북송 집단에 함께 끼였다는 말을 상수는 아내 한테서 귓속말로 들은 적이 있었고, 상수의 장인은 자신의 친형이 조 총련계 재일교포라는 사실을 가족들만 아는 비밀로 입단속 시키는 일에 성공함으로써 자신의 고위관직을 지킬 수 있었다는 것을 상수 도 알고 있었다. 이 정도이면 거의 확실한 심증이 간다는 생각과 함 께 아내의 일본행 가출이 자기의 사촌네 탈북자 가족의 남한 입국과 관련이 있지 않을까 하는 생각이 번쩍 떠올랐다. 얼마 전 신문기사에 서 어떤 남한 거주자가 한 탈북가족과 친척관계임을 인정해 주지 않 아서 어색한 광경이 벌어진 사건을 보았던 기억도 떠올랐다. 오늘 인터넷 카페에 올라있는 탈북자들 소개의 내용이 전에 없이 자세하게 나와 있는 이유도 짐작이 갔다. 유철수 씨 가족들은 남한에서의 적응과 정착을 위하여 이곳에 있는 친척붙이들의 도움이 필요하였고 그리하여 껄끄러운 가족사에 대해서도 소상히 밝히고 싶은 마음이 들었을 것이다. 유철수 씨의 탈북가족이 남한에 들어와 있고 그 일행이 5인이나 된다는 사실을 아내는 어떤 경로를 통해서든지 전해들었을 터이었다. 자기와 가까운 친척은 모두 일본에 살고 있어서 제주도에 거주하는 뚜렷한 친척은 별로 없다는 사실을 상기한 아내는 앞으로 벌어질 사태를 끔찍하게 여겼을 것이라고 짐작이 되었다.

여기까지 생각이 미치던 상수는 다음 순간 뇌리에 번쩍 스치는 상념으로 인하여 가슴이 덜컥 내려앉는 듯하였다. 아내를 집 나가게 만든 것은 친정쪽의 사촌이 아니라 바로 자기의 부친일 것 같다는 생각이 떠올랐던 것이다. 생전에 한 번 본 적도 없는 친정쪽 사촌이 남한에 들어오는 거야 별로 대수로운 일이나 책임질 일이라고 할 수 없겠지만, 팔순 나이인 자기 남편의 부친이 덜컥하고 나타날 경우에 며느리로서 앞으로 얼마나 부대낄 것인가 하는 것은 미상불 작은 일이 아닐 터이었다. 부친을 만나는 것이 마치 확실히 예정된 일처럼 얘기할 때 아내가 부친의 신상에 대해 꼬치꼬치 캐어묻던 일이 이제야 또렷하게 기억에 떠오르는 것이었다. 이제 와서 보면, 어차피 엎질러진 물그릇이 되어버렸지만 무심코 쏟아놓은 물이 요행스럽게 방바닥을 깨끗이 해주는 역할을 했으면 그것도 나쁠 것은 없을 터이었다.

불과 2시간 정도의 비행 끝에 연변 공항에 내린 상수는 일시에 몰려오는 찬바람에 온몸이 으스스 떨려옴을 느낀다. 북쪽 나라 만주벌판의 늦겨울 찬바람 탓만이 아닌 것 같다. 작은 섬 제주도 사람이 광활한 대륙의 한 모퉁이에 섰을 때 느낄 법한 찌르르한 떨림이 더욱 큰 것 같다. 수십 년 전의 한국을 연상시킬 정도의 칙칙하고 촌스러운 공항을 빠져나가는 허술한 옷차림의 동료 탑승자들조차 역사의 한복판을 당당히 걸어가는 군상들, 더 높은 자리에서 더 멀리 바라보는 사람들처럼 느껴진다. 작은 섬 한 구석에서 가슴 옹크리고 살았던 자신의 한 평생이 더욱 좀상스러워 보인다. 이 넓은 만주 벌판의 공기를 가슴속 깊이 들이마셔 볼까. 광대한 대륙의 저 드높은 하늘을 향하여 큰소리로 웃어나 볼까.

일찍이 상수가 작가를 꿈꾸고 있던 젊은 시절 중국은 그가 꼭 와보고 싶었던 나라였다. 승자는 역사를 쓰고 패자는 소설을 쓴다는 어느 선인의 말을 따르려 했었으나 작가 지망의 꿈은 버린 지가 오래고, 작가가 못된 탓으로 중국 땅을 밟아보는 것도 이번이 처음이다. 아직 한중 수교관계가 없었던 때부터 그가 중국여행의 날을 고대했던 것은 약자의 운명을 결정하는 거대 세력의 실체를 직접 보고 싶은 마음에서였다. 대학에서 국문학과를 선택했던 그는 한국어 사전에 수록된 어휘의 3분의 2 이상을 만들어낸 중국문화의 본고장을 찾고 싶었지만, 이 같은 추상적이고 민족단위적인 관심보다 더 절실하게 중국 탐방을 원할 이유를 갖고 있었다.

중공군이 6·25전쟁에 개입함으로써 전쟁의 참화가 확대되고 한국의 분단비극이 고착화되었다는 사실도 그의 피부에 직접 와닿는 아픔이 되지는 못하였으니 그가 온몸으로 겪었던 개인적인 운명이 그만큼 더 처절하고 야속했던 것이다. 6·25전쟁에 참전했던 그의 부친이 중공군의 포로로 붙잡힌 몸이 됨으로써 그의 뒤틀린 삶의 역정이 운명 지어졌다는 사실이야말로 그의 50년 무골호인 곁다리 인생의 출발점이었다. 그가 바람 앞의 갈댓잎 같았던 자신의 삶의 자취들을 돌이켜볼 때마다 그것의 근원은 노상 부친의 부재로 인한 자신의 뒤틀린 출발에 기인한다는 결론이 나왔고, 과거의 어느 중요한 시점을 회상할 때마다 그로 하여금 일그러진 자조의 표정을 짓게 만드는 것들은 부친의 떳떳치 못한 모습들과 함께 떠오르는 그 자신의 나약한 자화상들이었다.

일찍이 조실부모한 상수는 부모의 얼굴을 한 번도 본 적이 없다. 4·3사건 이후의 소용돌이 시국에서 해산의 고통과 함께 사망해 버렸다는 모친의 얼굴에 대해서는 별로 생각해 보지 않았지만, 부친에 대해서는 달랐다. 한 번도 보지 못한 부친의 아련한 그림자는 그의 뇌리 어느 한 구석에 깊이 뿌리박혀 있다가 기회 있을 때마다 고개를 쳐들고 모습을 드러냈던 것이다. 6·25 전쟁이 나던 해 봄에 태어난 상수가 말귀를 알아듣는 나이가 되면서 조부모한테서 무시로 들었던 얘기에 의하면, 그의 부친은 전쟁포로로 붙들려 갔지만 죽지는 않았으니 언젠가는 살아서 돌아오리라는 것이었다. 부친과 함께 중공군 포로수용소에 갇혀 있다가 탈출하여 살아 돌아온 이웃 마을의 어떤 귀환병이 그의 조부모에게 그런 전갈을 보내왔었다는 것이다. 조부모와 함께 달랑 세 식구로 단출하게 살아가던 그에게 부친이 살아서 돌아온다는 말은 엄청나게 큰 의미로 다가왔다. 집안에 앉아있으면서 공연스레 방문을 열어놓는 것은 얼굴도 모르는 부친이 금방이라도 훤히 트인 마당 안으로 성큼 들어설 것 같았기 때문이었다. 학교 공부를 열심히 한 것도 조만간 만나게 될 아버지에게 좋은 성적표를 보여주기 위함이었다.

그러기를 몇 해 가지 못하여 상수의 조부모는 아들의 전사통지서를 받았다. 상수는 나중에야 차차 알게 된 일이었지만, 전쟁이 끝나서 5년이 지나도록 행방을 알 수 없는 장병들에 대해서는 국가에서 일괄해서 전사자 처리를 해주었던 것이다. 전사통지서가 날아온 때부터 상수의 뇌리에 떠오르는 부친의 그림자는 또 다른 모습으로 나타났다. 매달 15일마다 우체국에 가서 원호가족 연금을 수령해 오는 할아버지의 푸념 섞인 당부는 국가유공자 아들로서의 자부심을 심어 주었다.

"이 돈이 다 무신 돈인줄 알암시냐. 이게 다 네 애비 목숨 값이여. 춤말이쥬, 그 어려운 세상에 어떵 키운 아들인디, 스물 다숫 해 길러낸 사름 목숨 값이 요거엔 말이여. 그 즈식 ᄒᆞ나 건지젠 벨벨 고생 다 ᄒᆞᆫ 생각ᄒᆞ민 연금 타오는 날은 억장이 무너지는 날이주. … 그영해도 난 이 돈 잘 구투왔당 느 ᄒᆞᆨ교시키는 디 쓸 거난 느도 잘 알앙 공부 잘 해사ᄒᆞᆫ다이. 니 애비가 죽어가멍 이 나라가 망하는 걸 구해냈젠 말이여."

상수는 이 같은 조부의 말을 말뜻 그대로 가슴 속 깊이 새겨들었다. 아들 대신으로 손자한테 거는 조부의 기대에 못지않을 만큼 그의 우등생 열망을 북돋아 준 것은 어린 마음속에 국가의 이름으로 주입되는 전사자 유자녀로서의 자부심과 사명감이었다. 현충일이나 6·25 기념일 등 기회 있을 때마다 조국을 위기에서 건져낸 전몰장병들에 대해 쏟아지는 의례적인 찬사는 순진했던 그의 가슴을 부풀게 하기에 족하였다.

— 겨레와 나라 위해 목숨을 바치니, 그 충성 영원히 우리 가슴에….

자랑스러운 부친의 국가유공자 이미지에 난데없는 금이 가게 된 것은 금기시되던 제주도 4·3사건 얘기를 뒤늦게 조금씩 듣게 되면 서부터였다. 상수의 부친은 그 이름만 들어도 으스스한 입산 무장대 의 한 끄나풀이었고 다만 운이 좋은 탓으로 목숨을 건질 수 있었다는 얘기였다. 해방직후 제주도 전역에서 대다수 열혈청년들의 지지를 얻었던 좌익사상의 물결에 함께 휩쓸려 들어간 그의 부친이 좌익소 탕의 소용돌이 속에서 구사일생으로 살아남게 되었던 것은, 무장대 의 일원으로 입산하기로 예정된 날이 며칠 지나고도 마을 안에 남아 있다가 경찰에 의해 붙잡혀 가게 되었기 때문이었다. 상수 조부모는 붙잡혀간 외아들의 생죽음을 면해보려고 백방으로 애를 썼다는 것인 데 이에 대하여 그의 조모가 수도 없이 들려주었던 과거사 회고담은 아직도 그의 뇌리에 생생하다.

"아침저녁으로 먹을 거 맨들안[만들어서] 날랐져. 그영 해도 느네 아방은 그거 반도 못 먹었주만은. 먹을거 그치룩[그렇게] 날라댕겸서 도[날라다니면서도] 난 꼭 느네 아방 죽엉 돌아올 줄만 알았주. 어떤 땐 몽댕이로 얻어맞앙 반죽음 되곡 어떤 땐 천장에 거꾸로 동동 매달 려그네 콧구멍으로 물 쳐먹곡 그영 허는거 보민 나 눈에 쌍심지 불이 확 켜졌주게. … 나사 그날 일 어떵 잊어지느니. 늦인 저녁 먹언 마루 에 나앉아네 담배 훈대 피어 먹누렌 흐난 저 마당 안으루 자울락자울 락[절룩절룩] 걸어 들어오멍 빙싹 웃는 얼굴이, 난 꼭 꿈 시꾸는 줄만 알았주. 정말이주, 흐루만 더 그치룩 얻어맞아시민 살앙 돌아오지 못 해실 꺼여…."

경찰에 의해 발각된 그 마을 입산 예정자들 명단의 7명 중에 대표 자 한 사람은 본보기로 죽음을 당해야 했는데, 상수 부친이 그 본보 기에 들지 않게 되었던 데에는 상수 조모의 계교가 주효했었다는 것이 그가 한 동네의 친척어른에게서 뒤늦게 조용히 들은 말이었다.

"대신에 죽어간 사람은 혈혈단신 주변에 아무도 어신[없는] 청년이었주. 죽엉가도 아무도 설워할 이가 없고 왜 죽였냐고 따질 이도 없으니 아무 뒷말이 없었던 거여. 자네 조모가 친정 오빠한테 매딜러서 그렇게 된 거 아는 사람만 알주. 오빠가 마침 그때 경찰서 지서의 주임이었으니 자네 부친에게는 외삼촌인 셈이었지. 외아들 살려주라고 애걸복걸하는 누이의 청을 모른 체할 수 있었겠나. 다 자네 집안의 복력이었네."

입산 예정자 명단에만 올라있었지 무장대에 협력한 행적이 없다는 이유로 겨우 죽음을 면한 부친이 우여곡절 끝에 6·25전쟁 전사자 명단에 오르게 됨으로써 상수는 대학까지 마치는 행운을 얻은 셈이 되었다. 조모가 일찍 작고한 다음에도 조부는 상수가 대학을 마칠 때까지 살아남아서 국가유공자 유가족 연금을 타낼 수 있었던 것이다. 섬 끝 마을 출신 외톨이의 대학생활은 고독한 것이었지만 그는 이를 악물고 잘 참아냈다. 역사 속의 개인을 바라보는 객관적인 안목을 키우면서 부친의 진정한 실체에 대한 회의심이 어릴 적의 존경심을 밀어내는 아픔도 참아야했다. 부친은 빨갱이로 붙잡혀 가서 죽임을 당할 몸이었는데 운이 좋아서 살아났고, 부친이 국가유공자가 된 것은 요행히 국군장병으로 출정할 기회를 얻었기 때문이었다는 부끄러운 사실을 누구한테 드러내 이야기할 수는 없었다. 부친이 사상적 변신과정에서 어떤 고뇌를 했는지는 알 길이 없었다. 그러나, 장교로서의 단기양성 과정을 거칠 만한 교육수준이었던 부친이 사병으로 출정했다는 점과 전시체제에서 비교적 뒤늦은 시기에 입대하였다는 점을 보면 투철한 반공이념으로 돌아서지는 않았을 것으로 추측이 되었다.

부친의 확실한 정체에 대한 상수의 의문을 더 크게 만든 것은 중공군 포로수용소 탈출자가 전해주었다는 말이었다. 어릴 적부터 간간이 들었던 그 탈출자의 얘기로 보면 포로수용소 시절에 부친은 분명히 좌익사상 쪽으로 다시 돌아갔다고 추정되는 것이었다. 굴속 같은 감방에 꼼짝없이 갇혀있어야 했던 다른 국군포로들과는 달리 그의 부친은 중공군 통역을 맡은 인민군들과 함께 수용소 안팎을 왔다 갔다 했다는 것이 그 탈출자의 증언이었다. 부친이 언젠가는 살아 돌아오리라는 말은 조부모가 애비 없는 손자에게 위로삼아 들려준 말이었지 사실상 있을 수 없는 일이었음도 짐작하게 되었다. 그가 어릴 적에 가졌던 부친에 대한 존경심과 자부심은 대학시절에 크게 손상될 수밖에 없었다. 그 당시만 해도 그는 북한과 좌익계열에 대한 적대감을 심어주는 반공이데올로기의 정치적 의미에 대해 의문을 가질 정도의 의식수준이 되지 못하였다. 다만 부친의 사상적 거취가 오락가락했었던 사실을 그려볼 때마다 자신이 평소에 이랬다저랬다 하는 버릇이 함께 연상되어 더욱 머쓱해지는 것이었다.

제주도 4 · 3사건의 역사적 의의에 대한 공론의 방향은 이 사건 이후 반세기가 지나면서 전혀 다른 방향으로 틀어지게 되었다. 무장대의 주축은 반국가 반란을 감행한 폭도들이고 빨갱이들이라는 종래의 해석에서는, 한라산 기슭에 진지를 구축하고 마을을 습격했던 수많은 입산자들과 그 협력자들이 군경에게 죽음을 당한 것은 당연한 일이었는데 소위 국민의 정부와 참여정부 시대에 와서는 입산봉기자들에 대해 용감한 민주투사라는 찬사가 주어졌고 4 · 3정신은 계승해야 할 자랑스러운 이념이라는 말까지 나오게 되었다. 해방정국의 혼란

중에 미제국주의에 반항하는 민족주의 진영과 풀뿌리 민중의 권익을
수호하는 민주주의 진영이 합세하여 이루어진 것이 4·3봉기의 주체
인 좌익 무장대이고, 입산무장대원들과 그 협력자들이 국가공권력에
의해 죽음을 당한 것은 억울한 희생이라는 새로운 해석에서 4·3희
생자들에 대한 대통령 사과문까지 나오기에 이른 것이다. 빨갱이 혐
의로 연행되기를 전후한 부친의 처신에 대하여 상수가 가지고 있던
상념도 시류변화에 따라 달라지게 되었다. 부친이 무장봉기자들과
한편이었음을 부끄럽게 생각했던 아들이었지만, 이제는 오히려 자기
부친이 정의로운 정치투쟁에서 쉽게 손을 떼어버린 사실이 부끄러운
일로 생각되었다. 그 당시 좌익사상의 신념에 따라 무장대 활동에 나
섰더라면 살아남지 못했을 것임이 분명한데도 일단 한번 선택한 이
념을 용기 있게 지키지 못하고 주변상황에 따라서 편리한 변신을 꾀
한 부친이 떳떳치 못하게 여겨졌던 것이다.

　부친의 사상적 변신에 대한 그의 의문은 오랫동안 미지의 것으로
남아 있다가 전쟁이 끝난 지 한참 뒤에 사실임이 밝혀졌다. 남북관계
의 긴장이 풀리지 않았던 1980년대 초 신군부 정권 때에 부친은 일본
을 통하여 아들에게 하룻강아지 헛소리 같은 서한을 보내어 일본 어
디에서 만나보자는 청을 보내왔는데 이로써 그는 월북자 아들이라는
빨간 딱지를 얻고 공무원 출세길이 막히는 결과가 되어버린 적이 있
었다. 그 당시에 남한에 사는 아들에게 보낸 서신에 따르면 부친의
직업은 철도역 역부라고 했는데 다른 대부분의 포로들 경우처럼 산
간벽지의 강제노동 수용소가 아니라 사상적 신임도가 요구되는 교통
망 관련 업종을 얻었다는 것은 곧 부친의 사상적 전향을 의미한다는
게 상수의 추측이었다. 일본에서 발송되었지만 일단 사전검열을 마

친 부친의 서신을 받아본지 3일 만에 상수는 그 서신을 경찰에 압수
당했고 남북한 부자간의 만남은 끝내 이루어지지 않은 채 유야무야
되어 버렸었다.

3

　연길시내로 들어선 상수는 서시장과 가까운 곳에서 〈한성여관〉이라는 간판이 붙은 3층 건물을 발견하고 주저 없이 들어갔다. 엄연히 중국 땅인데도 한글로 크게 써놓은 간판이나 남한의 수도를 상호로 쓴 것이 그에게 안도감을 주었고 여관주인과 종업원 모두가 조선족들이어서 처음부터 마음이 많이 놓였다. 말하는 억양이나 몇몇 어휘가 좀 다르다뿐이지 의사소통 하는 데 전혀 지장이 없는 한국어를 듣다 보니 여기가 중국 땅인 것이 실감이 안 날 정도였다.

　〈한성여관〉에 여장을 대강 풀고 난 상수는 지체하지 않고 연길시 서시장 북쪽에 있다는 〈해란강구육관〉을 찾아 나섰다. 때마침 이른 저녁 시간이어서 식사까지 함께 할 생각이었다. 어렵지 않게 찾아간 그 식당은 제주도에서 흔히 보는 보신탕집에 비해 규모가 엄청 크고

번지르르한 식당이었다. 중국은 역시 식도락의 나라라는 말이 떠올
랐다. 3층으로 된 꽤 큰 건물인데 온통 식당으로 쓰고 있어서 어림잡
아 2백 명 정도의 손님은 받을 수 있을 것 같았다. 연길시에서 제일
큰 시장인데다 그 안에서도 제일 큰 보신탕집이니까 그러려니 하고
그는 1인분 식사를 주문하였다. 다행히 이곳에 있는 사람들도 조선족
들이어서 말이 잘 통하였다. 식당의 안쪽 방에서도 먹을 수 있었지만
그는 일부러 바깥쪽 홀에 자리를 잡고 앉았다. 주인에게 조금이라도
호감을 사기 위하여 모처럼 비싼 메뉴로 주문하였다. 차려준 음식이
푸짐하기도 하여 그는 장시간 동안 느긋하게 앉아서 먹는 틈틈이 눈
치 보이지 않게 식당 안 곳곳을 이리저리 관찰하여 보았다. 식당 종
업원과 손님들이 보일 뿐 이상한 사람이라고는 보이지 않았다. 식사
를 마치고 계산을 하러 카운터로 간 그는 식당주인으로 보이는 중년
남자에게 조심스럽게 물어보았다. 이 식당에 와서 일하는 북조선 사
람들을 좀 만날 수 있느냐는 질문에 식당주인은 대답은 하지 않고 무
슨 일 때문에 그걸 묻느냐고 되물어 왔다. 그는 주변을 살피면서 낮
은 목소리로 사실 이야기를 털어놓을 수밖에 없었다. 이 동네에서 남
한에 들어간 조선족 어떤 사람을 제주도에서 만났다는 사실부터 여
기에 와있는 북조선 사람들 중에 자기 혈족이 있는 것 같아서 찾아왔
다는 것까지 다 말했더니 식당주인은 카운터 일을 다른 사람에게 맡
기고 상수를 내실로 데리고 들어갔다.

　식당주인이 들려주는 말은 상수를 실망시키기도 하고 희망을 주기
도 하였다. 이 식당에 와있던 북한 사람들은 3일 전에 모두 떠났다고
했지만 그 사람들 중에 상수의 부친이 끼어 있을 것이라는 믿음은 더
욱 확실해졌던 것이다. 바로 며칠 전까지 자기의 부친이 이곳에 머물

러 있었다고 생각하자 상수는 가슴이 단박에 두근거려옴을 느꼈다. 모두 여섯 사람인 그 일행 중에 노인 한 사람은 분명히 고향이 제주도 서귀포의 인근 마을이라 하였고 나이가 81세라 하였으며, 비교적 작은 키와 동그스름한 얼굴까지 상수와 비슷하게 보인다는 점이나 6·25전쟁 때 북한으로 넘어갔다는 점, 심지어는 성씨가 최 씨라는 점까지 모두 상수의 부친임이 확실하다는 걸 증명해준다는 결론을 얻었다. 부친의 건강상태가 어땠느냐는 질문에 대해서 식당주인은 약간 주저하면서 천천히 대답하였다. 어디 뚜렷이 아픈 데는 없는 모양이나 걸음걸이가 썩 편하지 못하여 밖으로 잘 나다니지 않았고 특히 딱한 것은 귀가 잘 들리지 않아서 자기하고는 이야기를 별로 나누어보지 않았다는 것인데 그런 사정까지 다 말해주는 것이 잘하는 일인지 잘 모르겠다는 듯이 어눌한 어조가 되어버리는 것이었다.

식당주인의 말은 매우 침착하고 친절해서 처음 보는 사람이면서도 호감과 믿음을 주었다. 자기네 식당에 와있던 탈북자들 가운데에는 자기처럼 황해도 해주가 고향인 사람이 두 명 있었고 이들과는 오랜 세월 왕래가 있을 만큼 서로 믿는 사이였기 때문에 그들의 탈북 모험을 도와주고 있었다는 것, 그러나 여기서 몇 달을 지내는 동안 이곳 파견의 북한 보위대원에게 의심 살 만한 일이 하나 터져서 거주지를 급히 옮길 필요가 있었다는 것, 그런데다 남한사람의 위조여권을 만들어다 준다던 브로커가 커미션 일부를 착복하고 행방을 감춰버려서 탈북자금 마련을 위하여 더 적극적인 방법을 강구해야 했으며 그러기 위해서는 이곳보다 벌이가 좋은 곳으로 떠나가지 않을 수 없었다는 말까지 퍽 소상하게 들려주는 것이었다. 그 돈벌이 좋은 곳이 어디냐는 질문에 대한 식당주인의 대답은 결정적인 것이 못되었다. 탈북자금 마련의 거점지역은 일단 산동(山東)반도 청도(靑島) 지방으로 정했다는 것인데, 그것은 이 지역에 한국 기업체들이 가장 많이 진출해 있어서 한국어 사용자의 취직이 제일 쉽다는 점과 북한에서부터 비교적 멀리 떨어져 있어서 탈북자들에 대한 감시망이 그리 엄하지 않다는 점을 고려했기 때문이라 하였다. 그러나 청도 지방으로 곧장 떠날 수 없는 게 그 일행의 딱한 사정이었다는 말이었다. 청도에는 그들이 아는 연고자가 아무도 없는데다 그곳에 가는 즉시 취업이 된다는 보장이 없으므로 취업을 기다리는 동안의 기본 생활비는 준비하고 가야되는데 그럴만한 돈이 수중에 없었다는 것이고, 애써 생각해 낸 묘안이라는 것이 우선 그들의 가까운 친지로서 대형식당을 경영하는 사람이 심양(瀋陽)에 살고 있으므로 우선 이 대도시로 거주지를 옮겨가서 약간의 여유 자금을 벌고 난 다음에 청도로 가기로 했다는 것이며 심양에서의 체류기간까지 정하고 떠날 형편은 못되었다는 얘기였다. 그들 일행이 어떤 방법으로 돈을 벌 계획이냐는 물음에 식당 주인은 잠시 상수 얼굴을 빤히 쳐다보면서 씽긋 웃어보인 다음에 입을 열었다.

그가 들은 바로는, 상수 부친이 북한 탈출의 결심을 굳힌 것은 오래되었고, 그 오랫동안의 탈북 준비는 우선 손자 둘에 대한 교육방침에서부터 시작되었다고 한다. 북한에서 받은 학교교육의 내용이 세계 어느 나라에 가서도 써먹을 수 있는 것으로는 의학방면이라는 믿음을 가졌던 그의 부친은 단 하나 있는 아들과 협의 끝에 두 손자로 하여금 의과대학에 입학하도록 유도하여 작년에 막내 손자까지 의사 자격증을 얻었다고 한다. 다음으로 두 손자한테 결혼만은 일찍 하도록 종용한 것은 남한사회에 들어갈 때 남한 여자와의 성격 맞추기가 힘들 것이라는 예측을 하였기 때문이고, 그 손자들이 결혼 후 아직 어린애를 낳아보지 않은 것도 가족간에 치밀한 탈북계획을 짜놓은 결과였다는 것이다. 상수는, 부친의 치밀한 탈북준비가 두 손자며느리의 장래 대비에까지 미쳤다는 말을 듣고 쓴웃음이 저절로 나왔다. 시집온 손자며느리들에게 노상 들려주었던 김치타령은, 맛있는 김치 만드는 실력이야말로 조선여자로 태어났다는 자부심의 최고 원천이요 남편에 대한 사랑과 집안어른들에 대한 효성의 시금석이라는 것이었고, 원로 공산당원이라는 자신의 지위를 이용하여 손자며느리들에게 집단농장이나 집단공장의 급식소 김치 담당 부서에서 김장 솜씨를 익히는 기회까지 만들어주었다는 것이다. 근래에 들어 중국에서의 김치공장 사업이 번창하고 있다는 걸 잘 알았고 북한사람들의 김장 솜씨가 특히 뛰어나다는 사실에 착안한 결과라 하였다.

그러나 이렇게 탈북 준비를 위한 고도의 전략을 꾸몄었지만, 3개월가량의 연변지방 체류기간에는 그 같은 전략을 활용할 기회를 별로 얻지 못했다고 한다. 의사자격증을 정식으로 이용하려고 할 때엔 손자들이 북조선 국민임을 노출시켜야만 했고 또 사실상 중국에서는 외국의 의사자격증을 공식적으로는 인정하지 않기 때문이었다. 결국 두 손자가 모두 구육관(狗肉館)에 취업을 했으니 엉뚱한 방향임에 틀림이 없고, 북한 보위대의 의심을 받지 않았어도 자금조달을 위해서는 거주지를 청도 같은 곳으로 옮기는 것이 어쩔 수 없었을 것이라는 얘기였다. 식당주인의 말은 조용하면서도 매우 자상하였다. 개백정 일을 하는 데에 외과의사 자격증이 필요한 것은 아니지만 병원에서 일해 본 사람들이라서 칼 잡는 솜씨가 뭔가 달라 보이더라거나 자기네 식당의 김치 납품업체에서 부친의 두 손자며느리들이 일거리를 얻을 수 있었음은 그네들의 김장 솜씨 때문이기보다는 자기네 식당의 김치소비량이 워낙 방대했기 때문이었다고 말하는 그의 표정에서는 탈북자들의 딱한 신세에 대한 연민의 정이 담겨있어 보였다. 청도에 가면 사정이 얼마나 달라지느냐는 질문에, 그곳에는 수출품 만드는 본격적인 김치공장만이 아니라 한국인이 경영하는 각종 대형 공장이 많이 있고 큰 공장에는 대개 위생소라고 부르는 응급처치실이 있게 마련이니까 그런 곳을 찾아보면 무슨 도리가 있을 것이라는 순전히 희망에 불과한 얘기를 들려주었다. 식당주인은 얘기 끝에 한번 씽긋 웃어보이고 나서, 그 정도의 모험심이 없고서야 애초부터 어떻게 두만강을 넘었겠느냐고 덧붙이는 것이었다.

상수는 식당주인에게 고맙다는 치사를 하고는 곧장 여관으로 돌아왔다. 옷도 갈아입지 않고 우두커니 앉아있는 동안에도 가슴 뛰는 흥분이 좀처럼 가라앉지 않았다. 부친이 정말 살아있었구나 하는 반가움이 뭔지 모를 뿌듯함으로 이어지는 것이었다. 그러는 가운데, 보신탕집 주인이 전해준 얘기 중에서 상수의 마음에 걸리는 한 가지 일은 부친이 북한에 두고 온 일부 가족들을 잊지 못해 한다는 점이었다. 부친의 손자들인 30대초의 청년 두 사람과 그 아내들은 남한 땅에 들어갈 것을 목표로 자기네 조부를 따라 나섰지만, 상수 부친의 부인, 그러니까 상수에게는 의붓어머니라고 불리게 될 노파 한 사람과 함께 상수에게는 의붓동생이 되는 50대 장년 한 사람과 그 부인은 북한에 그냥 남아있다는 얘기였다. 그 노파는 남편의 끈질긴 탈북 권유를 처음서부터 일축하고 북한 잔류의 뜻을 굽히지 않았지만, 부친의 아들 내외의 경우는 사정이 달랐다고 한다. 애초에 상수 부친이 아들에게 은근히 가족동반 북한탈출의 의지를 비쳤을 때 아직 강건한 체력을 유지하던 그 아들은 심사숙고 끝에 부친의 결단에 동조하였고 그 구체적인 계획을 의논하기까지 했었으나 그로부터 2년 만에 당한 철도 건널목 교통사고 때문에 한쪽 다리를 못 쓰게 되어버린 결과 탈북의 의지를 꺾지 않을 수 없었다는 안타까운 얘기였다. 결과적으로 상수의 부친 내외는 이산가족의 비극을 스스로 만들고 만 셈인데, 남편 쪽은 남한에 두고 온 최씨 가문의 대를 잇기 위해 손자 둘을 거느리고 나왔고, 부인 쪽은 남편과 생이별하는 말년의 외로운 여생을 아들 내외를 위로삼아 보내게 되었으니 비극적인 이산가족 치고는 꽤나 계획적인 분산을 한 셈이 되었다는 것이다. 거역할 수 없는 상황에 부딪쳐서 아무런 선택의 여지도 없이 가족이 분산되는 것이 아닌 부친 가족의 경우에 그 같은 선택을 하기까지는 얼마나 고심이 컸겠으며, 어려운 결심 끝에 탈출을 감행했다고는 하나 떨쳐두고 온 가족들의 안위를 걱정하는 부친의 심정이 얼마나 아플 것인지, 상수로서도 짐작 못할 바가 아니었다.

상수의 의붓어머니 되는 노파의 단호한 북한잔류 의지도 이해 못할 바가 아니었다. 남편 쪽이야 어린 시절과 청춘의 꿈이 어려 있는 고향을 잊지 못할 것이고 그곳에는 조상 대대로 내려온 집안의 역사가 있으니 돌아갈 마음이 생길 만하고, 또 젊은이들이야 창창한 미래의 꿈이 있으니 사람 살 만한 땅을 찾아나서는 모험도 해볼 만하지만, 자기처럼 팔순에 접어든 인생으로서야 앞으로 몇 년이나 더 살겠다고 생면부지의 이역 땅을 찾아 나서겠는가 하고 남편과의 동행을 거절하였다는 것이다. 남북분단 1세대인 조부와 3세대인 손자들 사이에서 분단 2세대에 해당되는 상수 부친의 아들 내외는 사실상 어느 쪽에 끼일 수도 있고 또 어느 쪽에 끼이기도 난처한 매우 어중간한 위치에 있었음이 상수가 생각해도 이해될 만하였다. 50을 넘긴 나이이거늘 전혀 다른 사회체제에서 제2의 인생을 설계한다는 것은 분명히 엄두내기 어려운 일대 모험이었을 것이고 교통사고로 인한 그 모험의 단념은 어쩌면 운명의 가호라고 생각됨직도 하였다.

상수는 자기도 잘 모를 착잡한 흥분 속에서 하룻밤을 보냈다. 아침에 깨어난 다음에도 이제 당장 어떤 식으로 부친 상봉의 새로운 계획을 짤 것인지 막막하였다. 어디로 어떻게 찾아가야 할지 도무지 떠오르는 그림이 없었다. 그렇다고 제주도에서 여기까지 찾아온 몸인데 포기할 수는 없는 일이었다. 그는 머리를 짜내듯이 궁리를 거듭하였다. 심양으로 찾아가는 것은 무모한 일 같았다. 인구 500만의 대도시에서 그들의 거처를 찾을 만한 근거는 아무것도 없다시피 한 것이다. 청도로 가서 한국인 공장 일대를 발로 뛰면서 찾아보는 것 말고는 다른 도리가 없을 듯하였다. 다만 지금 당장 그곳으로 갈 필요는 없을 것이라 판단되었다. 부친 일행이 심양에서 얼마 동안은 머무를 것이라고 했으니 어림잡고 두 주일쯤 있다가 청도로 가보기로 겨우 마음을 정하였다. 그 두 주일을 어디서 보내느냐, 더 망설일 필요도 없이 그것은 당연히 연길시여야 한다고 중얼거리면서 상수는 고개를 끄덕였다.

연길시를 중심으로 하는 연변 조선족 자치주는 상수에게 여러 가지 뜻 깊은 연상을 불러일으키는 곳이었다. 조선족이 인구의 절반 정도를 차지하는 연변 땅, 이곳은 일찍이 나라를 빼앗긴 우리 선조들이 항일독립운동의 거점을 마련하기 위해 찾아왔던 통한의 민족사적지이고, 그리하여 박경리의 대하소설 『토지』의 주인공 최서희가 일본인들의 학대를 벗어나 재기의 저력을 기르기 위해 불원천리하고 찾아들었던 용정 마을이 있는 곳이 아닌가. 또한 이곳 연변 땅은 6·25전쟁 당시 북한인민군을 지원하는 중공군과 조선족 지원병의 출정기지였고 근자에 와서는 수많은 북한 탈출자들이 목숨을 걸고 숨어 들어오는 운명의 교두보가 되고 있는 지역이 아닌가. 민족시인 윤동주가 다녔다는 명성소학교나 〈선구자〉 노래에 나오는 해란강과 일송정에도 가보아야 할 터이었고, 일제시대부터 분단시대에 이르기까지 민족의 비극을 증언해주는 유적지도 가볼 곳이 많이 있을 터이었다.

상수가 역사공부 삼아서 둘러보려고 마음먹었던 목적지들은 그러나 그렇게 쉽고 편하게 찾아갈 수 있는 곳들은 아니었다. 생전 처음으로 와보는 낯선 곳이라서 일일이 물어서 찾아가야했고 버스를 타든 택시를 타든 수상쩍은 행동으로 의심받을 행동을 하는 것은 아닌지 불안하고 두렵기조차 하였으며, 탈것이든 도로망이든 어쩐지 지저분하고 불편하다는 생각이 들면서부터는 구경하러 돌아다니는 일이 생각했던 것보다 더 힘들고 피로하게 느껴졌다. 만나는 모든 사람들에게 한국어가 쉽게 통하는 것도 아니었다. 길 가다가도 묻는 말에 선뜻 대답을 해주지 않거나 그의 모습을 유심히 쳐다보는 사람에게 대해서는 지레 겁을 먹고 이쪽에서 먼저 슬금슬금 피하게 되었고 그러다 보니 나중에는 어디 밖으로 나가는 것조차 싫어지게 되어 여관방 안에 죽치고 들어앉는 시간이 많아지게 되었다.

민족의 분단비극에 대한 역사공부를 여관방에 앉아서 할 수도 있음에 착안한 그는 연길시내에서 몇 번 눈에 띄었던 서점을 찾아갔다. 신화사(新華社)라는 중국식 간판을 걸었으면서도 한반도 사람들처럼 한글을 쓰는 조선족들의 서점임에 틀림이 없었다. 낯선 제목의 책들을 둘러보던 그는 이곳이 북한 땅에 가까운 나라라는 사실을 실감하였다. 한자책 코너는 그만두고 한글책 코너로 가봤지만, 한자나 영문 알파벳은 하나도 없이 순한글로만 쓰여 있는 책들을 훑어 보느라니 북한 땅 가까이 와있음이 저절로 느껴졌다. 일반 교양서적들도 혁명사상으로 포장되어있는 것이 많았다. 어떻게 셈인지, 김정일 사진이나 노동당 강령이 서두에 나와 있는 북한 학생들 교과서 같은 책도 있었고, 자연과학적인 내용들까지 김일성 장군의 위대한 교시처럼 나와 있는 책들도 있었다. 서점을 둘러보던 그는 드디어 자신이 찾던 책을 발견하였다. 그는 놀란 내색을 감추고 카운터로 가서 돈을 지불하였다.

여관으로 돌아온 상수는 사갖고 들어온 책들을 조심스레 펼쳐보았다. 연변조선족 자치주 문사자료위원회에서 펴낸 『돌아보는 력사』라는 참전 체험기 모음집과 조선족 출신의 어떤 6·25전쟁 참전 용사가 써낸 『항미원조전쟁을 회억하여』라는 회고록이었다. 항미원조라는 생소한 말이 무슨 뜻인가 했더니, 6·25 참전 중공군의 전쟁 목적, 즉 미국에 항거하고 조선을 도와준다는 의미인 抗美援朝임을 알았다. 이 책들은 모두 반세기 전 한국전쟁의 실제 전투에 중공군의 일부로 직접 참여했던 연변 조선족 동포들의 체험담을 내용으로 하고 있어서 그들이 겪었던 한국전쟁의 적나라한 실상을 생생하게 알려주는 것들이었다. 6·25 전쟁비극의 완성자 중공군에 대한 상수의 회고는 착잡하고도 통한스러운 것이었다. 그의 기억 속에서 중공군은 민족분단을 고착화시킨 당사자들, 한마디로 민족의 불구대천 원수였다. 그들로 인하여 두만강까지 진격해 올라갔던 국군과 유엔군이 다시 밀려 내려오게 되었으며, 이 과정에서 중공군의 포로로 붙잡힌 그의 부친은 결국 북한 땅에 묻혀 살게 되는 운명이 되어버렸음이 이제 이역만리의 연변 땅 낯선 여관방에서 다시 그의 뇌리를 때리는 것이었다.

4

　머칠을 두고 여관방에 들어앉아서 읽어 내려간 서적들의 내용은 그러나, 상수가 이제까지 6·25 참전 중공군에 대해 갖고 있던 고정관념을 매우 혼란스럽게 만들었다. 오랫동안 그의 머리에서 잔인무도한 원수로 각인되었던 그들이 이 책에서는 확고한 정의와 평화주의의 편에 서있었고 따뜻한 온정과 인간애의 소유자들이었다. 싸움을 말리려면 싸우는 양쪽의 변명을 들어봐야 한다는 말이 있지만, 남한사람들의 역사서술에서 하는 말과는 엄청나게 다른 내용을 발견한 상수는 전쟁의 논리라는 것이 이런 것인가 하는 당혹감에 어리둥절해지는 것이었다. 우선 한국전쟁에 참가하려는 중국청년들과 조선족 젊은이들의 열의는 그들의 신념이 얼마나 투철했는지를 잘 보여주었다.

"《항미원조》의 정의적 호소는 갓 해방을 맞은 중국인민들 속에서 거대한 국제주의, 애국주의 열조를 불러일으켰다. 전국적으로 수백만 열혈청년들이 항미원조전선에 탄원해 나섰다. 조선인민과 한 혈통인 중국 조선족들의 참군열정은 보다 높았다. 부모가 자식을, 새각시가 신랑을 보내고 형제가 다투어 참군했으며 심지어는 중학생들도 적극 참군에 나섰다. … 장엄하면서도 격정이 넘치는 주은래 총리의 연설은 침략전쟁에 대한 강력한 규탄, 영웅적 조선인민에 대한 동정과 성원, 미제 침략자를 조선에서 몰아내고 조국과 세계평화를 보위하려는 중국인민의 견정한 립장을 전세계에 남김없이 보여주었다."
 – 허동운의 『항미원조의 제2전선에서』 가운데에서.

중공군과 조선족 청년들의 참전 열의를 서술한 여기까지는 상수로서도 크게 놀랄 만한 것이 아니었다. 중국의 최고 권력자 모택동의 장남, 20대의 앳된 청년장교 모안영이가 중국군 참전 초기에 야전 캠프에서 미군기의 폭격으로 전사했다는 사실까지도 중공군 참전의 정당성을 증명하지는 못한다고 생각하였다. 전쟁 지도자들이 조작하는 전쟁 정당성의 이데올로기가 고도의 정치선전에 의해 일반 국민들을 세뇌시켰을 때 광적인 호전주의 집단을 만들어 낸 예는 허다하게 찾아볼 수 있는 일이기 때문이다. 이와는 달리 전쟁을 수행하는 과정 중에 군인과 민간인들 사이에서 일어나는 일들의 성격이야말로 전쟁의 정의로움을 판가름하는 확실한 기준이라는 것이 상수의 생각이었다. 전투중인 중공군이 민간 마을을 거쳐갈 때 민폐를 끼치지 않으려는 노력에 대해 서술해 놓은 부분은 그의 감동을 자아낼 만하였다.

"조선 중부에 위치한 금화, 철원, 평강지구의 산간마을에는 사과, 배, 복숭아 등 과일이 많았다. 우리 대원들은 과수원을 질러다니면서도 사과 한 알, 복숭아 한 알 다치지 않았으며 산간마을에 주숙하고 떠날 때에는 주인집에다 시비를 꼭 결산해 드리었다. 1분대 공작조가 금화지구의 한 산간마을에 가서 식량공작을 하고 떠날 때 조장은 주인에게 식비를 결산해 드리었다. (구체금액은 지금 기억나지 않는다.) 그러자 주인 노인은 《아니 이게 무슨 일이웨우. 중국인민지원군은 조선인민을 위해 목숨마저 아낌없이 바치는데 우리가 어찌 지원군동무에게 밥 몇 끼를 대접하고 돈을 받겠습네까》하며 손에 쥐였던 돈을 조장의 웃옷 호주머니에 마구 밀어넣었다."

— 김승옥의 『탄우 속을 헤가르며』 가운데에서.

"우리는 3대기률을 엄격히 준수하였으며 모택동 주석께서 친히 중국인민지원군을 위해 제정하신 "조선인민의 산천과 풀 한 포기, 나무 한 그루, 바늘 하나, 실 한오리도 애호해야한다"는 구정에 쫓아 군중기률을 견결히 지키는 동시에 개성 각계 군중들에게 광범위한 선전사업을 하면서 자신의 실제행동으로 조선의 백성들을 감화시켰다. … 일어난 사실은 적들의 요언과 반동선전을 철저히 타파해버렸다. 개성주민들은 드디어 중국인민지원군을 미제침략군과 리승만 도당의 괴뢰군과는 근본적으로 다르다는 것을 똑똑히 인식하였다. 선량한 사람들은 분분히 문을 나서서 눈물을 흘리며 전사들을 자기 집으로 맞아들이었다. … 지원군 부대가 개성에 진주한 뒤 문에 자물쇠를 잠그지 않아도 민간에서 물건을 잃어버리는 일이 드물었다. 백성들은 태평세월을 만났다고 기뻐하였다."

— 김문철의 『판문점을 지키던 나날』 가운데에서.

"우리는 서울 북쪽에 있는 삼각산에 올라 서울을 칠 준비를 하였다. 그러나 부대는 공급이 따라가지 못해 여름이 되었는데도 솜바지를 벗지 못하고 있었다. 배가 너무도 고파 남새란 남새는 닥치는 대로 다 뜯어먹었다. 어떤 백성들은 남새를 지켜내려고 남새에 똥거름을 퍼부었으나 굶은 사람에게는 쓸데없었다. 우리는 밭에서 먹을 것을 발견하면 돈을 그곳에 놓아두고 가져다 먹었다."

— 전태웅 구술, 김삼 정리의 『생사의 갈림길』 가운데에서

전쟁 중에 민간인 마을에 진주한 군인들로부터 밥값을 받는다는 것은 상수가 생각하기에도 대단한 일이었다. 적군이 마을에 쳐들어오면 죽음을 면하는 것만도 다행이었다는 것이 상식적으로 알려진 한국전쟁의 참상이었다. 국군에 의한 무도한 양민학살이 얼마나 많았으며, 북한 보위부대에 의한 인민재판과 인민군에 의한 학살만행이 얼마나 잔인한 것이었는지는 웬만한 사람이면 다 알고 있는 사실이 아닌가. 그런데 중공군은 달랐던 것이다. 상수는 중국군의 인도주의는 그 나라의 덕망 있는 지도자들에게서 비롯되었다는 생각이 들었다. 그러자 중국 공산당의 승리가 이유있는 역사였다는 말이 그의 머리에 떠올랐다. 모택동이 지도하는 공산당 집단이 초반의 절대적인 열세를 극복하여 장개석의 국민당 정부에 최종적인 승리를 거두었고, 그가 문화혁명 자초와 같은 숱한 실책을 범했음에도 불구하고 아직까지 중국국민들의 숭앙을 받고 있음은 밑바닥 민초들로부터의 오래된 신임에 힘입고 있다는 생각인 것이다.

믿을 수 없는 최고의 거짓말 미사여구가 전쟁의 담론이라고 하지만 상수에게는 이 책의 내용을 사실에 가까운 것으로 믿고 싶은 몇

가지 이유가 있었다. 우선 전쟁이 끝났던 때로부터 거의 50년이 지난 2002년도에 나온 책이라는 점에 믿음이 갔다. 전쟁참여의 광적인 열기에서 놓여나 있고 전쟁의 정당성과 승리를 얻어내려는 무리한 견강부회 논리의 필요성은 사라진 지 오래다. 또한, 이 책의 필자는 거의 순수한 집필의도를 가진 민간인들로서 어떤 정치적 목적을 가진 집권층에 속하지 않는다. 그들의 연령으로 봐서 이제 7,80세가 넘은 노인들, 앞으로 남은 생애가 얼마 안 되는 이 노인들이 과거 사실을 왜곡시키면서 어떤 이득을 얻으려 할 것인가. 물론 50년 전 그들이 참전했을 때에 강요당했던 한국전쟁 개입의 정당성 논리가 머릿속 깊이 박혀있었기 때문에 이를 뒤바꿀 수 없었다는 말을 할 수는 있을 것이다. 그러나, 그동안 일어난 국제 정치질서의 엄청난 변화는 오도된 전쟁논리를 수정하여 냉정하고 객관적인 눈으로 과거역사를 바라보게 할 수 있을 정도의 것이었지 않은가. 또 하나, 이 책들의 집필진 50여 명의 회고 내용들 가운데에서 서로 모순되는 것을 발견하지 못했다는 사실이 그의 믿음을 더해주었다. 과거사실을 왜곡시키면서도 모순이 없게 하려면 이 수많은 집필자들이 사전에 집단적인 교시와 훈령을 받아야 하는데 그런 일은 사실상 있을 수 없는 일이라 생각되었던 것이다. 한 가지 예로서, 북한측은 한국전쟁이 끝난 지 오래된 오늘날에도 그것이 남침이 아닌 북침이라고 강변한다고 하지만, 이 회고록에 의하면 분명히 북측에 의한 선제공격이 사실인 것으로 서술되어 있었다.

상수는 6·25 참전 조선족 동포들의 이 같은 증언을 확인하고 나서 자기도 모르게 후유—하고 한숨을 내쉬었다. 부친의 변신은 이유 없는 것이 아니었던 것이다. 전쟁 당시 거제도 포로수용소에서 인민군 포로들에 대해 어떤 잔학행위가 있었는지를 뜬소문으로나마 들어서 알고 있던 상수였다. 부친이 중공군의 포로수용소에 수감되던 당시에 적군 포로에 대한 그들의 인도적 대우의 관행을 직접 목격하고 이에 감복한다면 그들의 이데올로기적 정당성을 믿고 싶었을 것이 아닌가. 더구나 부친은 4·3사건의 소용돌이 속에서 같은 동족끼리의 무도한 살육행위를 직접 목도했었다. 무기 하나 없이 벌벌 떠는 무고한 양민들, 죽여야 할 아무 이유가 없는 무수한 민간인들을 향해 총부리를 들이대었던 것이다. 부친이 보여준 것은 비겁한 변절이 아니라 고통스러우면서도 용감한 결단이 아니었을까.

중공군 참전 회고록을 통하여 상수가 확인한 또 한 가지 사실은, 1953년 여름 정전협정이 조인되고 나서 참전 쌍방은 정전협정 규정에 따라 전쟁포로를 교환하였는데 '인원수가 똑같은 등수교환이었다'는 것이다. 그 당시 중공군 참전자의 수가 훨씬 많았음을 감안하면 포로로 잡힌 상수 부친은 마음먹기에 따라서는 얼마든지 남한으로 송환될 수 있었다는 얘기이고, 결국 그의 부친은 사상전향을 감행하였음이 명백해지는 것이다. 그러나 이제 상수는 부친의 사상전향 사실이 조금도 부끄럽지 않다는 느낌이 들었다. 그는 부친의 미심쩍은 사상성에 대한 자신의 추궁이 무리했던 것으로 생각되면서 머리를 설레설레 흔들었다. 4·3사건 당시 입산무장대원 명단에 나와 있었는데 입산을 단행하지 못한 것도 무장대원들의 파괴적인 행동이 그만큼 잔인무도하여 거기에 가담하지 않은 것이었다면 그게 무슨 비겁함이겠는가. 상수 자신이 중요한 선택의 기로에서 이랬다 저랬다 한 것이 모두 그럴만한 이유가 있었던 것처럼 부친이 번번이 보여주었던 변신의 모습도 모두 다 그럴만한 이유가 있었음이 아니었을

까. 이 회고록에 나와 있는 내용들의 일부가 설사 거짓된 것일지언
정, 적어도 전쟁 당시 부친의 눈에 비쳤던 중공군의 인도주의 실상은
사상전향을 일으킬 만큼 충분한 유인력이 있었을 것이라는 생각만으
로도 상수의 마음은 상당한 위안을 얻을 수 있었다.

　반세기 전에 있었던 중공군의 참모습에 대해 새로운 사실을 발견
한 상수는, 오늘날 인권탄압국가로 손꼽히는 중국의 위치가 의아스
러워졌다. 중국정부의 인권보장과 민주화 수준은 현재 대만정부에
비해 훨씬 뒤떨어진다고 하지만 처음부터 그런 것은 아니었다. 모택
동이 일으킨 초기의 중국공산당이 밑바닥 민초들의 신임을 얻음으로
써 천하를 얻은 반면에, 집권층의 사리사욕만 채우고 부정부패가 만
연했던 장개석의 국민당 정부가 대만 땅으로 패퇴 당했음은 정의가
승리한다는 역사의 교훈이라고 하지 않았는가. 중국과 대만의 위치
가 이렇게 뒤바뀌는 데에는 필경 반세기라는 세월 말고 다른 요인이
있을 터이었다. 그것이 무엇일까. 상수는 곰곰이 생각한 끝에, 반세
기 전에 출발이 좋았던 중국 공산당이 그동안 퇴보하는 역사로 낙착
된 것은 그들 사회의 폐쇄성에 기인한다는 생각이 들었다. 흐르지 않
는 물은 고여서 썩게 마련인 것처럼, 인간사회도 끊임없이 흐르면서
스스로의 정화기능을 잃지 않아야 발전이 이루어진다는 생각이었다.

　중국처럼 큰 나라에 대한 공부가 두 주일간으로 대단한 것이 될 수
는 없는 일이었다. 시중 서점에서 사온 책 몇 권을 읽다보니 예정해
놓은 연변 체류기간이 금방 지나버렸다. 주로 이 지방 조선족 문인들
의 소설책을 읽었는데 중국 조선족의 역사를 알아보는 데에 소설 읽
기는 훌륭한 방법이었다. 특히 중국 문화혁명기의 혼란스러운 사회
상이 생생하게 그려져 있음이 그의 눈길을 끌었다. 광기어린 젊은이

들에 의해 전통문화가 파괴되고 사회분열이 가열화되는 허울 좋은 문화혁명의 소용돌이에서 조선족 사회는 더욱 큰 상처를 입었다는 것이 남의 일 같지 않게 안타까운 일로 다가왔다. 세대간 계층간 갈등의 아픔 위에 민족간 갈등까지 가세했던 것이다. 약소민족의 설움은 국적을 어디로 하든 떨쳐버리기 어려운 숙명과도 같은 것이었다. 그러는 가운데서도 그리 멀지 않은 과거 역사의 광란상이 이제 문학작품의 회고적인 소재로 등장할 만큼 역사의 균형감각이 회복되고 있는 것으로 비쳐졌다.

그러던 중 상수가 우연히 목격한 뜻밖의 사건은 그가 중국 체류 중에 줄곧 관념적으로만 생각하던 탈북자 문제의 실상이 얼마나 몸서리나는 것인지를 실감케 해주었다. 벌써 여러 날 째 밖으로 나도는 일 없이 독서로 소일하던 어느 날 저녁의 일이었다. 그날도 하루종일 3층 여관방에 들어박혀서 조선족의 어떤 작가가 쓴 역사소설을 읽고 있었는데 갑자기 옆방에서 우당탕 사람들 몸이 맞부딪치는 소리와 무슨 비명 같은 날카로운 고함소리가 들리길래 책을 덮고 가만히 귀를 기울여 보았다. 전에는 사람이 들어있는지 어떤지조차 알 수 없을 만큼 조용하던 방이었다. 잠시 후에 소란한 발자국 소리와 함께 사람들이 여관방을 나가는 기척이 들려왔고 그 가운데 한 남자의 매몰찬 목소리가 들려왔다.

"짜아식, 도망가면 어디까지 가겠다는 게야. 한 번 걸리면 꼼짝 못할 줄 알아야지."

상수가 재빨리 나가 보았더니, 여관 복도 저쪽으로 두 사내가 엉켜붙은 채 걸어가고 있었고 그 뒤를 한 사내가 조용히 따라가고 있었다. 일행을 뒤따르던 사내가 뒤를 돌아보면서 상수에게 씽긋하고 한

번 웃어보였지만 부드러운 데가 전혀 없는 싸늘한 웃음이었고 더구
나 그의 오른손에는 권총이 들려져 있었기 때문에 순간적으로 으스
스한 인상이 느껴졌다. 소란을 피우는 것은 앞장서서 걸어가는 두 사
람이었다. 비교적 말쑥한 차림의 한 사내가 허술한 작업복 차림의 젊
은이의 허리 뒤로 묶인 두 손을 꽉 붙들고 그를 밀치다시피 하면서
걸음을 옮기고 있어서 무슨 현행범 체포 현장이 아닌가 하는 느낌이
들었다. 더벅머리에 작업복 차림을 한 젊은이는 양손이 동아줄로 꽁
꽁 묶여 있어서 맥을 못 추고 있는데도 그를 붙잡고 가던 사내는 젊
은이의 엉덩이를 무릎으로 한 번 힘껏 차서 넘어뜨리는 것이었다. 힘
없이 앞으로 고꾸라졌던 젊은이는 가벼운 신음소리와 함께 몸을 일
으켰는데 옆으로 보이는 그의 얼굴에서부터 붉은 피가 낭자하게 흘
러내리고 있었다.

　떠들썩하던 사람들이 사라져버리자 상수는 여관주인에게로 내려
가서 어떻게 된 일인지 조심스럽게 물어보았다. 그의 예감대로, 그가
목격한 것은 탈북청년이 북한 보위대원들에게 체포되어 끌려가는 장
면이었다. 여관주인의 말로는, 자기네 여관에서 이런 장면을 종종 볼
수 있다는 게 성가시고 안타깝지만 어쩔 수 없다는 것이었다. 연변에
사는 조선족들이나 심지어는 한족 중국인들까지도 불법입국한 탈북
자들을 적당히 숨겨주고 도와주기까지 하지만 그들을 색출하는 임무
로 중국 땅에 들어와 있는 북한 보위대원들의 행동을 말릴 수는 없다
는 얘기였다. 그나마 요즘에는 보위대원들의 탈북자 납치방법이 많
이 온건해져서 옆에서 보기가 덜 민망스럽지만 그전에는 오늘 상수
가 보았던 것보다 훨씬 더 난폭한 방법을 썼기 때문에 일단 발각되었
다 하면 성한 몸으로 돌아가는 사람이 많지 않았다고 하였다. 여관주

인이 들려주는 말 가운데 주의를 끌었던 것은 탈북자들에 대한 중국 공안국의 대응방법이었다. 공안국에서는 자체의 정보망에 들어와 있는 탈북자들의 실태를 상당한 정도로 알고 있으면서도 이를 북한 보위대에게 모두 알려주거나 불법체류 외국인인 이들을 잡아다가 축출하거나 하는 일에는 별로 적극적이지 않다는 것이다. 중국의 동북삼성(東北三省)에 불법체류중인 탈북자들 수가 거의 20만이나 되어 그렇게 많은 사람들을 법대로 색출하는 일이 현실적으로 어려운 탓인지 이것이 소위 중국인들의 대국인다운 대범함 탓인지, 상수는 머리를 갸웃거리지 않을 수 없었다. 중국에 잠복중인 탈북자들이 두려워하는 것은 중국 공안국보다도 북한 보위대라고 하니 아이러니한 일이었고 북한체제의 폐쇄주의가 얼마나 극심한 것인지를 알 만하였다.

상수는 평소에 알고 싶었던 일들이 생각나서 여관주인에게 물어보았다. 이 여관주인은 조선족인데다가 직업의 성격상 탈북자와 같이 유랑중인 뜨내기들을 많이 접촉했을 것으로 생각되었던 것이다.

"아저씬 남한이 북한 경제를 도와주는 것에 대해 어떻게 생각하십니까. 지금 남한에서는 퍼주기식 북한 지원을 그만하라는 목소리가 만만치 않은데요."

"남북한이 원래 형제간이라는 걸 생각해야 하는 거라요. 동생네 집에 흉년이 들어 톨톨 굶고 있는데 잘사는 형이 먹을 거 좀 갈라준다고 유세 부리면 어떻게 되겠능교."

"자꾸 퍼주기만 하면 맨날 형한테 얻어먹는 동생이 될 게 아니냔 거지요. 동생 버릇을 고쳐주기 위해서 좀 고생시키는 것도…."

"버릇고치는 것보다 우선 먹고사는 문제, 살아남는 문제가 중요하다는 거라요. 백성들이 떼거지로 굶어죽을 적에 그 나라가 얼마나 온

전하게 지탱하겠능교. 어디가 터져도 터지고 큰 변란이 날 거라요.”

“동생네 집 가난한 살림을 빨리 끝내야 한다는 사람들도 많아요. 도와주는 걸 눈 딱 감고 끊어버리면 그 동생이 어려운 살림 걷어치우고 아예 형네 집 살림에 합쳐버릴 게 아니냔 거지요.”

“두 집 살림을 한 곳으로 합치는 일이 그렇게 간단하겠능교? 살기 어려워도 살림을 따로 나겠다는 게 저네들의 기본 정신이라요. 먹고 사는 문제, 빵 문제보다도 민족을 지키고 이데올로기를 지키는 일이 더 중요한 거라요. 남한 사람들도 북한의 존재를 너무 야박하게 보지 않았으면 좋겠어요. 북한이라는 이질적인 체제가 있었기에 남한 사람들이 지금 같은 발전을 이루었다는 점도 생각해야지요.”

“북한 때문에 남한이 발전했다는 말은 무슨….”

“옛날에도 그런 말이 있었대요. 두 형제 가운데 어느 한쪽이 일찍 죽고 다른 한쪽이 오래 살게 되면 장수한 쪽은 일찍 죽은 쪽의 수명을 빌려다가 오래 산 거라는 말 못 들어 봤능교? 수명만이 그런 게 아니라 재산 복이나 자식 복도 마찬가지라요.”

상수는 여관주인의 말을 듣는 순간 뇌리에 문득 떠오르는 것이 있었다. 오래 전부터 최철영과 자신의 관계를 생각할 때마다 어렴풋이 떠오르던 막연한 그림자 같은 것이 이 순간에 보다 명료한 그림으로 나타나는 것 같았다. 최철영이가 강효선과의 낭만적인 사랑을 위하여 청춘을 바쳤기에 상수 자신은 세속적인 정략결혼을 할 수 있었고 최철영이 부부가 시골구석에 쳐박혀 은둔생활에 만족하고 있었기에 자신은 넓은 세상의 재미를 즐기는 일에 발 벗고 나설 수가 있었을 거라는 생각이었다. 자기의 형제가 택한 길을 함께 가지 못할 경우에 마음속에 미련을 떨쳐내는 방법은 형제와는 다른 방향의 길을 가되

전심전력을 다하는 길 밖에 더 있겠는가 하는 것이다. 분단 한국의 경우에도 이와 비슷하지 않은가. 해방 후 북한 건국이 이루어질 때 그 나름의 이념적 수월성은, 기득권 계층을 걸러낸 무산자 신흥 지배 세력의 대두와 한민족 주체사상에 있었다. 남한의 자유주의 체제는 이념적 순수성에서 볼 때 북한 체제에 뒤쳐진 것이었고 이 같은 이념적 결핍을 만회할 수 있는 방법은 실질적인 경제발전의 구호일 수밖에 없었지 않은가. 자유시장제도로써 국민소득을 높이는 것이 남한 체제의 우선적인 존재이유가 되어버렸고, 경제활동의 자유는 곧 정치적 문화적 활동의 자유로 발전할 수가 있었던 것이다. 어떻게 보면, 남북간의 상호협력은 분단 당시에서부터 줄곧 이어져 왔다. 오늘날 세계화의 시대조류에 뒤질 새라 국민들의 해외 진출을 장려하고 있는 남한의 방침까지도, 해외에서의 살길을 자력으로 개척하려는 탈북자들의 의지조차 반동행위로 낙인찍히는 북한의 실정과 역사적으로 맞물려있을 것 같았다.

탈북자들의 애처로운 처지를 직접 보고 알게 된 상수는 떠돌이 신세인 부친 일행의 안위가 갑자기 걱정스러워졌다. 북한 보위대원들이 중점적인 수색 대상으로 삼는 탈북자들은 북한 사회에서 지도적인 위치에 있던 사람들이라는데 바로 부친의 가족들이 여기에 해당됨직 하였다. 그러자 상수는 느긋하게 연변지방에 남아있는 자신의 모습이 가당치 않다는 생각이 들었다. 연길시를 떠나기로 예정했던 두 주일째 되는 날이 앞으로 이틀밖에 남지 않았지만 상수는 하루라도 앞당겨서 부친 일행이 가있을 것이라는 산동반도 청도로 몸을 옮기기로 하였다. 하루 동안에 무슨 일이 일어난다는 생각보다도 갑자기 조마조마해지는 자신의 마음을 가만 놔둘 수는 없었던 것이다.

5

　비행기로 두 시간 남짓 날아가서 도착한 청도라는 도시는 연길시와는 아주 딴판 세상이었다. 공항에서 청도 시내로 들어가는 동안 주변에 보이는 현대식 건물들 풍경에서부터 잘 정비된 미끈한 도로망과 한결 고급스러운 자동차의 행렬에 이르기까지 한꺼번에 성큼 느껴지는 중국의 발전상은 연변 땅에서 시작된 상수의 여행 목적을 잠시 잊어버리게 할 정도로 눈부신 것이었다. 그것은 마치 시골구석에서부터 번화한 도시로 들어서거나 후줄그레한 후진국에서부터 번지르르한 선진국으로 삽시간에 옮겨가는 것 같은 기이한 인상이었다. 상수는 어느 틈엔가 자신이 연변에서 입고 온 옷차림부터가 궁상스럽다는 느낌이 들면서 앞으로 묵을 곳은 아무래도 촌티나는 〈한성여관〉 같은 데여서는 안 될 것이라는 객기조차 고개 드는 것이었다.

청도 시내 거리를 두리번거리면서 숙소를 찾아 정하고 여장을 풀 때까지는 새로운 여행지를 찾아드는 사람처럼 호기심을 즐기던 상수였지만 그것도 잠깐이었다. 호텔 프런트에서 약간의 떼거지 끝에 안내판 게시의 요금보다 거의 절반 가격으로 별 세 개짜리 호텔에 3주일 투숙의 예약을 하고 객실을 정리한 후 목욕까지 하고 나자 앞으로의 계획을 세워야 했다. 3층 객실의 의자에 앉아서 창문을 통해 바라보이는 낯선 거리의 행인들 모습은 그로 하여금 여기에 온 목적의 비현실성을 가차없이 일깨워주고 있었다. 부친상봉이라는 중국방문의 목적을 앞에 놓고 상수의 마음은 한없이 막막할 뿐이었다. 부친의 가족들이 이곳에 오는 것은 이곳의 한국인 회사에 취직하는 것을 목표로 한다고 하였으나, 여기에 와 있는 한국 기업체 수는 6천 개를 헤아린다고 하니 도무지 종잡을 수가 없는 일이었다. 우선 중요한 것은 위생소라는 이름의 응급처치실을 갖춘 한국계열의 큰 회사를 찾아보거나, 요즘 한창 잘나간다는 대형 김치공장을 찾는 일이라 생각되었다.

이 도시 관청에 가서 외국인 회사 등록서류를 조사할 수도 없는 일이기 때문에 상수는 궁리 끝에 이 지방에 온 지 얼마쯤 되는 한국인 친구를 찾아서 사귀기로 하였다. 이 지역 한국인 기업체들의 지리적인 배치상황이나 회사 직원들의 후생관련 현황에 대해 물어볼 만한 친구를 알고 나서 도움을 청하는 것이 지역 사정에 생소한 자신의 실수를 줄일 수 있을 것 같았던 것이다. 그러기 위해서 그는 먼저 궁상맞게 보이는 이제까지의 옷차림부터 바꾸기로 하고 산뜻한 고급복장으로 갈아입었다. 번화가의 이발관에 들려서 헤어스타일까지 쏘옥 빼듯이 말쑥한 신사 타입으로 만들었다.

그리고 나서 상수는 부지런히 밖을 나다녔다. 이곳에서 사귈 만한 한국인 친구는 이 도시의 명승지를 구경 다니는 동안 가장 쉽게 만날 수 있을 것이라 생각되어 그는 우선 이 지역의 관광지도를 하나 구하였다. 이곳을 찾은 목저을 생각하면 마땅히 한국인 대기업체에 부속된 위생소나 식당 등지를 찾아다녀야 할 것이지만, 그런 곳을 방문할 구실과 명분이 떳떳치 못함을 감안해야 했다. 상수가 청도시 인근을 지나면서 목격했던, 낯익은 한국 상표의 간판을 높이 내걸고 있는 크고 작은 공장건물들 모습은 그가 구차한 개인사정을 털어놓고 들어갈 엄두를 내지 못하게 하였다. 물론 관광명소에 한가로이 나다니는 한국인이라면 직장생활의 바쁜 일정을 살아가는 기업체 직원이 아니겠지만, 한국인 관광객들을 많이 만나다 보면 그들 틈에 이곳에 상주하는 회사원이나 이 지역 한국 기업체에서 일하는 조선족들도 끼어 있을 터이고, 무엇보다도 일상 스케줄의 속박에서 놓여난 여행자들에게서 기대할 수 있는 여유 있는 담화의 기회가 생길 터이었다.

아직 쌀쌀한 2월 중순의 날씨에도 불구하고 상수의 위장관광 일정은 시작되었다. 청도에서 알아주는 관광명소는 우선 미끈하게 뻗어 있는 수려한 해안선 줄기와 이를 따라 끝없이 펼쳐진 운치 있는 모래사장과 해수욕장이었다. 이 도시로 말하면, 특별히 이름난 관광명소가 있다기보다는 청정한 생활환경과 온난한 기후 덕분에 휴양도시로 더욱 알려져 있다고 하였다. 그러나, 관광지 안내서에는 투명하게 맑은 바다라고 나와 있었는데도 뿌옇게 흐린 바닷물과 군데군데 야적된 오폐물 더미는 적지 않은 실망을 안겨주었고 고속 산업화의 홍역을 치르는 이 나라의 현실을 눈앞에 보는 듯하였다. 아름다운 청도의 해안선 중에서도 가장 전망 좋은 명소는 팔대관(八大關)이라는 말을 듣고 찾아가 봤더니 이곳은 왕년에 장개석 장군이 별장으로 쓰던 곳이었다. 주변 일대에서 우뚝 돌출해 있는 고급스러운 유럽풍 석조건물들이 세월의 풍화를 잘 견뎌내면서 웅장미를 풍기고 있었으나, 건물한켠 안내판에 쓰여 있는 역사유적지 해설에서는 중국판 권력무상의 역사 교과서를 발견할 수 있었다. 장개석의 국민당 정부가 모택동의 공산당에게 패퇴할 수밖에 없었던 것은 이런 호화별장에서 일신의 안락이나 즐기고 인민의 고통을 외면한 탓이었다는 내용의 해설이었는데, 앞으로 100년 후의 이곳 안내판 내용이 어떻게 변할는지는 모르나 관광명소로 거명되는 이곳 역사유적지의 이용가치는 아마도 변하지 않을 것이라는 생각이 들었다.

유명하다는 청도의 해안선 경치를 며칠 돌아본 상수는 다음 코스로서 소어산공원과 중산공원, 5·4운동기념공원 같은 몇 군데 공원을 돌아보았다. 중산공원은 그 안에 동물원과 식물원을 끼고 있어서 그 곳만 돌아보는 데에도 하루 종일이 걸렸다. 19세기 말부터 십수년 동안 독일 조차지(租借地)였다는 청도항 연안부두로도 가보았다. 중국 땅에 어울리지 않게 고풍스러운 유럽식 건물들이 즐비해 있고 그 한쪽으로는 오래된 일본식 건물들도 도열해 있어서 이국적인 풍모가 역연하였다. 독일 다음에 일본의 중국 잠식의 일시적인 교두보 역할을 했던 이곳의 역사를 말해줌이었다. 그러고 보니까 중국 국토의 동쪽으로 돌출해있는 산동반도의 위치는 이 나라의 중앙에서 멀리 떨어진 벽지이면서도 외세유입의 역사적 관문 역할을 떠맡았던 셈이다. 유럽 열강 다음에 일본이 들어왔고 일본 다음에는 지금 한창 한국이 들어오고 있는 것이다. 통일신라시대의 화려한 동중국해 진출 역사를 생각하면 이 지역에서 약진 웅비하는 한국 기업체들의 현황은 오래 전에 빛을 보았던 한국인의 저력을 오늘날에 부활시킨다는 의미가 있을 터이었다. 한국 기업체들의 이 지역 진출은 지난 시대 제국주의자들의 음흉한 수법을 쓰지 않고 중국인들 자신의 환대와 협력을 얻고 들어온다는 점에서 더욱 당당하고 지속적인 미래를 약속한다고 생각되었다. 그러자 상수는 중국 진출에 거는 아들의 꿈이 머리에 떠올랐고, 고향을 떠난다는 말 때문에 아들을 원망했던 자신의 마음이 한없이 용렬해 보이는 것이었다.

관광지와 역사유적지들을 유람하는 동안 아들의 미래희망에 대한 인식은 새롭게 할 수 있었지만, 한국인들이 많이 모이는 곳에 걸었던 상수의 기대는 수포로 돌아갔다. 그가 만나게 되리라고 기대했던 한국 회사원들은 물론이고 한국인 여행자들조차도 별로 눈에 띄지 않아서 실망스러웠다. 아마도 아직 2월 중순이라는 쌀쌀한 계절 탓인 듯하였다. 꼬박 1주일을 허비하고 나서 자신의 방법이 너무 막연하고 소극적이었다는 결론을 내린 상수는 이제 좀 더 적극적인 방법을 쓰기로 하였다. 헛되이 보낸 1주일 마지막 날 밤잠을 못 이루고 뒤치락거리면서 고심을 거듭한 상수는 이 지역 대기업체에 딸린 위생소나 식당 같은 곳을 직접 찾아본다는 방침을 세웠다.

이튿날 아침 모처럼 새로운 결심을 안고 호텔을 나섰지만 막상 행동에 옮기려고 하자 그것 또한 너무 허황되고 객쩍은 생각이었음이 드러났다. 이곳 대기업체들에 위생소라는 회사원 건강검진소가 딸려 있다고는 들었지만, 회사원 아닌 사람이 그런 곳을 찾아가는 게 용인되는 일이기나 한지 알 수 없었고 공연히 그런 곳에 어정거리다가 수상한 사람으로 취급받기가 십상일 것 같았다. 다만 한국인이 많이 다니는 식당만은 쉽게 접근할 수 있었다. 대기업체 부설 식당에 찾아갈 생각도 했었지만 그런 곳에 혼자서 출입하는 것은 썩 내키지를 않았다. 그러나 시중에 있는 대형식당은 아무 데고 찾아 들어갔다. 호텔 방에서 마음먹기로는 널찍한 식당에 들어가서는 한 번 뱃심 좋게 호기를 부려보자고 별러보기도 하였지만 그게 잘되지 않았다. 되도록이면 많은 사람들이 모여앉은 자리에 끼어들어 말을 붙이되 그들이 알아듣지 못하는 제주도 사투리로 떠벌이고 일부러 높은 소리로 제주도식 우스갯소리를 하거나 무슨 트집을 잡아서 깽판을 놓기라도 했다가 주위 사람들이 그게 무슨 말이냐고 물어오면 다시 군소리를 섞어가며 그 말을 길게 설명해주는 방법도 생각했었지만 실천이 되지 않았다. 자신이 제주도에서 왔다는 것을 알리면 좌중의 어떤 사람으로부터 또 다른 제주도 사람을 어디서 봤다는 말이 나올 수도 있을 것이라는 계산을 했었지만 그의 입에서 제주도 사투리가 나오기는커녕 생면부지 처음 보는 사람들에게 말을 거는 것조차 잘되지 않았다. 자기들끼리 한참 바쁘게 먹고 떠들고 하는 그들에게 넉살좋게 따라 붙기가 쉬운 일이 아니었던 것이다. 평소에 소심하고 조용한 성질이면서도 어떤 기회가 되면 이에 대한 반발작용처럼 욱하고 나서서 놀라운 용기를 보여주는 상수였지만, 이번에는 영 그게 아니었다. 호텔 방 어두운 곳에서 혼자 그려보던 호방한 활극 연출의 꿈이 어디론가 사라져버리는 것이 자기가 생각해도 부끄럽고 맹랑한 일이었다.

그러던 어느 날 생각 따로 목구멍 따로가 되어버리는 한심스러운 자신의 모습에 얼굴이 붉어져옴을 느끼면서 식당 문을 나오던 상수는 한 가지 기발한 아이디어가 떠올랐다. 자신이 제주도 사람이라는 것을 옆자리의 한국사람들에게 알리는 방법은 말을 주고받아야만 되는 것이 아니라는 생각이었다. 요즘 젊은이들이 좋아하는 티셔츠나 모자에 유명 야구단 로고나 대학교 마크가 그려져 있는 것이 생각난 상수는 자기가 쓰는 모자에다 제주도를 알리는 그림과 글자를 넣기로 하였다. 그는 바로 그 길로 시중의 백화점을 찾아갔다. 모자 코너에 들린 그는 점원에게 사정사정 물어본 다음에 이번에는 모자 제조업자를 찾아갔다. 모자 제조업자에게 제주도의 돌하르방과 해녀 그림을 넣어달라고 했더니 그런 그림의 모형을 가져오라는 것이었다. 그는 다시 호텔 방으로 돌아와 여행가방을 뒤져서 제주도 안내책자를 찾아냈다. 그 속에 돌하르방과 해녀의 그림이 몇 개 나와 있음을 확인한 그는 다시 모자 제조업자를 찾아갔다. 모자 모양은 둥그런 중절모자로 하되 되도록이면 대담하고 튀는 스타일로 하고 〈제주도〉라는 한글 글자까지 모자의 정면에 넣어달라고 했지만 자세한 디자인은 전문업자에게 맡기기로 하였다. 주문 제작비가 예상보다 꽤 비싸다는 생각이 들었지만 그는 별로 깎으려 하지 않고 모자 대금을 지불해 주었다.

제주도 사람임을 알리는 데에 모자는 확실히 효과가 있었다. 시내 대중식당에서나 공원 같은 데에서 그를 쳐다보는 사람이 많아졌고 길거리에서도 그의 모자와 얼굴을 힐끔힐끔 곁눈질하는 사람들이 많아졌다. 그들 중에는 쳐다보기만 하지 않고 말을 걸어와서는, 멀리 제주도에서 어떻게 여기까지 왔느냐, 나도 신혼여행을 제주도로 갔는데 서귀포 쪽 해안경치가 정말 죽여주더라, 성읍리 민속촌에도 가봤는데 할머니들 제주도 사투리를 전혀 못 알아듣겠드라, 하는 식으로 그들의 관심을 표시해주었다. 그러나, 여기 청도 지방에서 제주도 사람을 봤다는 말을 해오는 이는 하나도 나오지 않았다. 상수는 결국 청도 시내 대중식당에서 제주도 사투리로 떠벌리며 다니지 못한 것에 대해 후회하지 않을 이유만은 확실하게 갖게 된 셈이었다.

상수는 자신이 할 수 있는 일의 한계를 실감하며 하릴없이 먼 하늘을 바라볼 때가 많아졌다. 호텔에 예약했던 3주일이 거의 지나간다는 생각이 그의 마음을 더욱 무겁게 내리누르고 있었다. 그러던 어느 날이었다. 오전 한나절을 호텔방에서 무료하게 흘려보내고 있던 그는 오늘 오후에는 어디를 가볼까 생각하면서 청도시 지도를 펼쳐보았다. 별로 하는 일도 없고 되는 일도 없는 하루하루를 보내는 것이 속상하고 역겨웠지만, 그동안 쌀쌀하던 날씨가 한결 따뜻해지고 청명해진 것을 보자 문득 바닷가 쪽으로 가보고 싶은 생각이 들었던 것이다. 지도를 한참 훑어보던 그는 바닷가 쪽이라면 노신공원이 좋을 것 같았다. 청도시 남쪽에 끝없이 펼쳐진 해수욕장으로 가는 길에서 공원간판을 본 적이 있었는데 공원 밖에서 보이는 앙상한 나뭇가지들이 너무 을씨년스러워서 발길이 옮겨지지 않았었다. 옷을 차려입고 나가려는데 호텔 방 탁자 위에 놓인 모자가 눈에 띄었다. 근 1주일을 쓰고 다닌 제주도 돌하르방 그림의 모자를 쓰고 나가고 싶은 마음이 그날은 별로 내키지 않아서 어쩔까 하다가 그대로 쓰고 나갔다. 그 모자조차 쓰지 않고 나간다면 정말로 하는 일 없이 빌빌거리는 신세가 되어버릴 것 같았다.

이 지역 지리사정에 익숙치 못한 탓으로 물어물어 헤매면서 어렵게 찾아간 노신공원은 넓은 바다가 시원히 바라보이는 해안 구릉지에 위치해 있었다. 마침 청명한 날씨여서 그런지 늦겨울 치고는 구경 나온 사람들도 적지 않은 편이었다. 이 도시의 이름자에 들어있는 푸를 청(靑)자와 섬 도(島)자의 맛이 실감나게 느껴질 정도로 맑고 푸른 바다와 하늘이 한결 돋보이는 날이었다. 그러나, 한 시간 정도 이곳저곳 기웃거리며 호기심을 만족시키기에는 모자람이 없었지만 더 이상의 구경거리는 별로 없어 보였다. 공원 이름에 나온 대작가 노신(魯迅)에 관한 기념물도 변변치 못하였다. 광동성 출신인 손문(孫文)의 호를 딴 중산공원이 청도시에 있듯이 소흥 출신인 노신의 이름을 딴 공원이 이곳에 있다니, 정치현상의 보편화가 공산당의 전략이라는 어딘가에서 보았던 말이 생각났다. 중산공원과 노신공원이 중국 천지에 몇 곳이나 더 있을지 모를 일이었다.

공원 앞으로 탁 트인 바다와 앙상한 나뭇가지의 숲과 군데군데의 정자들을 둘러보느라니 이곳은 역시 여름에 오는 곳이구나 하는 생각이 들었다. 더구나 이곳에 나온 사람들은 모두가 여럿이서 같이 어울려 다니고 있음을 보자 자신의 홀로된 신세가 더욱 처량하게 느껴졌다. 얼마쯤 그렇게 돌아다니던 그는 이제 그만 보고 나오려고 했으나 공원 출입구 쪽이 어느 방향인지 얼른 알 수 없었고 자신은 공원의 외진 곳 변두리쯤에 와있는 것 같았다. 주위에 보이는 사람도 없었다. 그는 갑자기 두려운 생각이 들면서 자기가 왔던 방향으로 발걸음을 돌리고 있는데 그때 바로 느닷없이 나타난 정체 모를 사내의 모습이 그의 가슴을 덜컹 내려앉게 하였다. 언제 나타났는지 웬 남자 하나가 자기 옆으로 따라붙으면서 무슨 말을 걸려는 듯 입술을 달싹거리고 있었던 것이다. 부리부리한 눈매에다 수염이 덥수룩하게 자란 더벅머리 얼굴은 빙긋이 웃는 모습 때문에 오히려 더 험상궂고 무섭게 보였다.

상수는 자신도 모르게 발걸음을 재촉하였다. 이에 따라 옆에서 따라오는 사내도 덩달아서 걸음을 더 재촉하게 되자 두 사람의 걸음 속도는 더욱 빨라지게 되었다. 이러는 동안 그의 머리에 빙빙 돌고 있는 생각은 어떻게 딴 사람들 있는 데로 가까이 가서 이 수상한 사내의 접근을 막느냐 하는 것이었다. 다수의 증인들이 옆에 있다는 것 자체가 범법행위를 막을 것이라는 생각이 번쩍 떠올랐던 것이다. 그런데도 그들과 가까이에는 사람들이 보이지 않았고 그들은 더욱 조용하고 막다른 곳, 공원 한쪽 으슥한 구석지로 가고 있는 것 같았다. 그는 더욱 무섭고 조급한 마음이 되면서 주변을 다시 휘둘러보았더니 저 멀리 공원 끝자락에 웬 이상한 구식 건물의 기와지붕이 보이고 그 건물 앞에 남자 두 사람이 마주 앉아서 땅바닥에서 움직이는 어떤 물체를 내려다보고 있는 모습이 보이는 것이었다. 더 가까이 가면서 살펴보니 그중에 한 사람은 허드렛 옷차림인 것 말고는 어떤 사람인지 알 수가 없었지만 다른 한 사람은 중국 공안원 복장을 하고 있음이 분명하였다. 그의 옆을 따라오던 수상한 사내는 공안원이 앞에 있음을 알아봤는지 어느덧 사라져 버렸다. 상수는 이제 마음이 놓이면서 그쪽으로 성큼 다가갔다. 두 남자가 내려다보고 있는 것은 자라 두 마리가 땅바닥을 엉금엉금 기어 다니는 모습이었다. 허드렛 복장의 남자 옆자리 땅바닥에 '一个十元'(일개십원)이라고 쓰여 있는 나무 팻말이 세워져있는 것을 보니 그 사람은 자라장수인 것 같았고, 공안원은 아마도 공원 내를 순찰 중에 자라 기어 다니는 모습이 신기하여 잠깐 앉아서 구경하고 있는 것으로 짐작되었다. 그들 모습을 잠시 내려다보던 상수는 고개를 들어 무심코 옆을 보았다. 거기에는 오래된 기와지붕의 옛날식 건물이 있었고 그 안에는 삼국지의 관운장 같이 보이는 늠름한 기상의 장군상이 눈을 부릅뜨고 있는 모습이 보였으며 그 앞에는 어떤 나이 지긋한 아낙네가 양손을 합장한 채로 머리를 연신 조아리고 있었다. 이를 지그시 바라보던 그는, 산동반도의 어느 깊은 산중에 기복신앙화된 도교 풍속의 시원지가 있다는, 어느 책에서가 보았던 글이 떠올랐고, 이 나라에도 기층민중의 기복신앙적 전통은 유구하다는 생각이 들었다. 그러고 보니 점복술의 영물이라는 자라를 파는 사내가 관운장 신령이 좌정한 앞자리에서 좌판을 벌이고 있는 이유를 알 것 같았다.

한참을 그렇게 바라보던 상수는 합장한 아낙네가 밖으로 나오는 것과 동시에 몸을 돌이켜서 반대쪽을 바라보았다. 그랬더니 아까와는 달라진 광경이 그를 어리둥절하게 만들었다. 좀 전에는 쭈그려 앉아있었던 두 사람이 이제는 모두 일어서 있었고 특히 공안원 복장의 젊은 사내는 상수 자신의 얼굴을 빤히 쳐다보고 있는 것이 아닌가. 공안원은 상수에게로 몇 걸음 성큼 다가서더니 오른손을 내밀면서 뭐라고 퉁명스럽게 입을 열었다. 간단한 중국말도 잘 모르는 상수가 무슨 말인지 알아듣지 못하여 우물쭈물하자 옆에 서있던 자라장수 사내가, 이 사람이 여권을 좀 보자고 하네요, 하는 한국말로 거들어 주었다. 모자에 쓰인 한글을 보고 한국인임을 알아본 모양이었다. 상수는 지체없이 윗저고리 안주머니에 넣어둔 여권을 꺼내어 앞에 서있는 사람에게 내밀었다. 그러나, 연이어 던져지는 질문에 대한 상수의 대답은 공안원의 의심을 풀어주지 못하였다. 조선족인 자라장수 사내가 중간에서 통역을 서 주었는데도 한참동안이나 소요된 이 검문에서 가장 답변하기 힘들었던 질문은 중국 입국의 목적에 대한 것이었다. 처음에 상수는 얼떨결에 관광목적으로 들어왔다고 말했지만 중국에 유명한 관광지가 얼마나 많은데 하필이면 연변과 청도에서 한 달씩이나 관광하느냐는 물음에는 대답할 말이 궁하였다. 그가 다시 고쳐서 말한다는 것이, 집안 친척을 만나러 왔다가 거주지가 불분명하여 연변으로 청도로 돌아다닌다고 했지만, 그 친척이 누구냐는 질문에는 시원하게 대답하지 못하였다. 상수는 결국 공안원의 의심을 더욱 부추긴 결과가 되어버렸고 이에 따라 당장 그날로 청도시 공안국 유치장에 감금되는 몸이 되었다.

6

　뜻하지 않게 중국 공안범으로 붙잡힌 몸이 되어버린 상수는 그러나, 큰 걱정은 되지 않았다. 자기가 갇혀있는 유치장은 다른 명목이 아닌 〈마약사범 단속반〉에 속해 있는 것을 알았기 때문이었다. 또한 자기가 마약사범 혐의를 받게 된 이유가 결국은 당치 않은 것임이 밝혀질 것이라는 믿음도 그를 안심케 하였다. 그가 마약사범으로 의심받게 되는 데에는 중국 입국의 목적에 대한 진술이 애매하다는 것 말고도 몇 가지가 더 있었다. 며칠 동안의 질문과 답변 과정에서 드러난 것에 의하면, 처음부터 노신공원에서 공안원의 의심을 받게 된 것은 상수가 쓰고 있던 이상한 모자 때문이라 하였다. 상습적인 마약 복용자들은 공원 같은 데에서 마약 밀매자를 만나는 경우가 많은데 요즘에는 이상한 모자를 쓰고 다니는 것이 마약 파는 사람의 신호로 되어있다는 것이다. 그리고 상수가 쓰고 다닌 모자 표면의 제주도 돌하르방 그림이 마약을 먹고 황홀경에 빠진 사람의 표정을 암시하는 것으로 공안원은 해석하였다는 것이다. 또한 상수가 투숙하고 있는 호텔에 대한 조회 내용도 그의 여행목적에 대한 의심을 더해주었음이 밝혀졌다. 뚜렷한 목적도 없어 보이는 사람이 3주일씩이나 예약을 했다는 것이다

이 지역에는 근래에 한국인 거주자나 조선족 이주자들이 부쩍 많아졌다는 이유로 청도시 공안국에는 한국어를 할 줄 아는 조선족 직원이 배치되어 있어서 대화가 쉽게 이루어졌다. 조선족인 그 공안국 직원은 상수에게 처음부터 매우 친절하게 대해주었고 그의 마약사범 혐의를 처음부터 믿지 않았던 듯 그의 진술방법에 대해서도 자상하게 안내해주려고 하였다. 조선족 동포가 쓰는 고국어가 마음을 놓이게 했음인지 상수는 오래 망설이지 않고 자신의 입국 목적에 대해 솔직히 털어놓았다. 마약사범 혐의를 쉽게 벗어나기 위해서는 그것이 최상의 방법이라 생각되었던 것이다.

예상한 대로 상수는 쉽게 풀려나올 수 있었다. 수감된 지 꼭 1주일만이었다. 이상한 모자에 대한 의심이나 3주일 투숙 예약에 대한 의혹에서도 쉽게 풀려났다. 나중에 안 일이지만, 그의 진술이 신빙성을 얻게 된 데에는 다른 사정도 있었음이 밝혀졌다. 청도시 공안국에서 애초에 노신공원으로 순찰을 보냈던 것은 요즘에 청도시내 공원 등지에서 특이한 모자 디자인을 신호로 마약 밀매를 하는 사람이 있다는 정보가 입수된 때문이었는데 상수의 수감 기간 중 전혀 다른 형태의 모자를 쓰고 다니는 진짜 마약 밀매범이 다른 공원에서 붙잡히는 바람에 상수의 결백성이 명백해졌다는 것이다.

상수는 공안국에 갇혀있었던 일을 통해서 오히려 뜻밖의 득을 보게 되었다. 그가 무고한 수감 생활의 고통을 1주일이나 당한 것에 대해 매우 미안하게 생각한 조선족 직원은 그의 부친 상봉에 대한 계획을 도와주기 위해 발 벗고 나서준 것이다. 그는 상수가 탈북 모험중인 부친 일행의 신상에 대해 소상하게 설명해주는 것을 메모지에 받아 적고 나서 상수에게 호텔에 가서 기다리고 있으면 연락해주겠다고 말했다. 기다리던 그 연락이 단 이틀만에 상수에게 왔다. 전화 연락을 받은 그는 지체없이 공안국으로 달려갔다. 그는 조선족 공안원이 어떤 서류를 보면서 전해주는 말을 듣는 동안 숨도 크게 못 쉬고 귀를 기울였다.

"가버렸시요. 이틀만 더 일찍 찾아봤으면 만날 수 있을 뻔했는데, 딱 한 발짝 늦어버렸시요. 그러니까네 그분들 일행이 청도시에 한 달 전에 오셔서 거주했던 건 사실이라요. 여러 가지 정황으로 봐서 최 선생님네 부친 일행이라고 판단되는 가족이 우리 공안국 요관찰 대상에 올라있었다는 겁니다. 우리 공안국에선 북조선 탈출자들에 대해서 조사도 하고 사안에 따라선 북조선으로 강제 송환시키기도 하는데, 이런 업무를 맡아보는 전담반이 있단 말입니다. 제가 어제 그런 탈북자 담당부서에 가서 알아본 결과 얼마 전부터 그 최씨 가족들 일행이 탈북자 혐의로 사찰대상자 명단에 올라있던 거라요. 그렇게 사찰 대상이 된 건 어떤 한국인 대형 기업체에서 발생한 무슨 살인사건을 수사하다가 우연히 그곳 위생소에서 근무하는 젊은 의사들의 신원에 수상한 점이 발견된 것으로 나와있시요, 우리 공안국 조사서류에 말이에요. 젊은 형제가 같은 회사 위생소에 근무하고 있었는데 이들 두 사람이 맡아서 하는 일은 정식 의사라야 할 수 있는 일인데도 겉으로는 의사행세를 하지 않았드란 말입니다. 그들의 국적이 중국인이라면 의사라는 신분을 숨길 필요가 없을 거란 말이지요. 요즘엔 탈북자들이 청도시에까지 많이 오기 땜에 우리 공안국에서도 큰 사건 나서 시끄러워지기 전에 미리 조사도 엄하게 하고 사전 조치도 취한다 말입니다.”

“그럼 그 분들은 언제 어디로 가셨다는 건가요?”

“2일 전, 그러니까네 그저께 여기를 떠난 걸로 조사됐시요. 일행 중에 젊은이들이 한국인 회사에 일을 나간 것은 3일전까지로 돼있고요. 공안국에 사찰 대상으로 올라간 걸 그 분들이 알았는지는 모르지만, 공안국에서 무슨 지시를 한 건 아니고 그 분네 스스로 떠난 것으로 돼있시요. 세 들어 살던 집 주인의 진술로는, 할아버지와 같이 다니던 손자들 내외는 상해인가 하는 중국내의 딴 지역으로 거주지를 옮겨 간다고 했고 할아버지는 계획을 바꾸고 혼자서 북조선으로 다시 들어간다고 하는 말을 들은 걸로 되어있시요. 중국에 와있는 북조선 사람들 중엔 얼마쯤 있다가 다시 되돌아가는 이들도 많이 있는 거라요.”

“다시 북조선으로 돌아갔다면 어떤 교통편을 이용했을까요?”

“그것까진 알 수가 없지요. 그렇지만 뻔한 일 아닌가요. 여기서 기차 타고 심양 거쳐서 연길시로 가든지, 대련까지 배 타고 가서 다시 연길까지 기차 타고 가든지 말입니다. 항공요금이 얼만데, 비행기로 갔을 리는 없을 거구요.”

“연길까지 시일은 얼마나 걸릴까요?”

“아마도 이틀 안에 가기가 어려울 거예요. 심양에서 기차를 갈아타야 되는데 그것도 얼마나 기다려얄지 모르니까요. 대련으로 가도 아마 그 정도는 걸릴 겁니다. 여기서 대련 가는 선박편은 그렇게 자주 있는 게 아니니까요. 그저께 여기서 떠났더라도 오늘쯤에 연길에 도착하기가 어려울 거예요. 그러니까네 오늘 여기서 항공편으로 가면 연길에서 만나보실 수도 있을 거구만요."

호텔로 돌아오는 상수의 발길은 허탈감으로 맥이 풀려 있었다. 부친 일행을 아슬아슬하게 놓쳐버린 셈이었다. 만약에 부친이 북한행 결심을 했다면 오늘쯤 연길에 도착할 것이고 그가 이제라도 항공편을 이용해서 연길로 가면 부친을 만날 가능성도 없지 않을 터이었다. 그러나 그는 마음이 썩 내키지를 않았다. 연길시 〈해란강구육점〉에 다시 찾아가 보면 무슨 소식을 얻을 수 있을지도 모른다고 생각되었지만 어쩐지 그쪽으로 발길이 당기지를 않는 것이었다. 어떻게 할지를 결정하지 못하는 동안에 날은 지나서 다시 1주일간을 흘려 보내버렸고 이와 더불어 부친상봉의 꿈은 더욱 더 먼 곳으로 사라져 버렸다. 공안국에 수감 중일 때 이미 중국 체류기간을 한 달간 더 연장해 놓았으니까 불법체류가 될 염려는 없었다.

이제는 연길 가는 비행기를 잡아타고 쫓아가봐야 부친을 찾는 일은 완전히 물 건너가 버렸다는 생각으로 결론이 난 다음에도 상수는 그날 당장에 청도시를 등지고 떠나버릴 수가 없었다. 하릴없이 정처 없는 시내 거리를 헤매고 다녀도 머릿속까지 한가하지는 않았고 꼬리에 꼬리를 물고 떠오르는 상념의 다발들은 그의 하염없는 발걸음을 끝간 데 없이 이어지게 만들었다. 어렴풋하면서도 지워지지 않는 부친의 그림자를 즈려밟으며 흘려보낸 50년 세월, 바로 며칠 전까지만 해도 이 낯선 청도 거리 길바닥에서 게슴츠레 흐린 눈을 비비며 남쪽 하늘을 바라보았을 팔순 노구의 부친. 나름대로는 자기 소신대로 살아보느라 안간힘을 써봤지만 걸어온 발자취를 돌이켜보면 역사의 격랑에 휩쓸리며 부대낀 무골충의 세월, 부전자전으로 대물림한 곁다리 인생. 그런데 아득한 옛날에는 그렇게 거역하기 어려웠던 부친의 그림자, 한반도 수천 리를 가로질러 텔레파시 전해오듯이 아들의 인생행로를 원격조종해왔던 부친의 환상이 불과 몇 킬로 상간의 작은 도시 안에서 같은 색깔의 하늘을 우러르고 있을 동안에는 어찌하여 아무런 전파력을 지니지 못하였을까. 이 스산한 도시의 거리 어느 한 모퉁이에 부친이 남기고 간 한 모금 체취라도 서려있는 것처럼 차디찬 공기를 가슴속 깊이 들이마셔 보지만 아무런 훈기도 느껴지지 않는다. 마감 시점에 거의 다다른 노쇠한 인생의 끝자락에서 더 이상 자기 아들에게 텔레파시를 보낼 여력이 다했음인가, 아니면 이 매섭고 차가운 계절의 공기가 인간의 허망한 꿈의 실상을 이제야 적나라하게 드러냈음일까.

상수는 결국 부친 상봉의 꿈을 이루지 못하고 돌아오는 몸이 되었다. 청도공항에서부터 연길시로 가지 않고 곧바로 인천공항을 거쳐서 제주도로 돌아오는 동안 그의 머리를 떠나지 않은 문제는, 부친은 과연 스스로 북한으로 되돌아가는 길을 택했을까 하는 것이었다. 처음에는 이 문제가 그의 마음을 무겁게 짓누르는 고통스러운 것이었으나 차차 그 고통이 덜어지는 것을 느꼈다. 부친의 북한행이 처음에는 하나의 가능성에 불과해 보이던 것이 시간이 지나면서 그렇게 됐을 확실성이 점점 커지는 쪽으로만 생각되는 것이었다. 부친이 스스로 북한행을 택했다는 쪽으로 생각이 정리되면서 그의 마음은 겨우 느긋한 평정을 되찾을 수 있었다. 제주 공항에서 비행기를 내린 다음에 택시를 잡아타서 신제주 시가지로 들어오고 그곳 이면도로에서

자가용차로 다시 갈아타는 동안 상수의 생각은 더욱 앞으로 진전되었다. 부친을 만나지 못한 것은 역시 잘된 일이었다 싶었고, 자신은 한동안 너무 감상주의에 빠져있었던 것 같았다. 자식들 걱정만 없다면 이제 죽을 날을 가까이 바라보고 있는 부친이 나시 북한 땅으로 돌아가는 것은 충분히 이해될 만한 일이었다. 싫든 좋든 80년 생애 가운데 50년 이상의 세월을 보낸 땅이 아닌가. 그 나이가 되면 지나간 인생을 돌아보는 데에 일의 성패나 선택의 옳고 그름 차원을 넘어서는 덤덤하고 대범한 안목이 생길 것 같다. 더구나 반세기 세월을 같이 동고동락했던 아내를 북한 땅에 두고 나온 남자의 심정도 알 만한 일이었다. 그에 비하여 상수 자신은 부친에게 있어서 아직 얼굴도 모르는 어렴풋한 과거의 한 편린에 불과할 터이었다.

착잡한 마음과 피로한 몸으로 자동차를 내려서 집으로 들어서는 상수를 기다리고 있었던 소식은 영리한 품종의 고급 개 소피아의 죽음에 대한 것이었다. 그동안 상수의 귀국이 예정보다 많이 늦어지는 것을 걱정한 그의 아들 찬석이가 고향집에 와있는 것은 우선 반가웠지만 아들이 전해주는 소피아의 참사는 말 모르는 개의 일이라고 넘겨버리기에는 너무 섬뜩한 데가 있었다. 소피아는 이전 주인인 박 선생 부인의 나들이 뒷바라지 덕분에 상수가 중국으로 떠난 다음에도 아무 탈 없이 잘 먹었고 석 달 임신기간이 차자 무사히 분만까지 마쳤으며, 이때쯤에 찬석이가 고향집에 내려와 있었지만 부인은 개의 출산 뒷바라지도 만만치 않은 경험을 요하는 일이라면서 날마다 오가며 어미와 새끼 개들을 보살피는 지극정성을 보여주었다고 하였다. 분만의 고역을 치른 후 1주일가량 새끼들에게 젖을 먹이느라 집 밖으로 나오지 않던 소피아는 새끼들이 자기들대로 걸어 다니게 되

면서부터는 자기의 전 주인이 왔다가 떠날 때에 함께 따라나서기 시
작했고 처음에는 부인이 몰고 가는 자동차를 쫓아가지 못하여 조금
가다가 되돌아오고는 하였는데 그 횟수가 많아지면서 그 추적하는
거리가 점점 길어졌다는 얘기였다. 새끼를 분만하기 전에는 소피아
를 목줄로 매어놓았기 때문에 이전 주인을 따라 나가는 일이 없었으
나 새끼 낳는 고통을 치른 직후에까지 목줄로 매어놓는 것이 미안스
러워서 풀어놓아준 것이 화근이었으니, 소피아가 이전 주인의 자동
차를 뒤따라가기를 거듭하다가 그 자동차의 주차장까지 알아내었고
급기야는 새끼들 있는 곳과 아파트 주차장 사이를 왔다갔다하면서
그 사이에 있는 6차선 대로를 횡단하던 중 어떤 주인 모를 자동차에
치여 죽는 불상사가 발생하고 말았다는 것이다.

소피아의 비참한 죽음에 대한 소식은 상수의 마음을 매우 슬프게
하였다. 그러나 이미 죽은 개에 대한 슬픔은 갓 태어난 새끼개들에
대한 희망으로 무마할 수밖에 없는 일이었다. 이제 저 새끼개들은 진
짜 주인이 어느 쪽인지를 헷갈리는 일이 없을 터이었다. 잘못은 개들
의 속성을 아는 인간이 저지른 것이었다. 개는 자신의 타고난 속성을
버리지 못하여 불행을 당하였다 치고 인간은 그런 속성을 알았으면
불행을 미리 막았어야 했던 것이다. 일단 다른 주인에게 넘겨준 소피
아에 대한 미련을 깨끗이 버리고 다시 얼굴 보이기를 삼갔어야 했는
데 이전 주인의 욕심이 화근이었다고 볼 수밖에 없다 싶었다.

소피아의 죽음을 슬퍼하는 동안 상수는 하나의 중대한 결심을 하
게 된다. 아들 찬석이 녀석에게 애비로서 장애는 되지 말아야겠다는
것이다. 애비가 당했던 불행은 그것으로 끝나야지 자식에게까지 대
물림할 수는 없는 일이었다. 아들 녀석은 전에 말했던 애비의 소원에

따라서 제주도에 정착해 살려는 결심을 말하려고 고향집에 내려와 있는지도 모른다. 자식 잘 되는 것이 애비를 위하는 길이 아닌가. 이제 다시 서울로 가서 중국행 취직준비를 하도록 아들에게 일러야겠다고 마음을 정하고 나니 속이 후련하다. 그래야만 부친을 만나지 못하고 돌아온 상수 자신의 마음이 찜찜한 것을 면하고 면목이 설 수 있을 것처럼 느껴진다.

제 어미의 죽음도 모른 채로 대용식을 받아먹으며 천연스럽게 땅바닥을 기어다니는 새끼개들을 어루만지면서 상수의 마음에 자리 잡은 또 하나의 결심은 일본에 가있는 아내를 데려오자는 것이다. 아내는 남편과 영영 헤어지자고 일본행을 생각한 것이 아닐지도 모르는 것이다. 아내가 자기를 떠나고 싶어했던 이유가 부친을 모시기 싫어서라고 생각했던 것도 자기가 넘겨짚은 기우였을지도 모른다는 생각이 들어서 부끄럽기도 하다. 지금 아들 녀석의 시무룩한 얼굴은 꼭 자기 엄마가 사라진 일에 대해 아빠에게 추궁하는 것만 같이 여겨진다. 아무튼 아내를 데려오는 일이 부친을 모셔오는 일보다 더 중요한 일일 터이었다. 앞으로 그에게 남은 여생의 고독은 부친이나 아들과 함께하기보다 아내와 함께해야 한다는 생각이 드는 것이다.